그리고, 유리코는 혼자가 되었다

그리고,
유리코는
혼자가
되었다

기도 소타 장편소설

부윤아 옮김

해냄

차례

세찬 바람이 정면에서 불어와 몇 번이고 내 뺨을 때렸다.

학교 옥상, 펜스 바깥쪽. 건물 끝에 아슬아슬하게 서 있는 내게 그 바람은 경고를 하는 것처럼 느껴졌다. 몇 번이고 내 뺨을 때리며 그만두라고, 자살처럼 바보 같은 짓은 생각도 하지 말라고, 그 바람이 나를 붙잡으려고 하는 것은 아닐까. 그런 생각이 들자 결심이 조금 흔들렸다.

바람에 스커트가 뒤집히고 머리카락이 헝클어졌다. 흐트러진 스커트와 머리카락을 정돈했다. 지금 죽는 마당에 흐트러진 스커트니 머리카락 따위가 무슨 상관인가 싶지만 그런데도 나는 스커트와 머리카락을 가지런하게 매만졌다. 역시 아직 마음을 정하지 못한 것인가 싶어 입안이

씁쓸해졌다.

발아래, 운동장에서 동아리 활동 중이던 학생들이 나를 발견한 모양이었다. 입에서 입으로 말을 전하고 손가락으로는 나를 가리키며 허둥거렸다.

곧 교사들이 뛰쳐나와 "가만있어, 지금 그쪽으로 갈 테니까"라고 외쳤다.

아아, 사람들이 여기로 오면 귀찮아지는데. 구조라도 되면 다시 살아가야 한다. 이 지옥 같은 세상에서.

그것만은 사양하고 싶다. 그런 생각이 든 순간 문득 바람이 멈췄다. 전혀 예상하지 못한 변화였다. 옥상은 파도가 치지 않는 잔잔한 바다처럼 조용해지고 아래에서 사람들이 외치는 소리도 어째서인지 들리지 않았다. 소리가 거의 사라진, 진공 같은 상태가 순간 찾아왔다.

뒤집어진 스커트가, 헝클어진 머리카락이 그대로 아래로 축 늘어졌다.

마치 저 세상처럼 현실감이 옅어진 순간이었다.

……내게 죽으라고 하는 걸까.

소리 없이, 나를 맞이하는 듯한 고요. 저승의 문이 열리고 죽음이 손짓하며 나를 부르는 것 같았다.

홀연히 발이 한 걸음 앞으로 나왔다. 거기에 발이 닿을 곳은 없었다. 아무것도 없었다. 그런데도 나는 그곳에 뭔가가 있어 짓밟는 기세로 발을 내디뎠다.

몸이 기우뚱 기울었다. 내디딘 발이 닿을 곳 없이 공중을 헤매며 그 기세에 다른 쪽 발도 허공으로 떠올랐다. 옥상 끝에서 몸이 멀어졌다.

나는 허공에 던져졌다. 중력에서 자유로워지며 전신이 가벼워졌다. 동시에 많은 것에서 해방된 기분이 들었다.

더 이상 뭔가에 얽매일 필요가 없었다. 시시한 규칙도, 윤리도, 도덕도.

나는 자유다.

큰 소리로 외치고 싶은 충동이, 내 가슴에 밀어닥쳤다.

하지만 이런 꿈같은 시간도 결국엔 끝을 맞이했다. 갑자기 시야가 또렷해지고 풍경이 만화경처럼 빙글빙글 돌아지면이 커지면서 눈앞으로 다가왔다. 지금까지 들리지 않았던 구경꾼들의 비명이, 바람 소리가, 귀 끝에서 높은 음으로 재생되었다. 내 고막이 불쾌하게 떨리며 현실감이 돌아왔다.

아, 죽는구나. 기묘한 체념과 함께 나는 각오를 다졌다. 눈을 감고 덮쳐오는 충격에 몸을 굳혔다.

아주 잠깐, 잠깐만 참으면 된다.

온몸에 힘을 넣었다. 주먹을 꽉 쥐고 다리에 힘을 줬다.

갑자기 강렬한 충격이 온몸을 타고 흐르며 몸속 뼈가

가루가 되는 듯한 극심한 통증이 느껴졌다. 나도 모르게 기침이 나더니 입안에서 따뜻한 뭔가가 흘러나왔다. 쇠맛, 피였다.

견디기 힘든 통증에 뇌가 비명을 질렀다. 전신은 경련하듯 떨리고 목구멍에서는 의미도 없는 소리가 새어나왔다.

의식이 희미해졌다. 눈앞은 암전된 듯 깜깜하고, 소란스러운 주위 소리도 다시 들리지 않았다.

사라져가는 의식 속에서 주변에서 사람들이 집요하게 내 이름을 부르는 소리가 들렸다. 마치 나를 현세에 잡아두려는 듯이, 몇 번이고 몇 번이고 불렀다.

…….

유…….

유리…….

아, 정말, 나는 외치고 싶어졌다. 내 이름은 단 하나뿐이야. 더할 수 없이 사랑하는, 아름답고 우아한 최고의 이름.

나를 부르는 소리에 나는 피를 토하면서 신음하듯 대답했다.

……내 이름은, 유리코라고.

제1장

신격화된 존재

"혹시 유리코 님에 대한 전설 알아?"

기분 좋게 화창한 5월 말, 방과 후였다. 갑자기 선배가 이름에 '님'을 붙여 부르는 바람에 당황하고 말았다. 발아래 모아둔 공을 라켓으로 튕기던 손이 반사적으로 멈췄다.

"어떤 전설이에요?"

이름에 '님'을 붙여 불릴 정도로 대단하진 않은데, 라고 생각하면서도 상대가 선배다 보니 일단 물어보았다. 그러자 선배는 실실거리는 얼굴로 "알고 싶어?"라며 얄밉게 나를 바라보며 되물었다.

"알고…… 싶어요."

불안과 호기심이 섞인 마음으로 대답하자 선배는 공 줍

기를 아예 그만두고 그늘 진 동아리실 뒤로 나를 데리고 갔다. 동아리실 뒤쪽은 묘하게 어둑하고 음침해서 습한 공기가 피부에 찰싹 달라붙는 느낌이 들었다.

"미리 말해두는데, 이 전설은 아주 민감해. 그러니까 이이야기를 다룰 때는 아주 조심해야 해. 테니스부에서도 1학년 중에 알고 있는 사람은 아직 극히 일부뿐이니까."

이유도 모른 채 엄중하게 미리 입단속을 받았다. 5월의 햇볕 때문이 아닌 또 다른 이유로 흘러나온 땀이 축축하게 스며들어 손에 든 라켓이 갑자기 무겁게 느껴졌다.

"결론부터 말하면, 이곳 유리가하라 고등학교에는 특권의 신분인 유리코 님이 한 명 있어. 단 한 명."

학생들 중에 그 유리코 님인가 하는 사람이 있다는 건가? 그런데 특권의 신분이라는 건 대체 뭐지?

"유리코 님은 이름이 유리코인 여학생만이 될 수 있어. 한자는 어떤 글자를 써도 상관없어. 아무튼 이름을 유리코라고 읽으면 유리코 님 후보가 되는 거야."

그렇구나, 그래서 선배는 이 이야기를 꺼낸 거구나. 내이름은 유리코다. 자세한 내용은 모르겠지만 내가 그 유리코 님 후보라는 모양이다.

다만 유리코라는 이름은 그렇게 드문 이름이 아니다. 학교 내에 두 명 이상 있을 때는 어떻게 되는 걸까?

이런 생각을 하고 있을 때 선배는 내 마음을 꿰뚫어본 듯이 웃었다.

"물론 이름이 유리코인 학생이 여러 명일 경우도 있지. 그때는 자리 쟁탈전을 벌이게 돼. 싸움 끝에 마지막으로 살아남은 한 사람이 유리코 님이 되는 거야."

"사, 살아남는다, 고요?"

느닷없이 살벌한 단어가 등장하여 깜짝 놀랐다. 설마 서로 죽이는 싸움을 한다는 건 아니겠지?

"그래, 살아남는 사람. 학교에 유리코가 여러 명 있을 경우 퇴학이나 전학, 또는 입원 등 어떤 일이 생겨서 유리코는 한 명만 남게 돼."

선배는 내 반응을 보고는 만족한 듯 가슴을 폈다. 그런 일이 실제로 일어날 수 있을까. 나는 너무 놀라 아무 말도 나오지 않았다. 공기가 무거워지며 묵직하게 어깨를 누르는 기분이 들었다.

"이미 알아챘겠지만, 너도 유리코 님 후보야. 듣기로 1학년 중에 유리코가 몇 명 있다는 것 같으니까 지금까지 유리코 님 자리에 있던 여학생과의 사이에서 쟁탈전이 일어날 거야. 아무것도 모르고 당하는 건 가여울 것 같아서 이렇게 미리 알려주는 거라고."

아직 나는 혼란스러웠다. 유리코 님의 존재인지 뭔지를

제대로 받아들이지 못했다.

"저기, 지금까지 유리코 님 자리에 있던 여학생은 누구예요?"

"아, 너희 1학년에 유리코가 몇 명 입학하기 전까지 학교 내에서 혼자 남아 있던 유리코를 말해. 그 친구도 격렬한 자리 쟁탈전을 치르고 유리코 님이 되었는데, 1학년이 입학하면서 또다시 전쟁에 휘말리게 됐어. 다시 말해 그런 과정을 거쳐 학교 내에서 단 하나뿐인 유리코 님 자리에 앉더라도 매년 새로운 적이 입학한다는 말이지."

그러면 다시 전투를 치르고 살아남은 자가 유리코 님이 된다는 말인가? 나는 엉겁결에 큰 목소리로 선배에게 물었다.

"그럼 저는, 구체적으로 어떻게 하면 되나요?"

"그게 말이지. 굳이 말하자면 그냥 아무것도 하지 않고 가만히 있으면 돼."

대수롭지 않은 선배의 말에 나는 멍해졌다.

"아, 오해하지 말았으면 하는데, 딱히 피를 부르는 싸움은 아니니까. 유리코 님 후보는 아무것도 안 해도 자연스럽게 도태되어 결국 한 명만 남게 돼. 유리코라는 이름을 가진 후보자에게 갑자기 불상사가 일어나 퇴학당하거나 학교 분위기에 어울리지 못해서 전학 가거나 다쳐서 입원하기도 해. 다양한 형태로 이 학교에서 퇴출당하는 거지."

그런 일이 있을 수 있을까? 그 누구도 아무것도 하지 않는데 자연스럽게 한 명만이 남는다니.

"믿어지지 않아? 하지만 사실이야. 벌써 몇 십 년이나 이 유리코 님의 전설은 이어져오고 있어."

땀이 등줄기를 타고 유난히 느리게 흘러내렸다. 선배는 그런 나를 재미있는 듯이 바라보았다. 짐작일 뿐일지도 모르지만 선배는 내가 허둥거리는 모습을 보며 즐기고 있는 것이다.

"유리코 님으로 선택되는 방법에 대해서는 이해했어? 그러면 다음으로, 유리코 님이 되면 어떻게 되는지에 대해 이야기해줄게." 선배는 목소리를 낮추며 신난 모습으로 다시 설명을 시작했다. "처음에 내가 유리코 님은 특권 신분이라고 말했지? 정말로 말 그대로야. 유리코 님이 되면 모두가 그 뜻을 따르고 어떤 학생이라도 받들어 섬기게 돼."

"네?"

나도 모르게 목소리가 튀어 나왔다. 분명 선택되는 과정은 섬뜩하지만 그렇다고 해서 전교생이 유리코 님의 말을 따르고 받든다는 게 말이 되냐고?

"선배, 유리코 님에 대한 전설을 믿지 않는 학생도 있지 않아요? 아무리 그래도 그런 학생은 유리코 님의 뜻을 따르지 않을 것 같은데요."

"오, 좋은 질문. 믿지 않는 학생이 있기는 있지. 그런 사람은 처음에는 유리코 님을 따르지 않아. 하지만 말이야, 언젠가는 따르게 되어 있어."

불길한 예감이 들었다. 유리코 님이라는 존재에 반항하는 사람도 결국 복종하게 하는 어떤 '힘'이 있다는 말인가?

"왜냐하면 유리코 님의 뜻을 거스른 사람에게는 불행이 찾아오거든."

차가운 바람이 불길한 일이 일어날 전조처럼 내 머리카락을 심하게 흩날렸다. 원래라면 분명 따뜻한 5월의 바람일 텐데 어째서인지 꽁꽁 언 금속처럼 차갑게 느껴졌다.

"불행이라면 어떤 거예요?"

"계단을 잘못 디뎌서 굴러떨어진다든가, 자전거를 타고 가다 넘어진다든가, 자동차에 치인다든가. 주로 다치는 일이 많아. 죽을 정도는 아니지만 꽤 심각한 부상을 입어. 그리고 정신적인 충격을 크게 받는 일도 있고. 최근에 있었던 일로는 작년 겨울에 유리코 님에게 반항하던 여학생의 교복 상의와 스커트가 체육 수업을 하는 사이에 차례차례 사라지는 일도 있었어."

유리코 님을 따르지 않으면 불행이 찾아온다. 그런 일이 반복되면 반항하던 사람들도 복종할 수밖에 없다는 말이었다.

"그 정도로 유리코 님은 엄청나게 강해. 적극적으로 앞에 나서지는 않지만 모두가 학생회장보다도 유리코 님을 존중해. 유리코 님은 바로 그런 존재야."

선배는 진지한 얼굴로 말했다. 농담을 하는 눈빛이 아니었다. 진심이 느껴진 것이다.

"넌 그런 유리코 님이 될 기회를 얻은 거야. 얻기 힘든 기회잖아? 꼭 잘 해냈으면 좋겠어."

"아뇨. 유리코 님이라니, 전 되고 싶지 않아요."

"그래? 특이하네. 다들 유리코 님이 되고 싶어 하는데."

선배는 의아하게 여겼지만 나는 고개를 세차게 저었다. 어쩐지 엮여서는 안 될 것 같은 섬뜩한 느낌이 들어서였다.

"그 유리코 님 후보자라는 건 사퇴할 수 없나요?"

"불가능해. 굳이 그러고 싶다면 전학을 가는 방법도 있지만."

말도 안 되는 소리다. 효고 현에서 톱클래스 사립 학교인 이 유리가하라 고등학교에 고생고생해서 입학했다. 이제 와서 전학이라니, 있을 수 없는 일이었다. 무엇보다 합격을 기뻐해준 가족과 친지들에게 뭐라고 하면 좋단 말인가. 유리코 님이 무서워서, 라고 했다가는 결코 아무도 이해하지 못할 것이다.

게다가 이 학교에 들어온 진짜 이유는 따로 있었다. 전학이라니 생각도 할 수 없는 일이다.

"그렇다면 유리코 님 자리를 차지하기 위한 쟁탈전에 참가할 수밖에 없겠네. 그럼 내가 다른 후보자들보다 한 발 앞설 방법을 가르쳐줄게."

선배는 더욱 장난기 가득한 표정으로 내 얼굴을 빤히 들여다보았다.

"머리를 양 갈래로 땋고 교복 블라우스 안에 붉은 셔츠를 입어."

"네? 그게 뭐예요?"

내가 어리둥절하게 있으니 선배는 비밀을 알려주는 것처럼 목소리를 낮췄다.

"그렇게 하면 하늘이 네 편이 되어줄 거야. 유리코 님 후보자인 동안에 너를 따르지 않는 사람에게 불행한 일이 생겨."

"유리코 님의 힘을 비슷하게 사용할 수 있게 된다는 말이에요?"

"그렇지. 이해가 빨라서 다행이야."

그러면 만약 나 말고 다른 유리코가 그런 차림을 하면 라이벌인 내게 불행이 찾아오는 걸까?

"지금까지 유리코 님 자리에 있던 3학년 쓰쓰미 유리코 선배는 새 학년이 시작되자마자 쭉 그 차림을 하고 있어. 유리코 님의 자리를 어떻게든 끝까지 지키겠다는 각오지."

이미 그 차림을 한 유리코가 있다는 말이었다.

"머리를 땋는 건 그렇다고 해도 붉은색 셔츠는 교칙 위반이니까 그런 차림으로 다니는 건 쉬운 일이 아니야. 선생님들 눈을 잘 피해야만 하니까. 쓰쓰미 선배는 어떻게든 붉은 셔츠를 계속 입고 있지만 말이지."

그렇게까지 해야 하나 싶었지만, 만약 사실이라면 예전에 유리코 님 쟁탈전에서 승리한 3학년 학생이 선생님에게 들킬 위험을 무릅쓰면서까지 그런 차림을 하고 있는 것이다. 그만큼 쟁탈전이 혹독하다는 뜻이리라.

"참고로 왜 머리를 땋고 붉은 셔츠를 입는지 알고 싶지 않아?"

선배는 대단한 정보라도 알고 있는 것처럼 거침없이 다가왔다. 나는 관심이 생겨서 솔직하게 고개를 끄덕였다.

"이야기는 초대 유리코 님으로 거슬러 올라가. 이 유리코 님 전설을 만든 최초의 유리코 님은 학교 옥상에서 뛰어내려 자살했어. 30년 전인지 50년 전인지, 언제 일인지는 확실하지 않지만 아무튼 꽤 오래전 이야기야. 유리코라는 이름의 학생이 학교 옥상에서 뛰어내려 죽었어. 소문으로는 집단 따돌림을 당했다나 봐. 그때의 무념과 한이 학교 내에 깊이 스며들어 유리코 님의 힘이 생겼다고 해."

그 최초의 유리코 님이 혹시.

"초대 유리코 님이 옥상에서 뛰어내려 자살했을 때 머리를 양 갈래로 땋고 있었어. 그래서 머리를 땋으라는 거야. 게다가 떨어졌을 때 피범벅이 되는 바람에 하얀 블라우스가 새빨갛게 물들었어. 그것을 모방해서 붉은 셔츠를 입는 거야."

즉 죽었을 때의 유리코 님을 흉내 낸다는 것이구나. 힘은 어느 정도 얻을 수 있겠지만 막상 하라고 하면 저주를 받을 것 같아 무서웠다.

"어때, 유리코 님에 대해 이제 좀 알겠어?"

이야기가 끝났는지 선배는 기세등등하게 물었다. 나는 모호하게 "네에"라고 대답하는 것밖에 할 수 없었다.

"거기, 어디서 게으름 피우고 있는 거야?"

등 뒤에서 커다란 호통 소리가 들려와 깜짝 놀라 몸이 튀어 올랐다. 허둥지둥 뒤돌아보자 테니스부 주장이 라켓을 어깨에 걸치고 이쪽을 노려보고 있었다.

"빨리 돌아가서 공 주워."

나와 선배는 자세를 꼿꼿하게 세우고 "네"라고 대답한 후 쏜살같이 코트를 향해 달려갔다.

내가 다니는 유리가하라 고등학교는 고베 시 나다 구에

있는 남녀 공학으로 대학 진학을 목표로 하는 고등학교다. 효고 현에서도 톱클래스 학력을 뽐내는 명문고로, 올해로 창립 90주년을 맞는다.

20년 전까지는 여고였기 때문에 남학생은 들어올 수 없는 곳이었다. 하지만 20년 전에 학교 운영 방침을 바꿔 남녀 공학이 되었다. 그 결과 여인 천하였던 분위기는 완전히 사라지고 평범한 진학 고등학교가 되었을 거라고 보통은 생각할지 모르겠다.

하지만 유리가하라 고등학교에는 여전히 여고 시절의 풍토가 남아 있다. 간단히 말하자면 남자가 약하고 여자가 강한 풍조가 있는 것이다. 학생회장은 대대로 여학생 중에서 선출되었고 각 반의 반장도 여학생이 되고 남학생은 부반장에 머물렀다. 뭔가를 정할 때도 여학생 의견이 우선시 된다. 여학생은 기세등등하게 교정을 누비고 남학생은 가장자리로 붙어 움츠리고 다닌다. 공학이 된 후 20년이 지났지만, 교내에는 여전히 여존남비 분위기가 남아 있는 것이다.

나는 이런 분위기가 편안했다. 초등학교부터 중학교까지 남학생들이 학교 내에서 어수선하게 소란을 떨고 여학생은 구석에서 눈살을 찌푸리고 있는 광경이 지긋지긋했다. 그래서 여학생이 활개를 치며 걸을 수 있는 이 학교의 분위기는 신선하고 고맙기까지 했다.

나는 이런 분위기를 유리가하라 고등학교가 이전에 여자 고등학교였기 때문에 조성된 것이라고만 생각했다. 여인 천하였던 시절의 잔재일 것이라고.

하지만 여학생을 강하게 만들어주는 것, 혹시 그것은 유리코 님의 존재인 건 아닐까? 뜻을 거스르는 사람에게 불행을 내리는 유리코라는 이름의 단 한 명뿐인 여학생. 전교생이 두려워하는 그 존재야말로 남학생의 활약을 막고 있는 게 아닐까?

남학생은 여학생의 상징이 되는 유리코 님의 기분을 망치는 일을 하지 않을 테니까 자연스럽게 여학생들이 싫어하는 짓을 하지 않게 된다. 그들은 여학생 전체를 조심스럽게 대하고 그 결과 여학생에게 우선권이 돌아간다.

이것이 유리가하라 고등학교에 남아 있는 여학생 우위 풍토의 원천이었는지도 모른다.

물론 유리코 님 전설이 정말로 있는지 어떤지 모르겠지만, 내가 그 후보자라고 생각하니 신기하게 기분이 고양되었다. 남자들조차 경외하는 마음을 보낸다. 학교의 암묵적 일인자. 나 같은 사람이 그런 존재가 될 수 있을까?

"흐음, 유리코 님이라고."
석양을 받으며 시마쿠라 미즈키는 심드렁하게 중얼거렸

다. 투명해서 깊은 곳까지 들여다볼 수 있을 듯한 검은 눈동자에 매끈한 콧날. 윤기 있고 균형 잡힌 형태의 입술에 단정한 턱 선. 거기에 더해 반짝이는 칠흑의 긴 머리카락. 오렌지 빛으로 물든 그녀의 옆모습은 여자인 내가 봐도 홀딱 반할 정도로 아름다웠다. 공통점이라고는 애써 찾아봐도 검은 긴 머리카락 정도밖에 없는 평범한 용모인 나는 그저 부러울 따름이었다.

"미즈키는 유리코 님에 대한 전설을 알고 있었어?"

내가 자전거를 밀면서 물어보자 옆에서 나란히 자전거를 밀고 가던 미즈키는 발걸음을 멈추지도 않고 고개를 저었다.

"몰랐어. 처음 들어."

무엇이든 잘 아는 미즈키도 모르는 것이 있었다니. 나는 미즈키를 이기기라도 한 듯 조금 우쭐해졌다.

"이름이 유리코인 여학생만이 될 수 있는데, 그 사람을 거스르는 사람에게는 불행이 찾아온다는 신격화된 존재래. 꽤 흥미롭지 않아?"

문득 미즈키의 눈이 반짝 빛났다. 입가에는 옅은 웃음이 떠올랐다. 중학교 때부터 연극 부원인 미즈키는 재미있는 연극 작품을 발견했을 때 이런 표정을 지었다. 그 웃음은 요염하면서도 어딘가 장난기 가득한 어린아이 같은 천진난만함이 들어 있었다.

"그래서, 유리코도 그 유리코 님의 후보자가 된 거란 말이지. 네가 묻고 싶은 것은 결국 앞으로 어떻게 처신하면 좋을지 하는 부분인 거고?"

미즈키는 빈틈없이 내 기분을 꿰뚫어보았다. 역시 대단해, 나는 쓴웃음을 지으며 고개를 끄덕였다.

"맞아. 내가 어떻게 하면 좋을까? 유리코 님이 되어야 할까? 아니면 하지 말아야 할까?"

곤란한 일이 있을 때는 일단 미즈키에게 상담한다. 초등학교 시절부터 계속 이어온 습관이었다.

"자리 쟁탈전에 뛰어드느냐 마느냐? 결론은 간단하다고 생각하는데."

석양에 붉게 물든 하늘을 바라보며 미즈키는 늘 그랬듯이 내 이야기를 들어주었다.

"유리코 님에 선택되는 건 어디까지나 자연 도태로 결정된다며? 그러면 그만둔다는 것도 도태되는 거잖아. 그러면 그만두는 것도 의미 없는 거지. 그렇다면 유리코 님 자리 쟁탈전에 뛰어들기로 마음먹은 후에 머리를 양 갈래로 땋고 붉은 셔츠를 입는 치림의 힘을 빌리는 편이 마지막까지 이길 가능성이 있는 거잖아."

분명 그렇다. 아무리 도망친다고 해도 불행은 따라오는

것이다.

"뭐, 전학이라도 간다면 다른 얘기지만. 아무리 생각해봐도 유리코 님이 무서워서 안 되겠다면 어디로 전학 가면 좋을지 정도는 같이 고민해줄게."

"그건 안 돼."

나도 모르게 큰 소리가 튀어 나왔다. 내 목소리 크기에 놀라 볼이 빨개졌다.

"왜 안 돼?"

미즈키가 검은 눈동자로 나를 빤히 바라봤다. 석양을 받아 반짝이는 그 눈동자에 나는 빨려 들어갈 것 같았다.

"아니, 뭐. 그냥…… 그게, 애써서 어려운 시험을 치르고 입학했으니까 졸업할 때까지는 이 학교를 다니고 싶어. 그냥 그뿐이야."

빨개진 얼굴을 보여주고 싶지 않아 다른 쪽으로 얼굴을 휙 돌렸다.

"그래. 그렇다면 별 수 없네."

미즈키는 알겠다는 듯 말했지만 내 마음은 복잡했다. 내가 이 유리가하라 고등학교에 지원한 진짜 이유는 미즈키가 지원해서였다. 초등학교 때부터 줄곧 함께 사이좋게 지내온 미즈키와 떨어지고 싶지 않았다. 부모님은 공립 고등학교를 추천했지만 내가 미즈키와 같은 학교가 좋다고 우겨서 무리하게 유리가하라 고등학교를 지원했다.

"그러면 이제 정면으로 맞설 수밖에 없겠네. 머리를 땋고 붉은 셔츠를 입고 최대한 다른 후보자에게 불행이 찾아오기를 기도해."

변함없이 냉정한 말투다. 내 마음도 모르면서, 조금 원망스러워졌다.

"하지만 누군가의 불행을 바라는 건 싫어. 나 그렇게까지 심술궂은 생각은 할 수 없어."

미즈키를 동요시키려고 일부러 우는 소리를 냈다. 하지만 미즈키는 다른 쪽을 보고 있는 내 얼굴을 들여다보지도 않고 말했다.

"뭐, 유리코 님의 저주라는 것도 그냥 미신이겠지만."

나는 할 말을 잃고 돌아섰다.

"그냥 미신이라니, 대대로 유리코 님의 자리는 이어져 내려오고 있고, 많은 사람이 불행해졌는걸."

"그건 그렇다는 이야기를 들은 것뿐이잖아? 꾸며낸 이야기일지도 몰라. 아니, 꾸민 이야기라기보다는 오해라고 말하는 편이 정확하려나." 미즈키는 차가운 표정으로 말을 이었다. "유리코 님의 힘이 있다고 굳게 믿으면 사사로운 일도 전부 유리코 님의 힘이 작용한 것으로 느껴져. 누군가가 넘어진 것도 유리코 님의 힘, 누군가가 감기에 걸린 것도 유리코 님의 힘. 그런 식으로 아무 관련도 없는 일을 전부 유리코 님과 연결시켜 생각하는 거야."

"하지만 유리코 님의 힘 때문에 전학을 가거나 퇴학당한 경우는 어떻게 되는 거야? 전학이나 퇴학이 그렇게 흔한 일은 아니잖아?"

"그건 유리가하라 고등학교이기 때문이야. 학력이 높은 우리 학교니까 공부를 좇아가지 못하고 전학갈 수밖에 없는 학생도 몇 명은 나오게 마련이지. 게다가 교칙도 엄격해서 퇴학 처분을 받는 학생도 적지만은 않을 거야."

받아들일 수밖에 없었다. 애초에 전학과 퇴학이 많은 유리가하라 고등학교였다.

"아, 하지만 이름이 유리코인 학생이 교내에 한 명만 남도록 자연 도태된다는 건 어떻게 생각해야 해? 아무리 그래도 그 부분은 설명이 안 되잖아?"

"그거야말로 오해야. 과거에는 유리코라는 학생이 여러 명 있었던 때도 있을 거야. 이번 4월까지는 한 명이었던 모양이지만, 그건 그냥 우연일 뿐이야. 유리코 님이라는 존재가 지나치게 신격화되어서 그 조건에 해당되지 않는 과거가 모두의 기억에서 지워진 거지."

"하지만 실제로 지난 4월까지는 이름이 유리코인 사람이 학교 내에 한 명뿐이었잖아? 그건 그냥 우연이라고 생각되지 않는데."

"유리코라는 이름이 그렇게 많은 것도 아니야. 옛날에는 많았는지 모르겠지만 요즘 시대에는 '코'를 붙인 이름이 많이 줄어들었어. 유리코라는 이름이 흔하다는 인상을 고려한다면 최근에는 그 이름을 지어주는 부모도 줄어들지 않았을까? 유리코라는 이름이 학교 내에 한 명이라고 해도 특별히 신기한 일이 아니야."

미즈키의 말은 하나하나 정론이었다. 나는 하아, 라고 감탄의 숨을 내뱉는 것밖에 할 수 없었다.

"유리코 님의 힘이라는 건 어차피 미신이야. 신경 쓸 필요 없어."

미즈키가 이야기를 마무리했다. 나는 반은 이해하고 반은 의문을 가진 채 모호한 미소를 지었다.

다음 날 아침, 학교 현관에서 실내화를 갈아 신는 내 마음은 무거웠다. 그 교실에서 수업이 끝날 때까지 시간을 보내야 한다니 생각만 해도 깊은 한숨이 새어나왔다.

아예 보건실에 갈까. 아니, 발길을 돌려 집으로 돌아가 버릴까. 그런 생각까지 들었다.

하지만 그건 지는 걸 의미했다. 그 심술궂은 여학생 그룹 앞에서 꼬리를 감추고 도망치는 꼴이 되어 등 뒤에서 한층 더 비웃음을 살 게 분명했다. 그것만은 죽어도 싫었다.

나는 고개를 들고 크게 심호흡했다. 괜찮아, 라고 자신에게 말하며 계단을 올라 복도를 걸어 교실 앞까지 갔다.

괜찮아, 괜찮아. 마음속으로 주문이라도 외듯이 반복하며 나는 교실 안으로 발걸음을 내디뎠다.

"애들아 안녕. 좋은 아침이야."

힘차게, 아무 일도 없는 척 인사를 했다. 하지만 아무도 내 인사에 답하지 않았다. 교실 안에 있던 여학생도 남학생도 모두 각자 하던 행동을 멈추고 내 쪽을 빤히 쳐다볼 뿐이었다. 그들의 눈빛에는 숨기기 힘든 혐오의 표정이 담겨 있었다.

"좋은, 아침……."

목소리가 점점 작아졌다. 나는 어느새 등을 둥글게 움츠리고 기가 죽은 모습으로 의자에 앉았다.

어디선가 킥킥 웃는 소리가 들렸다. 누군가가 나를 비웃는 소리에 안절부절못하며 주변을 살폈지만 찾을 수 없었다.

기분 탓이야, 기분 탓. 그렇게 자신을 설득하려고 했지만 그때 다시 웃음소리가 들렸다. 고개를 획 들어 둘러봤지만 아무도 웃고 있지 않았다. 위가 꽉 조이는 것처럼 아파왔다. 아무런 반격도 하지 못하고 가방을 열어 교과서를 꺼냈다. 책상 서랍에 차곡차곡 교과서를 넣었다. 이렇게 뭔가를 하고 있을 때는 거기에 몰두할 수 있어서 조금은 마음이 편했다.

그런데 갑자기 뭔가가 내 머리를 쳤다. 당황하며 뭔지 살펴보자 발밑에 둥글게 구겨진 종이가 떨어져 있었다. 종이를 주워서 펼쳐보자 '빨리 죽어버려, 학급 학생 일동'이라고 적혀 있었다. 누군가가 이걸 써서 내게 던진 것이다. 범인을 찾아내고 싶었지만 어느 쪽에서 날아왔는지 알 수 없었다. 결국 나는 이 종이를 구겨서 휴지통에 버리러 가는 것 말고는 할 수 있는 일이 없었다.

휴지통이 있는 쪽으로 향하는 사이에 교실 안에서 킥킥거리며 웃는 소리가 퍼졌다. 나는 의식을 휴지통에 집중시켜 최대한 웃음소리를 듣지 않으려고 노력했다.

대체 언제까지 이런 일을 겪어야 하는 거지?

나를 향한 괴롭힘은 정말 하찮은 이유로 시작되었다.

고등학교에 갓 입학한 4월. 학급 전체가 거의 첫 대면인 반 친구들과 우호적인 인간관계를 쌓기 위해 서로의 태도와 움직임을 살피고 있었다. 누구와 누가 친구가 되고, 어떤 그룹이 만들어지는지. 어떤 그룹으로 나뉘는 것이 학급을 위한 일이 될지. 무언 속에 인간관계의 실은 얽히고 얽혀 모두 학급을 위한다는 생각으로 그걸 필사적으로 풀려고 했다.

하지만 나는 그 얽힌 실에서 도망쳤다. 쉬는 시간이 될 때마다 옆 반인 5반에 가서 오랜 친구인 미즈키와 만났던 것이다. 낯선 반 친구들보다 초등학교 때부터 친하게 지낸 미즈키와 함께 있는 편이 훨씬 마음 편하다는 이유였다.

하지만 그 행동은 같은 반 여학생 모두를 화나게 했다. 자신들이 열심히 학급의 조화를 꾀하고 있는 사이에 나 몰라라 다른 반으로 도망쳤다…… 그렇게 받아들여진 것이었다. 문득 정신을 차렸을 때는 5월이 되면서 이미 고정된 학급의 인간관계에 내가 있을 곳은 없었다.

내게 아무런 잘못이 없다는 변명은 하지 않겠다. 내가 편한 쪽으로 행동한 것은 비난받아도 어쩔 수 없다. 하지만 그렇다고 해서 집단 괴롭힘이 정당하다고 생각할 수 없었다. 적극적으로 나서서 무시하고 괴롭히는 여학생, 그 여학생들의 마음을 거스르지 않으려고 방관하는 남학생. 양쪽 다 잘못되었다고 느꼈다.

집단 괴롭힘을 하는 녀석들에게는 천벌이 내려질 것이다. 나는 그렇게 생각하기로 했다. 물론 집단 괴롭힘을 하는 쪽에 어떤 벌도 내려지지 않는다는 건 초등학교, 중학교 때부터 자신이 집단 괴롭힘을 방관하던 쪽에 있었을 때 경험으로 이미 알고 있었다. 괴롭힘을 당하는 학생에게는 아무도 손을 내밀지 않는다. 나도 손을 내밀지 못했다. 언제나 손해를 보는 쪽은 괴롭힘을 당하는 쪽이고 괴롭히는 쪽은 계속 웃고 있을 뿐이었다. 불공평하다. 하지만 그것이 현실이다.

그런데도 처음으로 괴롭힘을 당하는 쪽이 된 지금, 나는 천벌을 빌었다. 있을 수 없다고 생각하면서도 빌었다.

내가 유리코 님이 된다면. 문득 그런 생각을 했다. 거스르는 사람에게 제각각의 불행을 내리는 유리코 님. 그런 존재가 된다면 괴롭히는 쪽에 천벌을 내릴 수 있을 텐데. 진심은 아니었지만 나는 그렇게 생각하면서 기분을 달랬다.

양 갈래로 땋은 머리에 붉은 셔츠라, 한번 해볼까?

수업 중에 그렇게 멍하니 딴생각을 하고 있을 때 또 뭔가가 머리를 쳤다. 창가 쪽에서 날아온 것 같았다. 주워보니 또 둥글게 구긴 종이였다. 펼쳐보자 '빨리 사라져버려, 학급 학생 일동'이라고 적혀 있었다.

창문 쪽을 봤지만 누가 던졌는지는 알 수 없었다. 하지만 은밀한 웃음소리만은 들려왔다. 한 명이 아니었다. 여러 명이 소리 죽여 웃고 있었다.

나는 창가에 있는 학생들을 차례차례 노려봤지만 다들 딴청을 피웠다. 내 처지가 서글퍼졌다.

그런데 다음 순간 예상도 하지 못한 일이 일어났다.

창밖에 교복 차림의 여학생이 떨어져 내린 것이다.

"어?"

내가 눈을 동그랗게 뜨는 잠깐 동안 와작, 하고 뭔가 기분 나쁜 소리가 들렸다. 운동장 쪽에서 비명이 들리고 교실에서 이 광경을 목격한 학생들이 얼어붙었다.

"지금 뭐, 뭐야?"

"사람이었지?"

교실 전체가 술렁였다. 수업 중인데도 일어나서 창문으로 아래를 내려다보는 학생도 있었다.

"지금 다들 뭐하는 거야? 수업 중이잖아."

신입 여자 선생님이 날카로운 목소리로 외쳤다. 하지만 학생들의 동요는 가라앉지 않았다. 창가 자리에 있던 학생들이 창문으로 아래를 내려다보고는 비명을 질렀고, 일종의 패닉 상태가 일어났다.

"선생님, 사람이 떨어졌어요."

여학생의 말을 듣고 선생님은 그제야 사태를 파악하고 하얗게 질려 창문으로 다가가 아래를 내려다보았다.

"아…… 아앗."

선생님은 어울리지 않는 소리를 내며 주저앉았다. 크게 뜬 눈에는 핏발이 서 있고 눈동자는 공포로 떨렸다.

"우선 구급차를 불러. 그리고 다른 선생님께도 알리고."

여학생들의 선도로 몇몇 학생이 교실에서 뛰어나갔다. 다른 반 학생들도 눈치챘는지 갑자기 학교 전체가 술렁이기 시작했다.

복도를 뛰어 다니는 발소리가 울리고 호통 같은 명령이 여기저기 날아다녔다. 마치 재해 현장처럼 팽팽하게 긴장된 분위기가 퍼지며 우리는 비일상의 세계로 발을 들여놓았다.

수업은 중단되었고, 학생들은 교실에서 대기하라는 지시가 내려왔다. 절대로 교실에서 나와서는 안 된다는 말을 들은 후 방치된 채 이래저래 한 시간이 지났지만, 여전히 어떤 움직임도 보이지 않았다.

"떨어진 사람, 3학년 여학생이라나 봐."

"4층 빈 교실에서 떨어졌대."

교실 여기저기에서 정보가 날아왔다. 교실에서 나갈 수는 없지만 현대 고교생에게는 스마트폰이라는 무기가 있었다. 선생님이 오더라도 들키지 않도록 책상 아래에 숨기고 모두가 다른 반 학생과 연락을 주고받았다.

"자살인가?"

"타살은 아니라는 것 같던네……."

빠르게도 죽었다는 전제로 이야기가 진행되었다. 아직 죽었다고 확인된 것도 아닌데.

한동안 교실이 소란스러웠지만 갑자기 문이 열리자 모두 자리에 앉아 입을 다물었다. 담임인 히가시다가 들어왔다. 쉰 살이 넘은 중년의 히가시다는 평소와 다름없는 짙은 화장 뒤에 피로감이 스며든 모습으로 교단에 서서 학생들의 얼굴을 둘러보았다.

"여러분, 오늘은 이것으로 마치겠습니다. 남은 수업은 물론 동아리 활동도 오늘은 없습니다."

뭐라고? 놀라는 소리가 터져 나왔다.

"내일은 평소대로 수업을 진행할 테니까 평소대로 등교하세요. 만약 임시 휴교가 정해지면 연락망을 통해……."

"선생님, 여학생 한 명이 떨어졌죠? 어떻게 되었나요?"

여학생 한 명이 질문을 던졌다. 히가시다는 화장으로 색을 덧바른 뺨을 바짝 굳히며 잠시 망설이는 듯하더니 입을 열었다.

"3학년 여학생인데, 수업 시간에 4층 빈 교실에서 떨어졌어요. 떨어진 후 의식이 있어 물었더니, 바깥 공기를 마시려고 창문을 열었을 때 실수로 떨어졌다고 합니다."

말하자면, 사고라고 말하고 싶은 것이다.

"아무튼 말할 수 있는 건 여기까지예요. 여러분, 부디 매스컴 등 외부인에게 말실수하지 않도록 신경 쓰세요. 유리가하라 고등학교 학생으로서 절도 있는 행동을 하길 바랍니다."

반론은 일절 허락하지 않는다. 그러고는 재빨리 교실에서 나갔다.

"확실히 자살이지? 그런 사고가 일어날 리 없잖아?"

여학생 중 누군가가 그렇게 중얼거렸다. 그치? 뒤를 이어 같은 의견을 내는 목소리가 차례차례 들렸다. 교실 안에는 의혹의 감정이 앙금이 되어 가라앉았다.

"유리코."

현관에서 실내화를 벗고 있을 때 등 뒤에서 나를 부르는 소리가 들렸다. 깜짝 놀라 뒤돌아보자 거기에는 가방을 든 미즈키가 서 있었다. 평소와 다름없는 반듯한 자세다.

"4층에서 떨어진 3학년 학생은 다치긴 했는데, 다행히 생명에 이상은 없다나 봐."

미즈키가 시원스러운 표정으로 알려줬다. 하지만 나는 우물쭈물하기만 하고 대답을 하지 못했다. 뒤꿈치까지 덮는 형태의 실내화를 우왕좌왕하며 벗은 후 입을 꾹 다물고는 신발을 신었다.

"이 정보는 우리 반 여학생이 담임을 추궁해서 들은 거라 확실해."

미즈키가 이어서 말했지만 그보다도 나는 미즈키와 대

화하는 것에 불안을 느꼈다.

미즈키와 제대로 이야기하지 않는 이유. 그것은 같은 반 친구들의 시선이 신경 쓰이기 때문이었다. 내가 학급 내의 인간관계에서 벗어나 미즈키와 사이좋게 지냈던 것, 그 사실에 모두가 화를 내고 있었다. 그렇다면 같은 반 학생이 지나갈 가능성이 있는 장소에서 이렇게 미즈키와 이야기하는 건 그녀들을 불쾌하게 만들어 괴롭힘이 더욱 심각해질 가능성이 높았다. 그래서 나는 학교 밖에서만 미즈키와 만족스럽게 이야기할 수 있었다.

물론 미즈키는 나의 이런 갈등을 알지 못해서 학교 내에서도 자연스럽게 말을 걸어왔다. 미즈키의 그런 행동은 무척 기뻤다. 기뻤지만 주위 시선이 더 신경 쓰여 말을 꺼내지 못했다.

아무튼 한시라도 빨리 같은 반 친구의 눈이 없는 곳으로 가야겠다. 나는 그렇게 생각하며 말없이 미즈키의 손을 잡아당겼다. 그런데 그녀는 그 자리에서 우뚝 서서 움직이려고 하지 않았다.

미즈키? 뭐하고 있는 거야?

나는 초조했지만 미즈키는 천천히 내 손을 뿌리치고는 어째서인지 1학년이 아닌 3학년 신발장 쪽으로 걸어갔다.

"그쪽은 3학년 신발장이야."

조심스레 말을 건넸지만 미즈키는 개의치 않는 태도로 신발장을 차례대로 살펴봤다. 신발장에 문이 달려 있지 않아서 안에 놓인 실내화와 신발이 있는 그대로 다 보였다.

　"이게 떨어진 3학년 학생 신발장이야."

　미즈키는 천천히 신발장 중 한 곳을 가리켰다. 이름표는 붙어 있지 않았다. 그런데도 미즈키는 자신만만하게 가리켰다.

　"어떻게 알 수 있어?"

　"생각해봐. 교내에서 떨어졌으니까 그 3학년 학생은 실내화를 신고 있었을 거야. 우리 학교 실내화는 뒤꿈치를 덮는 타입이라 억지로 벗기면 위험하니까 병원까지 실내화를 신은 채로 옮겨졌을 게 분명해. 하지만 병원에서는 밖에서 신을 수 있는 신발이 필요하다는 생각이 들지? 병원 안에서라면 실내화도 상관없을지 모르지만 밖에 나갈 때는 아무래도 신발이 필요하겠지. 그러니까 그런 부분을 신경 쓴 선생님이나 누군가가 신발을 챙기지 않았을까?"

　그렇구나. 나도 마음속으로 동의했다. 그렇다면 신발장을 찾아낼 수 있다.

　"실내화는 신고 있었고, 신발은 선생님이 가지고 갔다면 신발장은 비어 있겠네."

　"그래. 원래 실내화거나 밖에서 신는 신발 어느 쪽인가가 들어 있어야 할 신발장이 비어 있다. 이거야말로 이 신발장의 주인이 옥상에서 떨어진 3학년 학생이라고 알려주는 거야."

역시 미즈키였다. 나와는 두뇌 회전이 차원이 다르다.

"교실의 책상과 사물함, 떨어진 현장은 선생님들이 지키고 있을 테니까 조사하려면 여기 정도. 뭔가 추락과 관련된 증거가 남아 있지 않을까?"

미즈키는 신발장에 손을 넣고는 조심조심 안쪽까지 살폈다.

"응? 이건 뭐지?"

미간을 찌푸리며 미즈키가 손을 빼냈다. 미즈키의 손에는 접힌 종이가 쥐여 있었다.

"글자가 적혀 있어. 편지……?"

종이를 펼쳐 읽어본 미즈키가 단정한 얼굴을 조금 찌푸렸다.

"유리코, 이거 유서야."

뭐? 반사적으로 소리가 새어나왔다. 이런 곳에 유서가 있다고?

나는 허둥지둥 그 종이를 받아 내용을 확인했다.

저는 자살합니다. 다가오는 입시의 압박을 더 이상 견

딜 수 없습니다. 선생님의 기대에 미치지 못할 바에는 지금 죽는 편이 낫습니다. 남은 가족에게는 미안하지만 저는 너무나 괴로워 죽는 것밖에 할 수 없습니다.

3학년 5반 아사카 주리

"역시 자살이었구나."

나는 작은 목소리로 중얼거렸다. 미즈키는 응응, 하고 동의하듯이 조용히 *끄덕*였다.

"아, 그런데 왜 유서를 이런 곳에 뒀지? 보통 뛰어내릴 현장에 남겨두지 않아?"

이상하다는 생각이 들어서 내가 물었다. 그러자 미즈키는 종이의 한 구석을 가리켰다.

"여기에 추신이 있어."

정말이었다. 아래에 글이 더 있었다.

P. S.
이 편지를 발견해준 분께. 이 편지를 저의 부모님께 전해주세요. 학교 선생님들이 감출 것 같아 이렇게 찾기 힘든 장소에 숨겨뒀습니다.

그렇구나. 사건에 관심을 가진 학생 중 누군가가 신발장을 뒤져봤을 때 발견되도록 넣어둔 모양이었다. 안쪽 깊은 곳에 들어 있었기 때문에 신발을 가지러 온 선생님은 눈치채지 못한 것이다.

"미즈키, 어떻게 하지?"

내가 물어보자 미즈키는 크게 숨을 내뱉고 어쩔 수 없다는 듯이 허리에 손을 얹었다.

"이렇게 발견했으니 전달할 수밖에 없겠지. 본인이 원하는 일이니까."

나는 미즈키의 이런 다정한 부분이 무척 좋았다.

그때 한 남학생이 떨리는 목소리로 말했다.

"앗, 쓰쓰미 선배다."

그의 시선을 따라가보자 3학년으로 보이는 예쁘장한 여학생이 현관을 향해 걸어오고 있었다. 다만 모습이 이상했다. 그녀는 블라우스 안에 붉은 셔츠를 입고 있었다. 하얀 블라우스 아래로 비치는 붉은 셔츠는 타오르는 불꽃처럼 그녀의 상반신을 감싸고 있었다.

그 선배는 머리도 양 갈래로 땋아 내리고 있었다. 땋은 머리에 붉은 셔츠. 테니스부 선배에게 들은 이야기가 머릿속을 스쳤다.

'머리를 양 갈래로 땋고 교복 블라우스 안에 붉은 셔츠를 입어.'

'지금까지 유리코 님 자리에 있던 3학년 쓰쓰미 유리코 선배는 새 학년이 시작되자마자 쭉 그 차림을 하고 있어.'

자신의 뜻을 거스르는 사람에게 불행을 내리는 힘을 얻기 위해서 필요한 양 갈래로 땋은 머리와 붉은 셔츠. 그렇다면 저 사람이 우리 1학년이 입학하기 전까지 유리코 님 자리에 있던 쓰쓰미 유리코인 것인가.

"유리코 님이다……."

누군가가 중얼거리자마자 현관의 분위기가 변했다. 떠드는 소리가 멀어지고 긴장감이 가득한 분위기가 퍼졌다. 쓰쓰미를 피하듯이 모두가 빠른 걸음으로 물러섰다.

쓰쓰미는 그 분위기를 전혀 느끼지 않는 것처럼 땋아 내린 머리카락을 흔들면서 유유히 걸었다. 그리고 그대로 우리가 있는 곳으로 다가왔다.

또랑또랑한 목소리로 선배가 물었다. "그 종이는 뭐지?"

"아, 이건 별것 아니에요."

내가 우물우물 말하자 선배는 의아한 눈빛을 보였다.

"유서, 아냐?"

어떻게 알았지? 내 어깨가 움찔 흔들렸다.

"내놔봐."

쓰쓰미는 그렇게 말하고는 내 손에서 유서를 빼앗았다.

"흐음, 그 애 입시 스트레스였구나." 쓰쓰미는 유서를 읽고는 조롱하는 듯한 말투로 중얼거렸다. "뭐, 이것도 천벌이겠지."

그 말이 너무나 마음에 걸렸다. 그 말에 따르면 마치 이번 추락 사건이…….

"선배가 유리코 님의 힘을 이용해서 떨어뜨린 거예요?"

먼저 물은 사람은 미즈키였다. 미즈키는 강한 눈빛으로 그녀를 바라보고 있었다.

"선배가 지금까지 유리코 님 자리에 있던 분이죠? 양 갈래로 땋은 머리에 붉은 셔츠로 후보자가 여러 명 있는 지금도 힘을 발휘하고 있는, 그 힘으로 아사카 선배를 떨어뜨린 건가요?"

"너, 재미있는 말을 하는구나."

쓰쓰미는 미즈키를 흥미로운 눈빛으로 보면서 쿡쿡 웃었다.

"그래 맞아. 내가 이전 유리코 님인 3학년 쓰쓰미 유리코야. 지금도 이 차림으로 힘을 보존하고 있어." 득의양양하게 땋은 머리와 붉은 셔츠를 가리키며 선배는 말을 이었다. "그리고 후배님의 현명한 판단대로 내가 아사카 주리에게 불행을 내렸어. 나한테 반항을 했거든. 언젠가 불행이 찾아오라고 기원했어. 이전에도 내게 반항하는 사람은 모두가 사고를 당하거나 병이 들어서 얌전해졌지."

무서운 이야기였다. 그건 마치 의견이 다른 사람을 숙청하는 독재자와 마찬가지 아닌가.

"하지만 이번 아사카 선배의 사건은 입시 스트레스에 따른 자살 미수잖아요. 아무리 선배가 유리코 님이라고 해도 다른 사람의 마음까지 조종할 수는 없잖아요?"

미즈키가 따지듯이 물었지만 쓰쓰미는 재미있는 듯 대답했다.

"아니, 가능해. 유리코 님에게 불가능한 것은 없어. 거스르는 사람에게 불행을 내리기 위해서라면 인간이 언뜻 보기에는 불가능해 보이는 수단이라도 이루어진다고."

유쾌하게 이야기하는 그녀를 보고 나는 소름이 끼쳤다. 이 사람, 유리코 님 지위에 있으면서 마음이 일그러진 게 아닐까.

"그나저나 거기 너, 1학년 야사카 유리코지?"

갑자기 이름이 불렸다. 당황하는 내게 다가와 쓰쓰미가 얼굴을 바짝 들이댔다.

"어떻게 알았냐고? 올해 입학한 유리코 님 후보에 대해서는 전부 조사해뒀으니까."

적의로 가득 찬 눈빛으로 나를 노려봤다. 아무래도 유리코 님 후보인 나를 적이라고 생각하는 모양이다.

"절대 빼앗기지 않을 거야. 나는 졸업할 때까지 쭉 유리코 님 자리에 있을 생각이니까."

선전 포고였다. 나는 어떻게 대답해야 좋을지 몰라 당황했다.

"그럼, 안녕."

쓰쓰미는 자기가 하고 싶은 말을 끝내고는 발길을 돌리려 했다. 겨우 해방되었다는 안도와 동시에 마음에 걸리는 것이 남아 있었다.

"저, 저기, 아사카 선배의 유서는……."

쓰쓰미가 신발장에서 나온 유서를 여전히 가지고 있었던 것이다.

"아, 이거? 선생님께 보여줘야지. 걘 선생님들에게 보여주고 싶지 않은 모양이지만 그런 건 내가 허락할 수 없어. 걔가 싫어하는 건 전부 할 거거든."

근성이 배배 꼬였다고밖에 생각되지 않았다. 내가 어이가 없어 하는 사이에 쓰쓰미는 소리 높여 웃으면서 멀어져 갔다.

"유리코 님, 이라고? 저런 사람이 학교의 암묵적 일인자인 거야?" 미즈키가 비꼬는 말투로 중얼거렸다.

그날 하굣길. 학교 전체가 수업과 동아리 활동을 쉬게 된 덕분에 나와 미즈키는 이른 시각에 자전거를 밀며 나란히 걸었다. 이렇게 걸으면 느긋하게 이야기를 나누며 즐겁게 돌아갈 수 있어서였다. 석양이 우리를 비추기에는 아직 이른 시각, 태양은 높은 위치에서 열기를 내뿜고 있었다.

"이번 사건, 유리코 님의 힘으로 일어난 걸까?"

나도 모르게 이런 말을 중얼거렸다. 쓰쓰미의 말이 인상에 강하게 남아 있었다.

"아사카 선배가 쓰쓰미 선배에게 반항했고 그래서 조종당해 뛰어내린 걸까?"

목소리가 떨렸다. 유리코 님이라는 존재에 대한 두려움이 바로 옆까지 바싹 다가오는 느낌이 들었다.

"그렇지는 않을 거야. 유리코 님의 힘이라는 거 어차피 다 망상이야."

그런데 미즈키는 정면으로 내 생각을 부정했다. 나는 너무 놀랐다.

"하지만 아사카 선배는 실제로 자살하려 했잖아."

나도 모르게 반론했지만 미즈키는 냉정하게 이렇게 대답했다.

"그건 어디까지나 입시 스트레스 때문에 일어난 일이야. 아사카 선배 개인의 문제이지 쓰쓰미 선배와는 아무런 관계가 없어."

"하지만 아사카 선배는 쓰쓰미 선배에게 반항했다고 했

어. 이게 우연이라고는 생각되지 않아."

"아니, 우연이야. 어쩌다 일어난 자살 미수를 쓰쓰미 선배가 자신의 상황에 맞춰 해석하고 있을 뿐이지."

미즈키는 전혀 상관없는 일이라고 말했지만 나는 받아들일 수 없었다.

"쓰쓰미 선배가 말했잖아. 지금까지도 자신의 뜻을 거스른 사람들 모두에게 사고가 나거나 병이 드는 불행한 일을 일어나게 했다고."

"그것도 쓰쓰미 선배가 자기 사정에 맞춰 해석했을 뿐이야. 사고나 병이 생긴 후에 '아, 저 애랑은 사이가 안 좋았지'라고 생각해서 자신의 힘을 믿게 된 거라고. 그렇지 않은 케이스는 전부 제외하고 말이야."

그런 걸까. 실제로 사고를 당하거나 병이 든 사람이 있었다. 자기 상황에 맞춰 해석했다는 것만으로 설명할 수 있는 일이라고는 생각되지 않았다.

그런 나를 바라보던 미즈키가 한숨을 섞어 말했다. "사회심리학이랑 인지심리학에 확증 바이어스라는 용어가 있어. 이 말은 사람이 자신이 옳다고 생각하는 정보만 믿고, 그것에 반하는 정보는 무시하는 사고의 편중을 나타내는 말이야."

갑자기 심리학 강의가 시작되었다. 나는 자연스럽게 자

세를 바로 잡았다.

"예를 들어 어떤 연극을 재미있다고 굳게 믿는다면 재미 없다고 말하는 사람의 의견은 잘못되었다고 단정하며 전혀 듣지 않는 것이 확증 바이어스야. 애인이 다정하다는 생각에 깊이 빠지면 아무리 자신이 하찮게 다뤄지고 폭력을 당해도 가끔 보여주는 다정한 모습 한 면만 보고 역시 다정한 사람이라고 생각하는 것도 확증 바이어스에 해당하지."

"그렇다면 쓰쓰미 선배도 그 확증 바이어스에 사로잡혀 있다는 거야?"

쭈뼛쭈뼛 물어보자 미즈키는 고개를 크게 끄덕였다.

"유리코 님의 힘을 굳게 믿는 바람에 그 힘이 발휘되었다고 생각되는 사태만을 골라내서 힘을 믿고 있어. 그렇지 않은 경우도 있는데 그런 건 전부 처음부터 무시하는 거지."

그런 걸까. 이해가 되기 시작했지만 아직 나는 유리코 님의 힘을 부정하는 데까지는 이르지 못했다.

"그리고 유리코. 너 자신도 확증 바이어스에 사로잡혀 있어."

"뭐? 내가?"

나도 모르게 얼빠진 목소리가 나왔다. 나는 분명히 냉정하게 사실을 꿰뚫어보고 있는데?

"하지만 아사카 선배의 일은 사실이잖아. 그걸 믿는 게 뭐가 이상해?"

"아니, 그게 아니라. 유리코는 반증을 무시하고 있어."

내가? 언제 그랬다는 거지?

"어떤 반증을 무시했다는 거야?"

미즈키는 미소를 지으며 대답했다. "쓰쓰미 선배에게 반항하는 듯한 태도를 취한 내가 지금도 이렇게 쌩쌩한 것이 반증이야."

앗, 하는 소리가 새어 나왔다. 그러고 보니 쓰쓰미에게 정면으로 도전한 미즈키는 이렇게 건강하게 내 옆을 걷고 있다.

"하, 하지만, 그건 아직 불행이 찾아오지 않았을 뿐, 앞으로 무슨 일이 일어나는 거 아닐까……."

"유리코가 나를 계속해서 지켜봐. 분명 아무 일도 일어나지 않을 테니까."

미즈키가 힘 있는 말투로 단언했다. 그 말을 듣고 나니 어쩐지 마음이 놓였다. 유리코 님의 전설을 들은 후부터 계속 불안하고 찜찜했던 기분이 오랜만에 맑아진 것 같았다.

"고마워, 미즈키. 이제 좀 안심할 수 있을 것 같아."

자연스럽게 감사의 말이 입 밖으로 나왔다. 미즈키는 내 말을 듣고 환하게 미소 지었다.

"천만의 말씀. 그렇게 말해줘서 오히려 고마워."

내 문제를 자신의 일처럼 진지하게 생각해주는 미즈키의 마음이 느껴져 기뻤다.

"그럼 유리코, 역 앞에 있는 가게에서 맛있는 슈크림 사 먹자. 거기 슈크림 정말 맛있거든."

미즈키가 내 등을 가볍게 두드렸다. 화제를 전환하여 내 기분을 밝게 만들어주려는 것이다.

"좋아. 그럼 나는 두 개 사먹어야지."

내가 자전거에 올라타 달려 나가자 미즈키도 나를 따라 자전거를 타고 달리기 시작했다.

제2장
사라지지 않는 소문

사건이 일어난 지 일주일. 아사카 주리의 자살 미수는 일단락되었다.

　처음에는 일부 학생들 사이에서 작년 겨울에 여학생 교복을 훔친 변태가 다시 근처에 나타나 결국 살인을 계획한 거라는 소문이 퍼지며 난리가 났었다. 하지만 유서가 교사의 손에 전달되면서 그런 추리도 완전히 사라졌다. 뛰어내린 연유를 알게 되자 모두들 이런저런 추리를 할 여지가 없어진 것이다.

　다만 한편에서는 사라지지 않는 소문도 있었다. 아사카의 자살 미수가 유리코 님의 힘에 의한 것이라는 소문이었다. 사람을 자살 미수에 몰아넣을 정도의 힘을 가진 유리코 님. 그 소문의 영향력은 어마어마해서 유리코 님에 대해 몰랐던 1학년 학생의 대부분에게도 유리코 님 존재에 대한 인식이 퍼졌다.

그래서인 모양이다. 복도를 걷고 있으면 다른 반 학생이 말을 걸어오는 일이 많아졌다. 그럴 때면 다들 똑같은 질문을 했다.

"너도 유리코 님이 되고 싶어?"

이것이 정해진 대사다. 내 이름이 유리코라는 걸 알고 유리코 님의 자리를 차지하기 위한 쟁탈전에 참가한다고 생각하는 모양이다.

솔직히 말하면 성가신 이야기였다. 한때는 유리코 님이 되면 좋겠다고 상상하기도 했지만 그 또한 진심은 아니었다. 온갖 곤란한 상황과 위험에 휩쓸리는 일까지 감수하면서 유리코 님이 되고 싶다고는 생각하지 않았다.

그래서 나는 유리코 님이 되고 싶은지 묻는 질문에 이렇게 대답하기로 했다.

"유리코 님 전설은 어차피 미신이야."

미즈키에게 들은 말이었다. 하지만 미즈키가 한 말이라고 생각하면 마음이 든든했다. 절대 들리지 않는다는 확신을 가지고 발언할 수 있기 때문이었다.

그 말을 들으면 말을 건 학생의 대부분은 시시하다는 표정으로 그 자리를 떴다. 애써 말을 걸어준 것에 대해서는 미안한 마음이 들었지만 그것이 내 본심이므로 어쩔 수 없었다.

그중에는 그래도 끈질기게 이야기를 이어가는 학생도 있었다. "그러면 다른 유리코 님의 힘에 밀려 학교를 떠나게 될 거야"라거나 "유리코 님을 무시하면 벌을 받는대"라는 등 협박이 섞인 말을 하는 경우가 대부분이지만, 친절하게 유리코 님에 관련된 정보를 주는 학생도 있었다. 그런 정보 중에 특히 신경이 쓰이는 것은 다른 유리코의 존재였다.

유리코라는 이름을 가진 여학생은 지금 유리가하라 고등학교에 다섯 명이었다.

나, 1학년 4반 야사카 유리코(矢坂百合子).

1학년 1반 기시 유리코(岸ゆり子).

1학년 3반 마쓰자와 유리코(松沢佑璃子).

1학년 6반 니시지마 유리코(西島揺子).

그리고 3학년 2반의 쓰쓰미 유리코(筒見友里子).

이렇게 다섯 명이 유리코라는 이름을 가진 유리코 님 후보였다.

1학년 유리코인 기시, 마쓰자와, 니시지마와는 아직 만난 적이 없었다. 그들은 유리코 님에 대해서 어떻게 생각하고 있을까? 언젠가 만나서 이야기해보고 싶은 마음이 들었다.

그날 6교시, 체육관에는 두 학급의 학생이 모였다. 내가 있는 1학년 4반과 1학년 5반 학생들이었다. 5반에는 미즈키가 있어서 학급별로 나눠 체육관 바닥에 앉아 있으면서도 나는 미즈키에게 몇 번이고 시선을 던졌다. 물론 미즈키도 눈치채고 내게 시선을 보냈다. 행복했다.

"여러분, 그러면 지금부터 의견을 나누도록 하겠습니다."

화이트보드 앞에 선 두 학급의 반장(둘 다 여학생이다)은 일동을 빙그르 둘러보고는 회의를 시작했다.

"의제는 '축제 출품작을 무엇으로 할 것인가?'입니다. 우리 1학년 4반과 5반이 함께 출품하기로 정했으므로 오늘은 그 내용에 대해 정하고자 합니다."

기록을 담당한 두 학급의 남자 부반장이 화이트보드에 기록했다. 깔끔하고 단정한 글씨로 '1학년 4반&5반 축제 출품작'이라고 썼다. 유리가하라 고등학교 축제에는 두 학급이 함께 출품할 수도 있어서 4반과 5반은 함께하기로 정한 것이다.

"그러면 의견 있으신 분?"

수많은 여학생이 기세 좋게 손을 들었다. 남학생은 여학생의 분위기를 살피며 아직 조용했다. 이것도 유리가하라 고등학교 독자의 여성 우위 풍조다.

"역시 연극이 좋을 것 같아요. 이 정도 인원이 있으니까 스케일이 큰 무대를 만들 수 있을 것 같습니다."

4반의 여학생이 무척 신난 모습으로 의견을 발표했다. 이 제안을 4반과 5반의 여학생들이 지지하고 나왔다. 찬성하는 목소리가 여기저기서 들리자 단번에 방향이 결정되었다.

나로 말할 것 같으면 어차피 내 의견 따위는 아무도 들어주지 않을 거라서 남학생과 마찬가지로 입을 다물고 있었다.

5반 여학생이 내친김에 물었다. "여학생 사이에서는 연극이 인기인데 남학생들은 어떻게 생각해?"

남학생들은 서로 얼굴을 바라보다가 "연극이면 될 것 같아"라고 소극적인 태도를 보였다. 뭐, 적극적으로 반론해봐야 여학생의 기세에 눌릴 게 뻔했기 때문에 현명한 반응이라고 할 수 있었다.

"그렇다면 연극을 하는 것으로 결정하겠습니다."

반장 두 사람이 손뼉을 치면서 결론을 내렸다.

"다음으로 연극 타이틀을 뭘로 할지 의견을 내주세요."

회의는 빠르게 진행되었다. 고개를 숙이고 있는 남학생

들은 내버려둔 채로.

"가장 무난한 '로미오와 줄리엣' 같은 건 어때? 러브 스토리는 호응이 좋잖아."

"그것보다 오히려 일본 대표 극작가인 기타무라 소의 작품은 어때? '푸른 혜성의 하룻밤'이나 '열한 명의 소년' 같은 거."

"그렇다면 차라리 오리지널 각본이 낫지 않아?"

의견이 차례차례 튀어나왔다. 이 역시 남학생을 배제한 여학생들만의 의견이었는데 거기에서도 물론 나는 밖으로 밀려나 있었다.

"그나저나 각본은 누가 써? 오리지널을 하든 작품을 각색하든 대본을 만드는 각본가가 있어야 하잖아?"

그때 여학생 한 명이 중요한 지적을 했다. 그렇다. 연극을 성공시키려면 우수한 각본가의 존재를 빠뜨릴 수 없었다.

우수한 각본가라고 하면 떠오르는 얼굴은 한 명밖에 없다. 그 이름을 너무나도 말하고 싶었지만 자신의 입장을 생각하여 자중했다.

"각본이라면 시마쿠라에게 맡기면 어때?"

그때 내 마음을 대신 말해준 사람이 있었다. 5반 여학생 중 한 명이었다. 그녀는 미즈키를 지명했다.

"시마쿠라는 연극부에서 각본을 담당하고 있어. 아직 1학년인데 말이야. 그런 실력이 있으니까 이번 연극의 각본을 담당하기에는 적임자라고 생각해."

내가 하고 싶은 말을 전부 해줘서 마음이 놓였다. 하지만 한편으로는 내 입으로 직접 말하고 싶었다는 생각도 들었다. 미즈키에 대해서라면 제일 잘 아는 내가 설명하고 싶었던 것이다.

"우아, 시마쿠라가? 그거 괜찮네."

여학생들은 한껏 들뜬 모습으로 미즈키에게 뜨거운 시선을 보냈다. 미즈키는 조금 쑥스러운 듯이 고개를 숙이고 "나 같은 사람이……"라며 겸손한 태도를 보였다.

"그렇지 않아. 시마쿠라라면 적임자라고 생각해."

많은 학생들이 찬성하는 목소리가 동시에 들렸다. 결국에는 박수까지 치며 미즈키를 각본가로 내세우는 분위기가 만들어졌다.

"시마쿠라, 그럼 부탁해도 될까? 다들 네가 하면 좋겠다고 하는데."

반장 두 사람이 손을 모으고 부탁했다. 미즈키는 이렇게까지 부탁을 받으면 거절하기 힘들다는 듯이 고개를 끄덕였다.

"알았어. 내가 각본을 써볼게."

여학생들의 분위기가 끓어올랐다. 미즈키의 손을 잡고

"고마워"라며 요란스럽게 감사 인사를 하는 학생도 있었다. 미즈키는 부끄러운 듯이 시선을 아래로 떨어뜨렸다.

물론 미즈키가 하는 그런 일련의 태도는 연기다. 수줍어하는 것도, 부끄러워하는 것도 전부 여학생들에게 미움받지 않기 위한 행동이다. 조금은 거절의 뜻을 비치지 않으면 여학생들은 손바닥 뒤집듯이 뒤에서 비난의 목소리를 낸다. 어떻게 한 번을 거절하지 않을 수가 있어? 자의식 과잉이야? 이런 말을 하면서.

미즈키답지 않다고 생각했다. 진짜 미즈키의 모습은 어딘가 세상에 대해 삐딱한 자세를 취하고 비꼬는 말을 잘했다. 그런 그녀가 사양하는 척하는 모습은 어울리지 않았다. 미즈키가 그렇게 할 수밖에 없는 상황을 만들어낸 여학생들에게 나는 깊은 혐오를 느꼈다.

"그러면 연극 타이틀은 시마쿠라가 정하면 어때?"

내가 마음속으로 툴툴거리고 있는 사이에 여학생 중 한 명이 좋은 의견을 냈다. 각본을 담당하는 이상 미즈키가 자신이 좋아하는 작품을 기분 좋게 집필했으면 싶었다.

"그래도 괜찮아? 나 같은 사람이 정해도 돼?"

앞에서 그랬듯이 미즈기는 사양했지만 여학생들이 "괜찮아, 괜찮아"라고 입을 모았다. 이렇게 귀찮기 짝이 없는 서론을 거쳐야 겨우 미즈키는 각본에 대해 주장할 수 있는 것이다.

"그러면 주제는 유리코 님 전설 어떨까?"

출렁, 파도가 치는 것처럼 학생들이 웅성거렸다. 얼마 전 아사카의 자살 미수로 유리코 님의 소문은 1학년 사이에서도 퍼져 있었다. 일부 남학생만 "그게 뭐야?"라며 무슨 말인지 못 알아듣는 표정이었다.

"하지만 그런 스토리를 관객들이 좋아할까?"

"분명 좋아할 거야. 지금 학교 안에는 유리코 님 소문이 자자하니까. 선생님이나 외부 사람들에게도 어딘가 신비한 학교 전설은 분명히 흥미를 끌 거야." 미즈키가 강하게 주장했다.

그렇게까지 유리코 님 전설에 관심이 있었던가? 나는 의문스러웠다. 유리코 님 전설 같은 건 어차피 미신이라는 말을 꺼낸 이는 다름 아닌 미즈키가 아니었나.

"유리코 님을 소재로 하면 벌을 받지 않을까?"

발뺌하는 듯 말하는 여학생도 있었지만 미즈키는 고개를 가로저으며 반론했다.

"유리코 님을 부정하지만 않으면 괜찮아. 유리코 님을 거스른 사람에게만 불행이 찾아온다고 하니까."

유리코 님 전설을 믿는 사람의 기분을 이해한 후에 반론하는 것이 역시 대단했다. 하지만 그렇게까지 해서 유리코 님 전설을 소재로 하고 싶은 미즈키의 마음을 알 수 없었다.

"유리코 님 전설. 괜찮을 것 같은데, 나쁘지 않아."

미즈키가 계속해서 주장하는 사이에 차례차례 찬성하는 사람이 나오기 시작했다. 여학생 사이에서 드문드문 찬성하는 사람이 나오자 서서히 그 분위기가 퍼져갔다. 어느샌가 여학생 대부분은 유리코 님 전설을 다루는 데 찬성하고 있었다.

"그럼 투표로 정할까요? 유리코 님 전설을 소재로 삼는 것에 찬성하는 사람?"

반장이 물어보자 여학생 과반수가 손을 들었다. 상황을 살피던 남학생들도 슬슬 손을 들기 시작했다. 어느샌가 두 학급 대부분의 학생이 손을 들고 있었다.

동기는 모르겠지만 미즈키가 하고 싶다면……. 나는 그렇게 생각하며 조심조심 손을 들었다. 다행히도 반장은 나를 포함해 찬성하는 사람 수를 셌고, 남자 부반장에게 찬성 수를 쓰도록 했다.

"찬성 67, 반대 13. 찬성이 과반수를 넘었으므로 주제는 유리코 님 전설로 정해졌습니다."

박수 소리가 울려 퍼졌다. 미즈키는 감사의 뜻을 표하는 것처럼 주위의 여학생들과 악수를 나누고는 부끄러운 듯 일어났다.

"여러분 감사합니다. 최선을 다해 좋은 각본을 쓰도록 하겠습니다."

미즈키는 긴 머리카락을 쓸어 올리며 인사를 했다.

"미즈키, 왜 유리코 님을 하겠다고 한 거야?"

나는 기다리지 못하고 체육관을 빠져 나오기 전에 미즈키에게 말을 걸었다. 같은 반 여학생들이 신경 쓰이기는 했지만 그것을 무시하고서라도 미즈키의 진짜 생각을 듣고 싶어서였다.

"왜냐고? 이유는 당연히 관심이 있기 때문이지."

미즈키다운 간결한 답이었다. 하지만 나는 이해가 되지 않았다.

"하지만 유리코 님 전설은 미신이라고 했잖아."

정색하고 캐묻자 미즈키는 이상하다는 듯 큭큭 웃었다.

"그랬지. 유리코 님 전설은 그냥 미신이야."

"그 말은 시시하다는 의미 아니야?"

"다르지. 분명 현실적으로는 있을 수 없는 일이라고 말했지만 시시하다고 말한 기억은 없어."

어쩐지 어리둥절하게 만드는 문답이었다. 나는 혼란스러워졌다.

"그러면 미즈키는 유리코 님 전설에 대해서 미신이라고

생각하지만 관심은 있다는 거야?"

"응. 어디까지나 학생이 생각해낸 가공의 전설이겠지만 그것이 발생한 과정에는 관심이 있어."

"과정?"

"그래. 유리코 님 전설이 성립하게 된 과정. 왜 그런 새빨간 거짓말을 하기 시작했는지 그 메커니즘에 관심이 있어."

조금씩 이해가 되었다. 미즈키는 유리코 님의 전설을 만들어낸 사람의 마음에 관심이 있는 것이다.

"오늘부터 각본을 써야 하는데, 유리코, 도와줄 거지?"

미즈키가 다정하게 어깨에 손을 얹었다. 나는 두근거리면서도 조금 망설여졌다.

"하지만 내가 도와주면……."

미즈키에게 피해가 갈지도 모른다는 말은 할 수 없었다. 나는 같은 반 친구들에게 괴롭힘을 당하고 있다는 사실을 미즈키에게 털어놓지 않았던 것이다.

미즈키와 함께 각본을 만들고 싶었다. 하지만 그러면 다른 여학생들이 미즈키까지 괴롭힐지 모른다. 어려운 판단에 몰린 나는 고민이 되어 나도 모르게 얼굴을 찡그리고 말았다. 미즈키는 고개를 갸웃하더니 곧 다정하게 웃었다.

"괜찮아. 유리코가 도와준다면 정말 좋겠어."

미즈키가 태평하게 웃는 모습을 보고 나는 마음을 정

했다. 미즈키가 이렇게까지 나를 원하는데 내가 거절할 수 있을까. 그래서는 안 된다.

"알았어. 함께 유리코 님 전설의 각본을 완성시키자."

그 기세로 미즈키의 손을 잡았다. 두근두근거리면서. 실크처럼 부드러운 손을 잡고 있으니 기분이 좋았다.

미즈키와 함께 유리코 님 전설을 각본으로 만들기로 약속했다. 약속한 건 좋았지만 무엇보다 유리코 님의 전설을 어떻게 각본으로 만들지 의문이었다. 최근에 일어난 일이라면 기억을 바탕으로 쓰면 되지만, 옛날 일은 어떻게 하지? 전설을 다룬다면 그 성립 과정도 그려야만 하고 당연히 엉터리 같은 상상으로 쓸 수는 없는 일이었다. 그것이야말로 초대 유리코 님에게 저주받을 것이다. 올바른 과거를 쓰기 위해서는 어느 정도 취재가 필요했고 그러려면 전설을 아는 사람을 찾아야만 했다.

하지만 전설을 아는 사람이 과연 있을까? 당시의 재학생은 이미 오래전에 졸업했을 테고 선생님들에게 물어봐도 자세히 알 것 같지 않고……

미즈키는 대체 어떻게 할 작정인 거지?

불안한 마음으로 나는 종례를 듣고 있었다.

"유리코."

방과 후 교실에서 나오자마자 등 뒤에서 누군가가 어깨를 두드렸다. 깜짝 놀라 바르르 몸을 떨며 뒤돌아보자 미즈키가 의아한 표정으로 서 있었다.

"왜 그렇게 놀라는 거야?"

미소 짓는 미즈키를 보고 안심했다. 같은 반 여학생들이었으면 어쩌나 싶었다.

하지만 상대가 미즈키라면 또 다른 문제가 있었다. 같은 반 친구들이 보는 곳에서 둘이 이야기하고 싶지 않았다.

"미즈키, 저기로 가자."

아무 말 없이 있을 수도 없고 그렇다고 미즈키를 두고 그 자리에서 도망칠 수도 없어 나는 미즈키의 팔을 잡아끌고 달리기 시작했다.

교실이 있는 교실동에서 두 건물을 잇는 연결 복도를 건너 특별동으로 향했다. 교실동과는 달리 이쪽은 조용하고 사람도 거의 없었다. 여기라면 사람들의 시선을 신경 쓸 필요가 없었다.

"유리코, 왜 갑자기 달리고 그래? 무슨 일 있었어?"

미즈키는 이상하다는 듯이 고개를 갸우뚱 기울였지만 나는 얼버무리듯이 신성 쓰였던 것을 물었다.

"각본은 어떻게 쓸 거야? 전설에 대해 쓰려면 취재도 필요하잖아."

노골적으로 화제를 바꿨지만 미즈키는 웃으면서 응해주었다.

"그거라면 문제없어. 방법이 있어."

이상하리만큼 자신 넘치는 말투였다. 전설에 대해 자세히 아는 선생님이라도 찾은 걸까? 그런 생각을 하고 있을 때 미즈키는 특별동의 계단을 올랐다. 교무실이 있는 방향은 아니었다.

"미즈키, 잠깐만."

당황하며 뒤를 쫓아갔지만 미즈키는 아무 말도 하지 않았다. 나는 혼자 남겨질까 봐 빠른 걸음으로 따라갔다.

결국 미즈키는 특별동의 꼭대기 층인 4층까지 올라갔다. 그러고는 4층 복도를 따라 앞으로 걸어갔다. 4층에는 교실동과 이어지는 연결 복도가 없고 계단도 복도도 한쪽으로만 나 있었다. 그래서 찾아오는 사람도 적고 사람의 기척도 없어 무척 조용했다.

뭘 하러 온 걸까? 내가 의문을 느끼고 있을 때 갑자기 미즈키가 걸음을 멈췄다.

"여기야."

멈춰 서서 미즈키의 시선을 따라가보자 그곳은 최근엔 사용하지 않는 화학 준비실이었다. 문 위쪽에 화학 준비실이라고 적힌 표지판이 붙어 있었다.

"이런 곳에서 취재를 하는 거야?"

내가 수상해하자 미즈키가 "이거"라며 문을 가리켰다. 자세히 보니 문에는 작은 종이가 붙어 있었다.

흰 백합 모임(白百合の会)

종이에 적힌 글은 간결했다. 하지만 무엇을 하는 모임인지는 전혀 알 수 없었다.

"저기, 미즈키. 이건?"

어떤 모임인지 물어보려 했으나 미즈키가 거침없이 문을 열어젖히는 바람에 그 목소리를 삼켜야 했다. 문은 잠겨 있지 않았는지 쉽게 열렸다. 창문도 열려 있어서 바람이 나를 스쳐 지나갔다.

좁은 공간이었다. 준비실인 만큼 물건을 두기 위한 공간으로 만들어져 있었다. 높은 스틸 선반이 좌우에 놓여 있어 상당한 위압감이 느껴졌다. 선반에는 흰색 가운도 몇 벌인가 걸려 있었다. 딱 보기에도 화학 준비실이었다.

그런 좁은 방 안에는 세 사람이 의자에 앉아 있었다. 몸이 마른 여학생이 한 명, 몸집이 작은 남학생이 한 명, 그리고 선생님으로 보이는 키가 큰 30대 중반 정도의 남자가 한 명 있었다.

"실례합니다. 여기가 흰 백합 모임인가요?"

미즈키가 주눅도 들지 않고 물어보자 세 사람은 신기한 듯이 우리 쪽을 쳐다보았다.

"누구세요? 모임에 들어오고 싶다면 우선 조건이 충족되는지 확인……."

몸집이 작고 얼굴에 여드름이 가득한 남학생이 말을 꺼내다가 끝까지 말하지 못하고 갑자기 소리를 질렀다.

"아앗, 당신은! 혹시."

나는 깜짝 놀라 튀어오를 뻔했다. 갑자기 무슨 일이지.

"이런 곳까지 찾아주시다니 영광입니다."

남학생이 벌떡 일어나더니 굽실거렸다. 예쁜 얼굴을 가진 미즈키의 팬인 걸까? 그런 남학생은 늘 많았으니 특별히 드문 일은 아니지만…….

"말씀은 많이 들었습니다. 자, 이런 곳에 서 계시지 말고 안으로 들어오세요."

하지만 그는 나만 바라보고 있었다. 혹시 나? 유리코라는 이름 때문에 내가 환대를 받는 걸까? 그렇다면 이 모임의 목적은.

"이제 알겠지? 유리코." 곤혹스러워하는 나를 앞에 두고 미즈키는 웃으며 설명했다. "흰 백합 모임은 유리코 님을 받들어 모시는 학교 비공인 동아리야."

화학 준비실의 창문은 열려 있었다. 지나가는 바람이 뺨을 스쳤다. 커튼이 난동이라도 부리듯 펄럭였다.

안쪽으로 안내받은 나는 이유도 모른 채 두 남녀 사이에 껴 있었다. 두 사람은 예리한 시선으로 나를 바라보았다.

"유리코 님 후보자 본인이 직접 흰 백합 모임에 오시다니, 처음 있는 일이에요."

"아아, 후보자님, 고맙습니다. 영광입니다."

얼굴에 여드름이 가득한 남학생과 비쩍 마른 여학생. 두 사람은 내 앞에서 두 손을 가지런히 모으고 있었다.

"아, 그러니까, 그게."

나는 당황하여 미즈키를 바라봤지만 그녀는 문 앞에 선 채 움직이지 않았다. 화학 준비실에 들어올 낌새는 전혀 없었다. 도와주길 바라며 이번에는 방 안에 있는 30대 중반의 남자를 봤지만 그는 이쪽에는 그다지 상관하지 않겠다는 듯이 다른 쪽을 향해 앉아 있었다.

"후보자님, 여기엔 무슨 일이십니까?" 마른 여학생이 물었다.

볼이 푹 패어 마치 해골처럼 마른 모습이었다. 식사는 충분히 하고 있는지 걱정이 되었다. 하지만 그 체형과는 달리 눈빛만은 날카롭게 빛을 내며 박력이 있었다. 생기 없는 얼굴 가운데 그 눈만이 조금 색다른 위압감을 띠었다.

"아, 그게……."

나는 도움을 청하려고 미즈키를 봤다. 하지만 그녀는 고개를 저으며 입을 열지 않았다.

"왜 그러세요, 후보자님?"

마른 여학생이 무릎을 꿇어서 나는 더욱 곤혹스러워졌다. 이렇게 열렬한 환영을 받는 것은 인생에서 처음이었다.

"아, 저기에 있는 여학생이 신경 쓰이는 모양이군요. 제가 쫓아 보낼게요."

내 태도를 어떻게 받아들였는지 마른 여학생은 문 쪽으로 재빨리 다가가 미즈키를 쫓아냈다. 미즈키는 쓴웃음을 지으며 내게 손을 흔들고는 그 자리를 떠났다.

"아, 미즈키."

내가 불렀지만 그보다 먼저 문이 닫혔다. 나는 혼자 이곳에 남겨졌다. 열린 창문으로 들어오는 바람이 나의 긴 머리카락을 흔들었다.

"방해꾼은 사라졌어요. 후보자님, 이쪽에 앉으시죠."

남학생이 의자를 가지고 왔다. 가까이에서 보니 여드름 투성이였다. 걱정이 될 정도로 많은 여드름이 얼굴을 뒤덮고 있었던 것이다.

어쩐지 수상한 느낌이 나는 사람들, 나는 무서워졌다. 좀 전부터 입을 다물고 방관하는 30대 중반의 남자도 음침한 느낌이라 다가가기 어려웠다.

미즈키가 옆에 있었으면 좋았을 텐데. 미즈키만 있으면 어떤 공포도 이겨낼 수 있는데.

"저기, 미즈키…… 지금 밖에 있는 친구도 여기에 들어오라고 해주면 안 될까요?"

얼른 물어봤다. 아무리 생각해도 미즈키가 있었으면 했다. 하지만 남학생이 거절을 표하는 듯이 고개를 저었다.

"아무리 후보자님의 요청이라고 해도 힘들 것 같네요. 흰 백합 모임의 규칙이기 때문이에요."

"규칙? 어떤 규칙인가요?"

내가 고개를 갸우뚱하자 남학생은 자세를 똑바로 고치고 목소리를 높였다.

"흰 백합 모임에 들어올 수 있는 자는 이름 가운데 유리코라는 글자가 들어가는 자만 가능하다는 규칙입니다."

뭐? 나도 모르게 소리가 새어나왔다. 그렇다면 유리코 님 후보자와 똑같은 거 아닌가?

"다만, 유리코 님 후보자와는 조금 달라요."

내 마음을 읽은 것처럼 남학생이 말했다. 마음이 조금 쿵쿵거렸다.

"유리코 님 후보자는 성이 아닌 이름이 반드시 '유리코'여야만 합니다. 하지만 흰 백합 모임은 조건이 조금 느슨해요. 성과 이름 전체에 유리코라는 글자가 들어 있으면 됩니다."

설명을 들었지만 잘 이해가 되지 않았다. 같은 말이 아닌가?

"예를 드는 편이 쉽겠죠. 저는 2학년 유리 코타로(由利小太郎)입니다. 이름은 유리코가 아니지만 성과 이름 첫 글자를 이으면 유리코가 되죠?"

유리 코타로. 그렇구나 '유리코' 타로가 되는 거구나.

"이런 식이면 되는 겁니다. 그러니까 저는 유리코 님 후보는 아니지만 흰 백합 모임의 멤버는 될 수 있는 거죠."

일단 이해가 되었다. 그러면 이쪽의 마른 여학생은……

"저는 3학년 유리코 미사키(岬子美咲)라고 해요. 이름은 유리코가 아니지만 성이 유리코예요."

독특한 성이었지만 분명 유리코였다.

"그리고 이쪽에 계신 분이 고문을 맡고 계신 다카미자와 유리오(高見沢友利夫) 선생님입니다. 학교 비공식 동아리인데도 자발적으로 고문을 맡아주신 감사한 분입니다. 3학년 5반 담임이시고 화학 선생님입니다. 엄밀히 말하면 유리코는 아니지만, 여성 이름에 쓰는 코를 빼고 남성 이름으로 쓰는 오를 붙여 남성형 유리코라고 판단해서 고문을 해주고 계십니다."

음침해 보이는 키 큰 30대 중반의 남자가 꾸벅 고개를 숙였다. 역시 선생님이었구나.

"현재 흰 백합 모임은 이 세 명이 활동하고 있습니다. 주된 활동 내용은 유리코 님에 대해 이야기를 나누고 그 전설을 기록하는 것입니다."

아니, 이 세 사람이 매일 유리코 님에 대해 이야기를 나누고 기록을 한다고? 아무리 봐도 수상했다.

하지만 그때 문득 깨달았다. 그렇다면 이 사람들이 미즈키가 대본을 쓰기 위해 필요한 정보를 가지고 있잖아?

"저, 저기, 유리코 님에 대한 걸 기록하고 있단 말이죠?"

내가 물어보자 유리코 선배가 고개를 크게 끄덕였다.

"흰 백합 모임은 아무리 사소한 일이라도 유리코 님과 관련된 일이라면 전부 기록하고 있어요."

"그렇다면 유리코 님 전설이 탄생했던 당시의 일도 기록되어 있나요?"

"그렇게까지 오래된 건 안타깝지만 없어요. 남아 있는 건 20년 전부터 18년 전, 그리고 공백을 두고 13년 전부터 지금까지의 기록이에요. 오래된 기록이 없는 것은 분명 남녀 공학으로 바뀌는 사이에 자료를 정리해서 버렸기 때문일 거예요."

조금 아쉬웠지만 그래도 귀중한 정보원이었다. 그래서

미즈키는 나를 여기로 데려온 것이다. 유리코 님 전설을 각본화하기 위한 가장 좋은 재료가 여기 흰 백합 모임에 있기 때문에.

"그 기록을 좀 볼 수 있을까요?"

머뭇머뭇 물어보자 여드름투성이 남학생, 유리가 "네" 하고 큰 소리로 대답했다.

"후보자님의 부탁이라면 어떤 자료라도 보여드릴 수 있습니다."

그렇게 말하자마자 그는 창가에 세워져 있는 목재 선반으로 향했다. 햇볕을 받아 하얗게 색이 바랜, 어떻게 봐도 누군가가 손수 만든 느낌이 나는 선반이었다. 거기에서 그는 노트를 몇 권 꺼내왔다.

"이것이 유리코 님에 관련된 기록이에요."

노트는 무려 열 권 정도였다. 한 권을 펼쳐보자 눈이 아플 정도로 글자가 촘촘히 적혀 있었다. 언뜻 보는 것만으로도 어질어질했다.

그 외에도 꽤 두꺼운 파일과 유리코 님 인형으로 보이는 수공예품 같은 물건이 선반에 쭉 늘어서 있었다. 파일은 역대 후보자의 정보를 모아놓은 것이라고 유리가 설명해주었다. 압도적인 풍경이었다.

숨을 삼키고 손에 든 노트로 눈을 돌렸다. 하지만 창문이 열려 있는 탓에 바람이 불어 들어와 노트 페이지가 차르륵 기세 좋게 넘어갔다. 이런 상태로는 도저히 제대로 읽을 수 없었다.

"저기, 창문을 닫아주실 수 있나요?"

내가 부탁하자 두 학생은 고개를 저었다.

"죄송하지만 그렇게는 할 수 없습니다."

도통 이해할 수 없었지만 뭔가 이유가 있을 것 같았다. 분명 신앙 같은 어떤 이유일 것이라고 상상하여 나는 더 이상 부탁하지 않기로 했다.

불편을 감수하고 읽어나가자 몇 분 후 겨우 내용이 머릿속에 들어왔다. 지금 내가 손에 들고 있는 노트에는 10년 전인 2008년 유리가하라 고등학교에서 일어난 일이 기록되어 있는 모양이었다.

2008년

4월 7일 입학식. 올해 신입생 중 이름이 유리코인 학생은 3명. 현재 유리코 님인 유리코 A와 자리 쟁탈전을 하게 될 것이다.

4월 8일 유리코 A, 양 갈래로 땋은 머리와 붉은 셔츠 차림으로 등교.

5월 7일 유리코 A를 험담한 여학생, 동아리 활동 중에 다리를 접질리다.

5월 10일 유리코 A가 싫어하던 교사, 식중독으로 결근.

5월 16일 유리코 A를 험담한 남학생, 넘어져 다리 골절.

5월 23일 유리코 A에게 끈질기게 말을 걸어오던 사무직원, 복통으로 보건실행.

5월 30일 1학년 사이에 유리코 님에 대한 소문이 퍼지기 시작.

이게 다 뭐지? 너무 놀라 믿어지지 않을 정도였다. 유리코 님의 힘이 일으킨 불행이 자세하게 나열되어 있었다. 이렇게까지 자세하게 조사해 썼다는 점에서 필자의 상당한 집념을 느꼈다.

"흰 백합 모임의 선배분들이 대대로 이어서 기록해왔어요. 훌륭하죠?"

유리가 밝게 웃으며 가까이 다가왔지만 뭐라고 대답해야 좋을지 몰랐다.

그건 그렇고 유리코 님을 거스르는 사람은 철저하게 불행을 맞이하는 듯했다. 식중독이나 복통 정도야 큰일은 아니지만, 넘어져서 골절상 입는 일 같은 건 말하자면 작은 사건 수준이었다.

"그러면 6월과 7월 기록도 살펴보세요. 여기가 흥미진진

해지는 부분이에요."

유리의 말에 따라 나는 노트로 시선을 되돌렸다.

6월 12일 유리코 A, 1학년 유리코 전원에게 선전 포고.
유리코 B, 노골적으로 혐오 표현.
6월 16일 유리코 B, 계단에서 굴러떨어져 전신 타박상.
입원.
6월 20일 퇴원한 유리코 B, 유리코 A에게 욕을 퍼부음.
6월 23일 유리코 B, 귀가 중에 교통사고, 다시 입원.
6월 24일 1학년 유리코 C, 유리코 님 자리 쟁탈전에서
빠지고 싶다고 유리코 A에게 요청하지만 인정받지 못함.
6월 26일 유리코 C, 수업 중에 구역질을 일으키며 보건
실에 실려감.
6월 27일 유리코 C, 무단결석.
7월 3일 1학년 유리코 D, 불순한 이성 교제로 정학 처
분, 자택 근신. 성인 남성과 성매매를 한 듯. 본인은 속
았다며 사실을 부정.
7월 10일 무단 결석이 이어지던 유리코 C, 전학 결정.
7월 14일 입원했던 유리코 B, 퇴원하지만 선학 결정.
7월 18일 자택 근신 중이던 유리코 D, 퇴학 처분 결정.
다른 후보자가 사라지고 유리코 A, 유리코 님 자리 계

속 유지 결정.

　대체 이게 다 뭐야?

　놀라움의 연속이었다. 하지만 그 놀라움은 좀 전까지와는 비교도 안 될 정도였다. 이 기록으로 볼 때 유리코 님 후보자는 철저하게 비참한 상황에 처했다.

　"저, 여기 적힌 일이 정말로 있었던 일인가요?"

　조심조심 물어보자 유리코가 고개를 격하게 끄덕였다.

　"이건 실제로 있었던 일이에요."

　믿을 수 없었다. 유리코 님을 거스르는 사람에게 불행을 내린다고 하더니 후보자들도 이렇게까지 불행하게 만들 줄은 몰랐다.

　유리코 B는 이전 유리코 님인 유리코 A에게 반항했기 때문에 그때마다 부상을 입고 결국 두려워하며 전학을 갔다. 유리코 C는 처음부터 발 빼려고 했지만 그래도 불행을 피하지 못하고 등교를 거부하는 상황에 처해 그대로 전학, 유리코 D의 경우는 불순한 이성 교제로 퇴학 처분을 받았다. 본인은 사실이 아니라고 주장하고 있으니 어쩌면 누군가의 계략에 걸려들었는지도 모른다. 그렇다면 이것도 유리코 님의 힘이 작용한 불행일까?

　"유리코 님 후보자들은 매년 이러한 상황에 처하는 거

예요?"

"네. 사고, 건강 이상, 스캔들…… 6월이나 7월에 가장 많은 경향이 있어요. 아무리 늦어도 여름방학이 시작하기 전에는 한 명만 남아 유리코 님 자리에 앉을 학생이 정해져요."

유리의 말을 듣고 있으려니 두려운 마음이 점점 더 커졌다. 지금은 5월이다. 유리코 님 후보인 내게도 7월 안에 여기에 적혀 있는 불행이 찾아온단 말인가?

"어떻게 하면 불행이 오는 걸 피할 수 있을까요?"

나도 모르게 질문이 튀어나왔다. 유리와 유리코는 얼굴을 마주 본 뒤 무표정으로 말했다.

"안타깝지만 유리코 님의 불행을 피할 방법은 없어요."

시커멓고 커다란 파도 같은 절망감이 덮쳐왔다. 나는 불행에 빠져 울게 될 수밖에 없는 것인가.

"다만 후보자님이 유리코 님이 된다면 그 문제는 해결됩니다. 후보자님이 다른 사람에게 불행을 내릴 수 있게 되어 자신에게 불행이 찾아오는 일은 사라질 거예요."

다른 사람을 불행하게 하면 살아남을 수 있다는 건가. 어쩐지 기분 나쁜 조건이었지만 살아남을 길이 그것밖에 없다면 어쩔 수 없다.

"어떻게 하면 다른 후보자를 누르고 유리코 님이 될 수 있나요?"

무엇이든 하겠다는 절박한 마음으로 물어보자 유리코 선배가 대답했다.

"머리를 양 갈래로 땋고 붉은 셔츠를 입으면 유리코 님의 힘을 최대한으로 발휘할 수 있어요. 아직 후보자라 해도 그 차림을 하면 잠정적으로 유리코 님의 힘을 얻을 수 있어요. 저항하는 다른 유리코 님 후보를 힘으로 쫓아낼 수 있을 거예요."

아직 후보자 신분이지만 일단 잠정적인 힘을 얻을 수 있다. 테니스부 선배한테서도 들은 내용이었다.

자리 쟁탈전에 뛰어들어 싸울 수밖에 없는 건가. 나는 마음을 다잡았다. 원래 싸우는 건 싫어하지만 이번만은 정면으로 싸우는 것 말고는 방법이 없을 것 같았다.

그때 침묵을 유지하고 있던 다카미자와가 입을 열었다. "그렇다고 너무 마음에 두고 걱정할 필요는 없어. 아무리 유리코 님이라고 해도 사람을 죽일 수는 없으니까."

그러고 보니 유리코 님이 다른 사람을 죽음에 이르게 했다는 말은 들어본 적이 없었다.

"생명까진 뺏을 수 없다고 생각하면 마음이 편하겠지?"

완전히 편해지지는 않았지만 어깨의 짐을 조금은 덜어낸 기분도 들었다. 하지만 이 다카미자와의 말은 곧 틀린 말이 되었다. 유리코 님의 힘으로 학생 한 명이 죽은 것이다.

날이 저물 무렵이 되어서야 나는 흰 백합 모임이 동아리실로 사용하고 있는 화학 준비실에서 나왔다.

유리와 유리코에게 유리코 님에 대한 이야기를 듣는 사이에 어느샌가 시간이 훌쩍 지나 있었다. 하지만 두 사람의 이야기는 재미있다기보다는 오히려 쓸데없고 고통스러웠다. 시간이 무척 느리게 흐르는 것처럼 느껴지고 견디기 힘들 만큼 어깨가 결렸다.

그래서 다카미자와가 오늘은 여기까지 할까, 라는 말을 꺼냈을 때 구원을 받은 것 같았다. 뭐, 조금 일찍 말해줬으면 더 좋았겠지만.

다카미자와가 화학 준비실 문을 잠갔다. 창문은 여전히 열어둔 상태였기 때문에 신경이 쓰였지만 신앙에 따른 이유라고 생각했다. 굳이 물어보지는 않았다.

"후보자님, 안녕히 가세요. 꼭 다시 와주세요."

유리코가 허리를 깊이 숙여 인사하는 바람에 난감했다. 똑같이 인사하는 유리에게도 나는 제대로 대답할 수 없었다. 몸집이 작은 유리, 그와 거의 비슷한 유리코, 머리 하나 정도 키가 큰 다카미자와. 세 사람이 나란히 멀어져갔다. 나는 어쩐지 살짝 섬뜩한 느낌이 들어서 잠시 화학 준비실 앞에 머물렀다. 세 사람의 바로 뒤를 따라 걷고 싶지 않아서였다.

학교 건물에서 나온 후에도 흰 백합 모임이 마음에 걸렸다. 자전거 주차장으로 향하는 도중에도 특별동 4층에 있는 화학 준비실 쪽으로 흘끔흘끔 고개가 돌아갔다. 화학 준비실은 마침 건물 뒤쪽에 있어 자전거 주차장에서 보면 반대편에 위치하는 복도밖에 보이지 않았다. 그런데도 자꾸만 그쪽으로 시선이 향했다. 복도 쪽 바로 위, 옥상 건물 바깥쪽 펜스가 부서져 있는 것도 보였다. 선생님들이 위험하다고 경고하며 절대로 가지 말라고 엄중하게 단속하고 있는 장소다. 옥상문은 단단하게 잠겨 있다는 이야기도 들었다.

몇 번인가 뒤돌아보면서 자전거 주차장에 도착하자 미즈키가 기다리고 있었다. 미즈키는 내 자전거의 짐받이에 앉아 있었다.

"꽤 오래 걸렸네. 유익한 정보는 얻어냈어?"

"앗!" 나는 흰 백합 모임에 간 본래 목적을 잊고 있었다. "미안, 유리코 님 전설에 대해서는 그다지 듣지 못했어."

미즈키가 나를 거기에 보낸 이유는 유리코 님 전설의 과거 정보를 얻기 위해서였다. 그런데 나는 수동적으로 이야기를 듣기만 하고 정작 중요한 전설에 대해서는 까맣게 잊고 있었다.

"진짜 진짜 미안해. 나 정말 바보 같지."

풀이 죽어 고개를 숙이고 있자 이런 내 어깨에 미즈키가 손을 살짝 올렸다.

"아니, 괜찮아. 설명도 하지 않고 보낸 내가 잘못했지."

미즈키는 나를 감싸주었다. 그 다정함에 마음이 서서히 따뜻해졌다.

"고마워. 흰 백합 모임에 다시 가볼게. 다음에는 꼭 전설에 관련된 정보를 얻어오겠어."

미즈키 덕분에 생각이 적극적으로 바뀌었다. 언제 어느 때라도 미즈키는 나를 지켜줬다.

"전교 학생 여러분, 이제 집으로 돌아갈 시간입니다. 교내에 남아 있는 사람은……."

귀가를 독촉하는 방송이 울렸다. 해 질 녘이 되면 정해진 시간에 이 방송이 흘러나온다.

"그럼 집에 가자."

미즈키가 자전거에서 일어섰다. 나는 자물쇠를 열어 자전거를 움직이려고 했다.

그런데 그 순간.

"꺄아악."

학교 전체에 울려 퍼질 정도로 커다란 비명이 들렸다. 공포로 일그러진 여성의 비명, 그 직후 들린 쿵 하고 뭔가가 떨어지는 소리. 교실동과 특별동에 둘러싸인 정원에서 들린 것 같았다.

좋지 않은 예감이 들었다. 불과 얼마 전에 비슷한 소리를 들었는데.

"유리코, 혹시."

미즈키도 같은 생각이 들었는지 얼굴이 하얘졌다. 나는 덜덜 떨면서도 무의식중에 정원 쪽을 향해 발걸음을 옮기고 있었다.

저무는 태양은 불길하게 느껴질 정도로 새빨갛게 물들어 있었다. 어두워지기 시작한 하늘 가운데 그 붉은 원은 이상하리만큼 강렬했다.

설마, 설마. 생각하고 싶지도 않았지만, 머릿속에 제멋대로 상상이 펼쳐졌다. 이 사태를 일으킨 것이 무엇일지에 대해 생각이 흘러가버렸다.

이것도 유리코 님이 한 일인가?

정원에 도착하니 이미 사람이 모여 있었다. 학생들이 열 명 정도 모여 연달아 괜찮으냐고 말을 걸고 있었다.

"죄송합니다. 지나갈게요."

미즈키가 내 앞에 서서 길을 만들어주어 사람들 무리 앞으로 나올 수 있었다. 거기에는 예상했지만 없기를 바랐던 광경이 펼쳐져 있었다.

교복을 입은 여학생이 머리부터 검붉은 피를 흘리며 쓰러져 있었던 것이다.

"떨어진, 거야?"

당연한 질문을 하고 말았다. 그러자 모여 있던 학생들 가운데에서 흥분한 모습의 남학생이 대답했다.

"특별동 옥상에서 떨어졌어! 내가 여기서 놀다가 직접 봤다고."

그의 등 뒤에는 남학생 두 명이 있었다. 세 사람이 놀다가 추락하는 걸 목격한 모양이다. 세 명 모두 흥분한 상태인지 불안정하게 다리를 떨고 있었다.

"옥상에 펜스가 부서진 곳에서 떨어졌어."

빠른 말투로 설명이 이어졌지만 비일상적인 사태에 나는 혼란에 빠졌다. 내용이 머릿속에 잘 들어오지 않았다.

"다들, 비켜. 여기 있지 말고."

남자 선생님의 화난 목소리가 울렸다. 학생 무리를 멀리 밀어내며 흩어지게 한 후 떨어진 여학생이 있는 곳에 다가갔다. 다른 선생님 몇 명도 따라왔다.

"큰일 났네. 빨리 구급차 불러."

선생님들이 떨어진 여학생 주위를 둘러싸는 바람에 상황을 볼 수 없게 되었다. 하지만 호기심 많은 학생들은 3층과 4층으로 올라가 창문으로 몸을 내밀고 상황을 살폈다.

"거기, 너희들, 뭐하는 거야! 하교 시간 지났으니 빨리 집으로 돌아가."

남자 선생님의 화난 목소리에도 아무도 움직이지 않았다. 어떤 학생은 급기야 스마트폰을 꺼내 카메라로 찰칵찰칵 사진을 찍어댔다.

"멈춰! 찍지 마!"

남자 선생님이 외치는 소리가 울려 퍼졌지만 효과는 없었다. 한동안 카메라 플래시가 조명처럼 정원을 비췄다.

"야, 큰일 났어. 불이야."

이런 상황에 더욱 절박감이 가득한 목소리가 울렸다. 특별동 쪽에 있던 남학생이 당황한 듯 목소리를 높였다.

"특별동 뒤편에 불이 났어. 풀숲이 타고 있어."

이런 긴급 사태에 화재까지 이어지다니. 나는 더욱더 혼란스러워졌다. 특별동 뒤편이라고 하면 이 정원에서 특별동을 가운데 두고 반대쪽이었다. 어째서 이런 타이밍에 평소에 잘 일어나지도 않는 화재까지 난 걸까?

혹시, 이것도 유리코 님의 힘인가?

인간의 영역을 넘어선 일이 일어나고 있다는 꺼림칙한 느낌에 나는 현실감을 잃고 멍하니 있었다.

"어, 움직였다."

그때 남자 선생님의 목소리가 울렸다. 그는 서둘러 주위에 있는 선생님들을 불러 모았다.

"아직 살아 있어. 빨리 응급 처치해. 빨리!"

추락한 여학생은 아직 숨이 붙어 있는 모양이었다. 순식간에 주위가 어수선해졌다.

"우리도 가자."

갑자기 미즈키가 팔을 잡아끌었다. 미즈키는 선생님들 사이를 비집고 들어가 추락한 여학생 앞에 웅크리고 앉았다. 나도 강제로 이끌려 미즈키 옆에 다가갔다.

"거기 비켜. 학생은 오면 안 돼."

선생님이 소리쳤지만 미즈키는 나를 더욱 잡아당기며 추락한 여학생에게 말을 걸었다.

"무슨 일이 있었던 거야?"

질문을 받은 여학생은 괴로운 듯이 피를 토한 흔적이 남은 입을 뻐끔뻐끔한 후 내장을 짜내는 듯한 목소리로 말했다.

"유리코 님에게…… 당했어."

보이지 않는 손이 살짝 어루만진 것처럼 온몸의 털이 곤두섰다. 공포가 정체를 알 수 없는 괴물로 변하며 나를 덮쳤다. 그녀의 고개가 툭 떨어졌다. 다시 의식을 잃은 모양이었다.

"빨리 비켜. 방해되잖아."

선생님이 다시 소리를 질렀다. 나와 미즈키는 그 자리를 떠났다. 필사적으로 응급 처치를 하는 선생님들 옆을 지나며 나는 그녀의 말을 머릿속에서 몇 번이고 되뇌었다.

……유리코 님에게 당했어.

나는 거의 저물어버린 석양 쪽으로 눈을 돌렸다. 그녀의 망막에 사라져가는 석양의 붉은빛이 남아 있었다. 그 붉은빛이 그녀가 흘린 피의 붉은색과 겹쳐지며 지독하게도 짙은 붉은색을 만들어내고 있었다.

제3장
유리코의 일기

다음 날 학교는 긴급 임시 휴교에 들어갔다. 학생들에게는 자택에서 대기하라는 지시가 내려졌지만 지금 나는 그런 지시를 정직하게 지킬 심리 상태가 아니었다. 오전 중에 집에서 나와 자전거를 타고 미즈키네 집으로 향했다.

"어머, 유리코. 오랜만에 왔네."

현관에서 미즈키의 어머니가 맞이해주었다. 미즈키의 어머니는 열여덟 살에 미즈키를 낳았다고 들었는데, 젊기도 했지만 외모도 아름다웠다. 내가 동경하는 사람이기도 했다.

"유리코도 유리가하라 고등학교에 입학해서 다행이야. 거기 정말로 좋은 학교지. 미즈키도 그 학교에 꼭 보내고 싶어서 가족 모두가 함께 입시를 보냈어. 떨어지면 어떡하나 걱정도 했지만 합격해서 정말 다행이야."

미즈키의 어머니는 항상 유리가하라 고등학교에 대한 이야기를 많이 하고 싶어 하셨다. 이야기 상대가 되어드리고 싶었지만 지금은 그럴 때가 아니었다. 나는 가볍게 인사만 하고 미즈키와 함께 그녀의 방으로 향했다. 미즈키답게 심플하게 꾸며진 방에 들어가 안쪽에서 문을 잠갔다. 이제야 겨우 살 것 같았다.

"옥상에서 떨어진 애, 죽었다나 봐."

내가 뉴스에서 본 정보를 말하자 미즈키는 "그런 모양이더라" 하며 고개를 끄덕였다.

"죽은 애는 1학년 3반 마쓰자와 유리코였대."

이것도 뉴스에서 들은 내용이었다. 하지만 그 사실은 너무나도 충격적이었다. 왜냐하면 그녀의 이름이 '유리코'이기 때문이었다.

"유리코 님 후보가 한 명 죽었어."

내가 떨리는 목소리로 중얼거리자 미즈키는 걱정되는 듯 내게 말을 걸었다.

"유리코, 혹시 이번 추락사가 유리코 님의 힘에 의한 것이라고 생각해?"

불안하게 떨리는 미즈키의 아름다운 눈동자. 하지만 오늘만큼은 그 투명한 눈동자를 보자 화가 났다.

"당연히 그렇지. 유리코 님의 힘이 아니면, 어떤 다른 이유가 있다는 거야!"

미즈키에게 화를 내고 말았다. 지금까지 한 번도 없었던 일이었다.

"유리코, 진정해. 아직 사실이 확인된 건 아니야"

"그렇지 않아. 과거에도 유리코 님 후보자에게는 몇 번이고 불행이 찾아왔다고 하잖아. 게다가 유리코 님의 힘이 아니라면 어째서 해 질 녘에 옥상 같은 곳에 가서 떨어지겠어? 게다가, 게다가." 그 이상 말하기 무서웠지만 충동이 먼저 앞질러갔다. "그 애가 유리코 님에게 당했다고 직접 말했잖아!"

나는 요란하게 떠들어댔다. 공포로 완전히 제정신이 아니었다.

"초대 유리코 님에게 저주받은 거야. 유리코 님 자리에 앉기에는 적당하지 않다고 판단되니까 벌을 내린 거라고."

눈가가 뜨거워져서 정신을 차려보니 눈물이 흐르고 있었다. 눈물방울이 볼을 타고 흐르더니 결국 오열이 터졌다.

"나, 나도 같은 상황에 처할 거야. 자살한 유리코 님의 망령이 저주를 내려 죽게 될 거라고."

큰 소리를 내며 미즈키에게 안겼다. 춥지 않은데도 몸이 덜덜 떨렸다.

"괜찮아. 마음을 가라앉혀봐." 미즈키가 부드러운 목소리로 말하고는 내 등 뒤로 팔을 감아 꼭 안아주었다. "이번 사건은 유리코 님의 힘과 관계없어. 그러니까 안심해."

따뜻한 미즈키의 체온. 아주 조금 마음이 진정되어 눈물이 멎었다.

"유리코 님의 망령은 그 정도의 힘은 없어. 유리코는 조금 지나치게 겁먹은 것뿐이야."

다른 누군가가 말했다면 도저히 받아들일 수 없는 말이었을 것이다. 하지만 미즈키의 입에서 나온 말은 이런 때에도 아주 조금 믿음이 갔다.

"유리코 님의 저주가 아니야?"

"그래, 아니야. 내가 증명해 보일게."

미즈키가 등을 토닥토닥 두드려줬다. 미즈키의 다정한 손. 조금씩 안심이 되었다.

"유리코 님은 사람에게 불행을 내리는 존재일지는 몰라. 하지만 지금까지 사람을 죽게 만든 일이 있었어?"

미즈키의 말에 정신이 들었다. 10년 전의 기록에도 사람이 죽었다는 내용은 없었다.

"유리코 님의 힘이라는 것이 정말로 있다고 하더라도, 그것은 사람을 죽일 정도로 강하지는 않아. 그러니까 네가 유리코 님의 망령에 죽는 일은 없을 거야. 알았지, 유리코."

"그런, 거야?"

온몸에서 힘이 빠져나갔다. 팔이 스르륵 아래로 떨어졌다. 안고 있던 미즈키의 몸이 떨어졌다.

이번 사건에 유리코 님은 관계없구나. 조금씩 안심이 되었지만 금세 그 말이 다시 떠올라 생각이 바뀌었다.

"하지만 마쓰자와는 분명 '유리코 님에게 당했어'라고 말했다고."

"그런 건 다양하게 해석할 수 있어. 정말로 유리코라는 이름의 학생에게 당했을지도 모르고, 유리코 님을 맹신하는 학생에게 당했다는 의미일지도 몰라."

유리코 님의 망령에게 당했다는 것은 아니라는 말인가. 나는 다시 조금 마음이 놓였다. 다만 한 가지 생각에 닿아 깜짝 놀랐다. 그냥 지나칠 수 없는 부분이었다.

"학생에게 당했을지도 모른다니 미즈키는 이 일이 누군가가 저지른 살인이라고 생각하는 거야?"

망연자실해져서 물어보자 미즈키는 천천히 고개를 끄덕였다.

"나는 마쓰자와 유리코가 누군가에게 살해당했다고 생각하고 있어."

깜짝 놀랄 말이었다. 나는 충격을 받아 할 말을 잃었다.

"살해당했다니 무슨 말이야?"

"말 그대로의 의미야. 마쓰자와는 옥상에서 누군가에게 밀려 떨어졌을 거야."

명확한 살의를 가진 살인. 그런 엄청난 일이 내 주변에서 일어나다니 믿을 수 없었다.

"자살 가능성을 제외하고 생각해보면 그런 결론이 나와. 자살이 아니라면 살인이거나 사고인데, 그렇다면 고등학생이나 된 여자애가 자살할 생각이 없는데도 해 질 녘에 혼자 옥상에 올라가서 펜스가 부서져 사고가 날지도 모르는 위험한 곳에 갔을까? 그렇게 생각해보면 살인밖에 없어."

유리코 님에게 당했다, 라는 말을 했으니 자살은 분명 있을 수 없었다. 그 생각을 전제로 한 추리였다. 일단 이해가 되었다. 하지만…….

"하지만 역시 자살이라는 가능성도 있지 않아? 유리코 님에게 당했다는 건 의식이 몽롱해진 가운데 내뱉은 헛소리에 지나지 않을지도 모르고."

"그럴지도 모르겠네. 게다가 유리코 님 자리 경쟁의 압박을 견디지 못하고 자살을 선택한 거라면 그것은 유리코 님에게 이끌려간 거나 마찬가지니까. 그런 말을 한다고 해도 이상하지 않아."

그렇다면 자살이 아닐까 생각했지만 미즈키는 바로 강하게 말을 이었다.

"하지만 역시 자살 가능성은 옅어. 애초에 보도에 따르면 유서도 없었고, 자살이라고 하기에는 떨어질 때 비명 소리가 크지 않았어? 각오를 한 자살이라면 그렇게 큰 비명을 지르지 않을 거야. 실제로 아사카 선배 때는 비명이 들리지 않았잖아."

분명 그랬다. 마쓰자와가 떨어질 때 내지른 비명 소리를 듣고 차오르는 공포를 억누를 수 없었다.

"물론 유서를 쓰지 않고 자살하는 사람도 있고, 떨어질 때 비명을 지르며 자살하는 사람도 있겠지. 100퍼센트 자살이 아니라고는 단정할 수 없지만 확률로 본다면 여전히 살인 쪽이 높지 않을까?"

이해되었다. 자살과 사고보다 살인일 가능성이 높았다.

"다만 살인이라고 해서 유리코 님 후보자가 어쩌다가 우연히 살해당했다고는 생각되지 않아. 유리코 님이라는 존재가 특별한 이상 마쓰자와는 유리코 님 후보자였기 때문에 살해당했다고 보는 게 맞을 거야. 하지만 유리코 님의 망령이 살인을 한 게 아니라 살아 있는 인간의 손에 의해 살해당했다는 의미야."

오싹함에 등줄기가 서늘해졌다. 그렇다면 나를 포함한 유리코 님 후보는 모두 살해당하는 걸까. 내가 여전히 떨고 있자 미즈키가 가만히 손을 잡았다.

"괜찮아. 어떤 일이 있어도 유리코는 내가 지켜줄게."

고마운 말이었다. 안심시키기 위한 말이겠지만 그 한마디로 내 불안은 줄어들었다.

"그럼 이제 진정하고 들어줄래? 내가 하는 말은 어디까지나 하나의 가정이니까." 미즈키는 내 손을 어루만지며 천천히 이야기를 시작했다. "이번 사건이 살인이라고 치고, 유리코 님 후보자를 죽이는 것에 어떤 의미가 있을까? 몇 가지 생각할 수 있는 가능성을 들어볼게."

미즈키는 손가락을 하나 세우더니 그 가능성에 대해서 이야기했다.

"첫 번째, 가장 유력한 건 유리코 님 후보자의 수를 줄여 자신이 유리코 님이 되기 쉽게 하기 위한 케이스야. 이 경우 범인은 유리코 님 후보 중 하나라고 할 수 있어. 라이벌을 강제로 떨어뜨려 자신의 승리를 확실하게 노린 거지."

무서운 계획이었다. 그런 일을 생각하는 사람은 없었으면 싶었다.

"두 번째는 유리코 님이라는 존재에 원한을 품고 있어서 후보자를 모두 죽이려는 케이스야. 이 경우, 범인은 유리코 님 후보가 아닌 제삼자가 되겠지. 과거에 유리코 님 때문에 비참해졌다고 생각하고 있거나 친한 사람이 유리코 님의 저주에 피해를 입었다고 착각하는 사람을 의심해볼 수 있어."

복수라는 건가. 이 또한 등줄기가 얼어붙을 것 같은 이야기였다.

"세 번째는 유리코 님 후보를 전부 없애버리고 자신이 학교 내의 일인자가 되어 힘을 과시하고 싶은 케이스."

잠시 의미를 이해할 수 없었다. 무슨 말이지?

"이건 조금 특이한 예인데, 이 경우 범인은 학교 내에서 일인자가 되고 싶어 하는 인물이야. 그 인물은 학교에서 일인자 역할을 하고 있는 유리코 님이라는 존재가 거슬렸어. 왜냐하면 유리코 님이 있는 한 암묵적인 일인자는 그녀가 될 테고. 그 인물은 아무리 애를 써도 일인자가 될 수 없으니까."

"그렇구나. 그래서 유리코 님 후보를 전부 제거한다는 말이지."

"응. 유리코 님 후보를 모두 죽이고 비어버린 일인자 자리를 그 사람이 차지하려는 거야."

겨우 이해가 되었다. 하지만 이 또한 무서운 생각이었다.

"나는 이렇게 세 가지 생각을 떠올려봤는데, 유리코는 어떻게 생각해?"

미즈키가 갑자기 내 의견을 물어왔지만 질문이 갑작스러워 답을 하지 못했다.

"그렇지. 어렵지. 전부 있을 법하기도 하지만 반면 있을 수 없는 일들이니까."

미즈키는 나의 침묵을 곱씹듯이 몇 번이고 끄덕였다.

"첫 번째 동기는 문제가 있어. 유리코 님이 되고 싶다, 그것만을 위해서 다른 후보자들을 모두 죽일 생각을 할까? 살인은 큰 범죄야. 얻을 수 있는 것에 비해 감수해야 할 리스크가 너무 크다고."

첫 번째 동기에 대한 부정이다. 확실히 다치게 하는 것만으로도 효과는 있을 텐데 굳이 살인을 저지르는 건 리스크가 지나치게 크다.

"두 번째, 유리코 님이라는 존재에 원한이 있어서 모두 죽인다는 것도 이상하지? 원한이 있다면 당시의 유리코 님을 죽이면 되지, 현재 후보까지 죽이는 건 지나친 행동이야. 게다가 지금까지 유리코 님이 사람을 죽게 하지 않은 이상 살인이라는 수단도 지나쳐."

맞는 말이었다. 유리코 님이 내린 불행은 기껏해야 부상을 입히는 정도였다.

"그리고 세 번째, 유리코 님을 제거하고 일인자가 되고 싶은 케이스도 의문이 있어. 아무리 후보 모두가 사라진다고 해도 그 인물이 일인자가 된다는 보장은 없어."

세 번째 동기도 사라졌다.

"이렇게 되면 모든 케이스가 틀렸다는 이야기가 돼. 그러면 범인에게는 네 번째 동기가 있다는 뜻이 되겠지."

"네 번째 동기? 넌 그 네 번째 동기를 안다는 거야?"

기대를 하고 물어봤지만 미즈키는 아쉬운 듯이 고개를 저었다.

"현시점에서는 아직 모르겠어. 생각한 것보다 범인의 심리는 복잡한 것 같아."

어깨가 축 처졌다. 똑똑한 미즈키도 아직 진상을 알아내지는 못한 모양이다.

"정보가 너무 부족해. 좀 더 이야기를 들으러 다니며 다양한 정보를 모아야겠어."

미즈키는 이 사건을 풀고자 하는 의욕에 가득 차 있었다. 눈동자가 검게 빛났다.

"유리코를 안심시키기 위해서라도 사건을 해결해 보일 생각이야."

그 한마디는 세상 어떤 말보다도 든든했다.

다음 날. 임시 휴교가 풀려서 평소처럼 수업이 재개되었지만 평화로운 일상은 돌아오지 않았다.

우선 등굣길에 동네 주민들의 호기심 어린 시선을 받았다. 교복을 보고 유리가하라 고등학생이라고 알아볼 수 있다 보니 스쳐 지나갈 때마다 흘끔흘끔 쳐다보고 몇 사람은 말을 걸어왔다. 사건은 어떻게 되었어? 피해자는 아는 학생이야? 학교 관리 책임은 어떻게 되는 거야? 등등. 교문 가까이 오는 데까지 정신적으로 상당히 피로해졌다.

그리고 교문 앞에 오자 이번에는 기자들의 취재가 쏟아졌다. 학교 근처에서 거미줄 같은 진을 치고 인터뷰하려는 사람들이 차례차례 질문을 해왔다. 그중에는 끈질기게 들러붙기도 하고 갈 길을 막아서는 기자도 있어 난감했다.

그 사이를 겨우 통과하여 교문 안으로 들어가자 이번에는 학교 내의 차갑게 식은 공기가 맞이했다. 학생 한 명이 죽은 일로 모두 기분이 어둡게 가라앉아 평소처럼 떠들썩하게 대화를 나누지도 않았다. 거기에 더해서 선생님들이 엄격하게 감시의 눈초리를 보내고 있어 더욱 자유롭게 이야기하기 힘든 분위기였다. 마치 감옥 안에 있는 것 같아 어디에 가도 숨이 막혀왔다.

수업이 시작되어도 그 가시 돋친 분위기는 여전했다. 시종 팽팽하게 긴장된 분위기에 뭔가 계기가 있으면 폭발해 버릴 것 같았다. 아니나 다를까 3교시에는 여학생 한 명이 울음을 터뜨리며 과호흡을 일으키는 바람에 보건실에 실려갔다. 4교시에는 수업이 한창 진행 중일 때 여학생들 사이에 작은 말다툼이 서로 치고받는 싸움으로 커졌다.

모두들 불안한 것이다. 교내에서 사람이 죽었다는 사실에 대한 이상한 분위기와 유리코 님의 힘이 만들어내는 실체를 알 수 없는 공포감이 마음을 혼란스럽게 하는 것이다.

"야사카, 잠깐 괜찮겠니?"

점심시간에 담임인 히가시다가 불렀다. 무슨 일일까 생각하는 사이에 그는 나를 응접실로 데리고 갔다. 가죽 소파에 앉아 긴장한 상태로 기다리고 있자 험상궂은 인상의 남자 두 명이 함께 들어왔다.

"효고 현경 나다 경찰서 소속 한도입니다."

"같은 곳 소속 사토나카입니다."

경찰 배지를 보고 깜짝 놀랐다. 두 사람은 형사였다.

"야사카 유리코 학생, 잠깐 이야기를 듣고 싶은데."

50대 중반 정도로 보이는 검게 그을린 얼굴의 한도가 소파에 앉으면서 말을 꺼냈다. 어쩐지 난폭한 말투였다.

"응급 처치를 한 선생님에게 듣기로는 마쓰자와 유리코가 떨어지던 현장에 있었다고 하던데."

"네?"

나도 모르게 목소리가 새어 나왔다. 온몸이 경직되었다. 이것은 사정 청취인 걸까? 내가 의심을 받는 걸까? 당황해하는 사이 30대 초반으로 보이는 사토나카가 말했다.

"안심하셔도 됩니다. 학생을 범인으로 지목한 게 아니에요. 사건 발생 당시의 상황을 듣고 싶을 뿐이에요."

정중한 말투에 마음이 놓였다. 형사 같지 않은 사토나카의 나긋한 태도는 사람을 안심시켰다.

"추락 직후 현장 모습은 어떤 상황이었지?"

다시 한도가 질문했다. 이번에는 침착하게 천천히 이야기를 시작했다.

"저는 마쓰자와가 추락하는 순간에 현장에 있었던 것은 아니에요. 뒤쪽에 있다가 현장으로 달려갔는데, 그때에는 이미 많은 학생과 선생님이 모여 있었어요."

"그때 마쓰자와 유리코의 상태는?"

"머리를 부딪혀서 피를 흘리고 있었고, 의식은 거의 없는 것 같았어요. 다만 도중에 의식이 돌아와서 말을 조금 했어요."

"호오, 어떤 말이었지?"

그것은…… 말을 하려다 머뭇거렸다. 그 말을 외부 사람에게 전해도 괜찮은 걸까?

"괜찮아요. 어떤 증언도 저희는 진지하게 받아들이겠습니다."

사토나카가 정중하게 설득해왔다. 이 사람이라면 이해해 줄 것 같다는 생각에 나는 입을 열었다.

"그게…… 마쓰자와는 '유리코 님에게 당했어'라고 말했어요.”

“유리코 님?”

한도가 갑자기 의아한 표정을 지었다. 나는 괜히 말했나 싶어 후회했다.

“유리코 님이라니 무슨 말이죠?” 사토나카가 어딘가 수상하다는 표정으로 물었다.

분명 이해하지 못할 것이라고 생각하면서도 이미 말을 꺼내버렸기 때문에 도중에 멈출 수는 없었다.

“유리코 님이라는 건 이 학교에 전해 내려오는 전설 같은 거예요. 매년 유리코라는 이름의 여학생이 학교 내에 딱 한 명 있는데, 그녀를 따르지 않으면 불행이 찾아와요.”

한도와 사토나카가 서로의 얼굴을 마주 봤다. 분명히 당황한 모습이었다.

“음, 그러니까, 마쓰자와 유리코는 그 유리코 님에게 살해당했다는 말인가요?”

“아, 네, 아마도…… 그럴 거예요. 아니, 아니려나.”

“마쓰자와 유리코 학생도 이름이 유리코잖아요. 그녀가 그 유리코 님 아닌가요?”

“아니요, 그렇지 않아요. 현재 이 학교에는 유리코라는 학생이 몇 명 있는데, 마쓰자와는 그중 한 명이에요.”

“응? 유리코는 학교에 한 명뿐인 거 아니었어요?”

"그게…… 매년 유리코 님의 자리를 두고 경쟁하게 되는데, 그렇다고 실제로 싸우는 건 아니고요. 아무 짓 하지 않아도 자연스레 한 명만 남게 되는 거죠."

한도와 사토나카의 시선이 차갑게 식었다. 당연했다. 이런 이야기를 듣고도 믿어주는 사람은 형사가 될 수 없을 것이다.

"뭐, 알겠습니다. 유리코 님에 대한 건은 저희 쪽에서 조사해보겠습니다."

분명히 김빠진 대답이었다. 진심으로 조사할 생각은 없어 보였다.

유리코 님의 존재야말로 이 사건의 열쇠가 될 텐데. 믿어주지 않는 두 형사가 원망스러웠다.

형사의 청취에서 해방된 후 5~6교시를 듣고 나자 수업이 끝났다. 평소보다 조용한 복도를 걸어갈 때 앞에서 미즈키가 다가왔다.

"유리코, 가자."

미즈키가 갑자기 팔을 잡아끌었다. 어디로 가는지 몰라 당황하고 있는 사이에 연결 복도를 건너 계단을 올라 특별동 4층까지 와 있었다.

"사건을 밝히려면 여기에 올 수밖에 없어."

미즈키가 시선을 향한 곳은 화학 준비실 문 앞이었다. 흰 백합 모임의 동아리실이다.

"내가 직접 이야기를 듣고 싶지만 안타깝게도 이름에 유리코라는 글자가 없기 때문에 나는 자격이 없어. 유리코에게는 미안하지만 대신 이야기를 들어주지 않을래?"

미즈키가 간청하는 눈빛으로 부탁을 했다. 그 눈빛을 보고도 모른 척할 수 없었다.

"알았어. 물어보고 올게."

부탁할게, 라며 손을 흔들고 멀어져가는 미즈키를 배웅한 뒤에 나는 노크했다. 하지만 반응이 없었다. 아무도 없는 걸까? 문을 밀어보자 의외로 스르륵 열렸다.

"열려 있네? 아무도 안 계세요?"

얼굴을 들이밀고 들여다봤지만 안에는 아무도 없었다. 열어둔 창문에서 바람이 들어오고 있을 뿐이었다.

"문 잠그는 걸 잊었나?"

한 걸음 들어가 다시 살펴봤지만 역시 아무도 없었다. 방 안은 조용했다.

"실례합니다."

불러봐도 아무런 반응이 없었다. 나는 어찌할 바를 모르고 그 자리에 우두커니 서 있었다. 이럴 때는 일단 돌아가야 할까, 아니면 계속 기다려야 할까?

그때 창문 쪽에서 뭔가 반짝 빛났다. 시선을 빼앗긴 채 바라보고 있으니 다시 빛났다. 아무래도 창가에 걸린 뭔가가 태양 빛을 반사해서 빛나는 모양이었다.

뭘까? 조금 궁금해졌다. 훔쳐봐서는 안 될 것 같다고 느끼면서도 방 안으로 들어갔다. 스틸 선반에 실험 도구가 잡다하게 늘어져 있는 좁은 방 안을 가로질러 창가에 걸려 있는 것을 손으로 뺐다.

"이건……." 나는 고개를 갸웃했다.

단추였다. 백합 모양이 들어가 있는 것으로 봐서 유리가 하라 고등학교의 교복에 달려 있던 것이다. 내 소매의 단추와 비교해봐도 틀림없이 같은 것이었다.

단추 구멍에는 뜯어진 실이 붙어 있었다. 게다가 어째서인지 실 끝 쪽이 불에 타 검게 그을려 있었다. 어째서 창가에 그을린 실이 붙은 단추가 걸려 있지? 마쓰자와가 죽은 날에 일어났던 화재와 관련이 있는 걸까? 아무리 생각해도 의문스러웠다.

그런데 그때 갑자기 등 뒤에서 기척이 느껴졌다. 나도 모르게 단추를 주머니에 급히 넣고 뒤돌아보려고 했을 때 어깨에 뭔가가 올려졌다.

"으악!"

깜짝 놀라 소리를 지르며 뒤를 돌아보자 등 뒤에 유리

가 서 있었다. 그의 오른손이 내 어깨를 잡은 것이다.

"뭐, 뭐예요. 유리 선배였어요?"

안도하여 주저앉았다. 유리는 이상한 듯이 고개를 갸웃했다. 왼손에는 열쇠를 들고 있었다.

"후보자님, 어떻게 된 일인가요? 볼일이라도 있으세요?"

유리의 목소리는 기분 탓인지 들떠 있는 것처럼 들렸다. 사건이 일어나서 기쁜 걸까?

"저기, 마쓰자와의 추락 사건에 대한 것인데요."

내가 머뭇머뭇 이야기를 꺼내자 유리는 "아아"라고 기쁜 듯이 크게 숨을 내뱉었다.

"유리코 님 후보가 죽다니 정말로 안타까운 일이에요."

유리는 요란스러운 몸짓으로 무대 위에 선 배우처럼 한탄하는 모습을 보였다.

"하지만 올해는 양상이 예년과 다른 모양입니다. 유리코 님과 관련해서 사람이 죽은 일은 기록에 따르면 초대 유리코 님이 스스로 뛰어내려 자살한 이후 처음 있는 일이니까요."

이상할 정도로 들떠 있는 유리의 행동에 놀랐지만 그의 말에는 중요한 내용이 포함되어 있었다.

"저기, 초대 유리코 님이 자살했어요?"

그러고 보니 테니스부 선배에게 처음 이야기를 들었을 때 초대 유리코 님이 뛰어내려 자살했다고 했던 기억이 났다. 그때 기억이 지금 유리의 발언과 이어졌다.

"네, 그랬죠. 자세히 이야기해드릴까요?"

"네. 부탁드리겠습니다."

문득 몸을 잔뜩 앞으로 기울이고 있다는 사실을 깨달았다. 어느샌가 나 스스로 유리코 님과 관련된 사건에 강한 흥미를 느끼고 있었던 모양이다.

"초대 유리코 님은 학교 건물 옥상에서 뛰어내려 자살했어요. 그것이 유리코 님 전설의 발단입니다."

유리의 이야기에 긴장감이 느껴졌다. 이 이야기는 분명 신봉자인 그에게는 중요한 이야기일 것이다.

"초대 유리코 님의 자살에 대해서는 여러 가지 설이 있지만, 가장 신뢰할 수 있는 문헌에 따르면 그 원인은 집단 괴롭힘과 실연 때문인 듯합니다. 유리코 님은 심한 집단 괴롭힘을 당했고, 동시에 슬픈 실연을 했나 봐요. 아무래도 그 괴로움 때문에 스스로 목숨을 끊은 모양입니다."

유리가하라 고등학교는 20년 전까지는 여학교였으니까 어쩌면 여학생 특유의 음흉하고 변덕스러운 괴롭힘이 있었을지도 모른다. 실연에 대해서는 잘은 모르겠지만 학교와 상관없는 남자와 연애한 결과였을까?

"유리코 님이 죽은 후 유리코라는 이름을 가진 학생 주위에 이상한 일이 일어나게 되었습니다. 이름이 유리코인 학생을 따르지 않는 사람에게 불행이 찾아온 거죠. 그런 일이 몇 번이고 반복되는 사이에 학생들이 신성한 유리코 님의 존재를 깨닫고 그녀를 받들어 신봉하게 된 것입니다."

그것이 유리코 님 전설의 발단인가. 하지만 신경 쓰이는 것이 있었다.

"그 문헌이라는 건 뭔가요?"

내가 관심을 보이자 유리는 아, 하고는 창가에 있는 목재 선반으로 향했다.

"이거예요. 우리가 성전이라고 부르는 초대 유리코 님의 일기입니다."

일기! 그런 것이 남아 있었다니.

"원래는 다른 사람에게 보여주지 않지만…… 유리코 님 후보자께는 특별히 보여드릴게요."

낡은 노트 한 권을 건네받았다. 표지가 누렇게 바래 있어 매우 오랜 세월이 지났다는 걸 알 수 있었다.

표지에는 제목 없이 그저 '1970 유리코'라고 연도와 이름만이 적혀 있었다. 그 글자도 몇 군데가 긁힌 자국처럼 벗겨져 있었다.

"흰 백합 모임의 다른 자료는 20년 전에서 18년 전, 그리고 13년 전부터 현재까지밖에 남아 있지 않지만 이 일기는 예외였던 모양이에요. 귀중한 것이라 엄중하게 보관되어 있었나 봅니다."

무척 중요한 자료인 모양이었다. 나는 신경 써서 조심스럽게 노트를 만졌다.

"이거, 읽어도 되나요?"

"네, 괜찮습니다."

유리가 끄덕였다. 이것이 초대 유리코 님의 일기…… . 나는 침을 꿀꺽 삼키며 낡은 노트를 천천히 넘겼다.

◇

1970년 유리코 일기

6월 1일 월

나는 유리코. 유리가하라 고등학교 1학년이다.

오늘부터 짧은 일기를 쓰기 시작한다. 내 마음 같지 않은 세상이지만 적어도 일기를 쓸 때만큼은 행복을 찾고 싶다. 그래서 행복했던 일은 아무리 사소한 거라도 기록할 생각이다.

6월 2일 화

집으로 돌아오는 길에 아름다운 수국을 발견했다. 귀엽

고 사랑스러웠다. 한참을 가만히 보고 있었더니 지나가던 사람들이 웃었다. 그렇게 웃지 않아도 될 텐데.

6월 3일 수
같은 반 여자애가 머리를 귀엽게 묶고 있어서 눈길을 빼앗기고 말았다. 그랬더니 그 아이가 기분 나빠 했다. 내가 그렇게 이상한 걸까?

6월 4일 목
나는 예쁜 여자아이가 되고 싶다. 길고 검은 머리카락을 휘날리며 산들바람 같은 미소를 짓고 싶다. 하지만 실제로는 그렇지 않다. 그 사실이 슬프다.

6월 5일 금
같은 반 여학생이 나를 보고 불결하다며 웃었다. 분하다. 욕조에 몸을 담그고 30분 넘게 시간을 들여 꼼꼼하게 씻고 있는데.

6월 6일 토
이래서는 안 된다. 일기 내용이 점점 어두워지고 있다. 좀 더 행복한 일을 찾아 밝은 내용으로 채워야지. 그래,

오늘 집으로 돌아오는 길에 하늘에 무지개가 걸려 있었던 일이라든가. 무척 아름다웠다.

6월 7일 일
하루 종일 집에 틀어박혀 있었다. 한 일이라고는 『빨강머리 앤』을 열중해서 읽은 것뿐. 앤은 행복해서 좋겠다. 사이좋은 친구가 있는 것이 부럽다.

6월 8일 월
쉬는 시간에 몰래 『빨강머리 앤』을 읽고 있었는데 반 친구에게 들켰다. 같은 반 아이들 모두 큰 소리로 웃었다. 나와는 어울리지 않는다면서. 괴로워서 조금 눈물이 흘렀다. 모두가 울보라며 비웃었다.

6월 9일 화
어제의 분한 마음이 아직 남아 있지만 이것도 하나의 계기라고 생각하여 긍정적으로 여기기로 했다. 좋아하는 것이 알려진 이상 더 숨길 필요가 없는 것이다. 내일은 모두가 입을 다물 정도로 앤같이 예쁜 모습으로 학교에 가야지.

6월 10일 수

정성을 다해 꾸미고 학교에 갔다. 앤을 모티브로 한 귀엽고 아름다운 모습이다. 하지만 모두의 비웃음을 사고 선생님에게도 몸단장을 제대로 하라며 야단맞았다. 예쁘고 싶었을 뿐인데. 슬프다. 눈물이 흘렀다.

6월 11일 목

화장실이 싫다. 너무 싫다. 안에 들어가 있으면 세면대에서 하는 대화가 들리는 것도 싫다. 언제나 나를 바보 취급하는 대화뿐이다.

6월 12일 금

가방에 넣어두었던 『빨강머리 앤』이 사라졌다. 필사적으로 찾아보니 소각로에 있었다. 아직 불을 붙이기 전이라 다행이었지만 책은 재를 잔뜩 뒤집어썼다. 멀리서 여자아이들이 나를 보며 킥킥 웃고 있었다. 화가 끓어올랐다. 저런 애들은 죽었으면 좋겠다.

6월 13일 토

계속 일기 내용을 원망과 괴로움으로 채우게 된다. 이대로는 안 되겠다. 좀 더 밝은 것을 찾아야지. 소각로에서 우왕좌왕하는 나를 보고 웃던 여자애와 오늘 이야기를 할 수 있었던 건 수확이었다. 말다툼이 벌어지긴 했지만 분명 내 마음을 알았을 것이다.

6월 14일 일

죽어버렸으면 좋겠다고 생각했던 건 너무 과한 반응이었는지도 모르겠다. 다음 주가 시작될 때는 밝은 얼굴로 반 친구들을 대해야지. 웃으면서 친구들을 대하면 분명 알아줄 것이다. 여자애들은 원래는 다정할 테니까.

6월 15일 월

소각로 앞에서 나를 보고 비웃었던 여자애가 다쳐서 입원했다고 한다. 동네 도서관의 옥상에 있다가 누군가에게 밀려 떨어졌다는 듯했다. 범인은 젊은 남자로 고등학생으로 보였다고 한다. 다만 얼굴은 보지 못한 모양이다. 등줄기가 서늘해졌지만 친구의 이야기를 끝까지 듣고 안심했다.

6월 16일 화

어제 쓴 반 친구의 추락 사건, 선생님은 내가 범인이라고 의심하고 있다. 설마 의심받을 줄은 몰랐다. 하지만 분명하게 이야기를 했더니 이해해주셨다. 일단은 다행이다.

6월 17일 수

아무래도 반 분위기가 이상하다. 어쩐지 모두가 나를 피하는 것 같다. 혹시 추락 사건과 관련해서 나를 의심하는 걸까? 괴롭힘이 줄어든 건 다행이지만 이야기할 수 있는 사람이 아무도 없어서 쓸쓸하다. 어쩔 수 없이 『빨강머리 앤』을 계속 읽었다.

6월 18일 목

오늘도 마찬가지로 괴롭힘은 더 이상 일어나지 않았다. 하지만 여자아이들의 따가운 시선은 느껴졌다. 우리 사이를 잘도 엉망으로 만들었다는 무언의 압박이 등 뒤에 딱 달라붙는다.

6월 19일 금

결국 괴롭힘이 다시 시작되었다. 반에서 기가 센 여자애가 『빨강머리 앤』을 여자 화장실 변기에 버린 것이다. 나는 당황하며 주우러 갔지만 불결하다며 여자애들이 비웃었다. 『빨강머리 앤』은 말려서 괜찮아졌지만 나는 화를 억누를 수 없었다. 죽여버리고 싶다.

6월 20일 토
『빨강머리 앤』을 화장실에 버린 기가 센 여자애와 이야기를 했다. 나는 보기 흉하게 고함을 치고 말았지만 결과적으로 그녀는 내 마음을 알아주었을 것이다.

6월 21일 일
내일 기가 센 여자애와의 만남이 기대된다. 어떤 얼굴로 학교에 올까? 가능하다면 화해하고 싶다.

6월 22일 월
기가 센 여자애가 결석했다. 계단에서 굴러떨어지는 바람에 다리가 부러져 입원했다고 한다. 학교에 나오지 못한 것은 안타깝다. 화해할 수가 없다.
이전과 마찬가지로 그녀는 고교생으로 보이는 남자가 도망치는 걸 봤다고 한다. 얼굴은 기억하지 못하는 모양이지만.

◇

"이건……."

읽던 도중에 나도 모르게 말이 흘러 나왔다. 이건 말 그대로 유리코 님 전설 탄생의 기록이잖아? 유리코 님에게 거슬리는 행동을 한 사람들이 자연스럽게 불행한 일을 당한다. 글을 쓴 유리코는 그런 일을 겪고 있었다.

"저, 이게 정말로 초대 유리코 님이 직접 쓴 글인가요?"

내가 바싹 마른 목소리로 물어보자 유리는 "그렇습니다"라며 끄덕였다.

"흰 백합 모임에 대대로 전해 내려오는 초대 유리코 님이 직접 쓴 일기입니다. 틀림없는 진품이에요."

이 글을 쓴 사람이 전설의 시작인 초대 유리코 님이라고? 충격을 받았다.

동그스름한 글씨체는 어딜 봐도 여학생이 썼다는 느낌이 들었다.

"어떠세요, 참고가 되었나요?"

유리가 다시 물어보았지만 나는 마음이 가라앉지 않았다. 아니, 유리코 님의 탄생을 문자상으로 목격하고 큰 타격을 입었다고 하는 편이 옳을 것이다.

"많은 참고가 되었습니다. 감사합니다."

결국 그렇게 대답은 했지만 제대로 마음을 전달한 것일까. 마음은 아직 낡은 일기 안에 있었다.

그때 입구 쪽에서 목소리가 들렸다. "유리, 있어?"

뒤돌아보자 지나치게 마른 유리코 선배가 서 있었다.

"아, 후보자님. 또 오셨군요. 고맙습니다."

나를 보자마자 갑자기 송구스러워했다. 그냥 자연스럽게 대해도 되는데, 나는 쓴웃음을 지었다.

"그보다 주변에 이상한 일은 없으세요? 유리코 님 후보가 한 명 죽다니, 다른 유리코 님 후보가 위험해질 수도 있겠다 싶어서요."

유리코 선배의 말을 듣고 나는 자신의 위치를 떠올렸다. 나도 위험한 일을 당할지 모르는 것이다.

일기를 읽고 유리코 님의 과거를 아는 것도 중요하지만 그보다도 지금 상황을 아는 것이 더 중요했다. 나는 마쓰자와의 사건에 대한 정보를 모아야만 한다. 경찰이 가장 중요한 유리코 님에 대해서 거들떠보지도 않는 상황에서는 공권력에 의한 사건 해결은 어려울지도 모른다. 그렇다면 내가 정보를 수집하여 미즈키에게 전달해 추리를 하도록 하는 방법밖에 없었다.

"저기, 마쓰자와의 사건과 관련해서 뭔가 아시는 건 없나요?"

그런 생각으로 나는 과거 이야기는 일단 잠시 접어두고 물어보았다.

"유리코 님 후보 추락 사건 말이죠? 물론 자세하게 조사하고 있어요. 무엇이든 질문하세요."

유리코는 새로 마련한 노트를 꺼내면서 내게 뜨거운 눈빛을 보내왔다. 노트에 글자가 빼곡히 적혀 있는 걸 보니 아주 작은 일까지 조사한 듯했다.

"음, 그러면 피해자 마쓰자와의 당일 모습은 어땠나요?"

시험 삼아 물어보자 유리코 선배는 "그거라면" 하며 경쾌한 손놀림으로 노트를 넘겼다.

"마쓰자와 유리코는 사건 당일 점심 무렵부터 상태가 이상했다고 해요. 평소에는 침착한 학생이었는데 어쩐지 묘하게 안절부절못하고 오후 수업 중에도 딴생각을 하는 것 같았다고요. 같은 반 학생의 말에 따르면 창가에서 특별동 옥상 위를 보고 있는 듯했는데, 방과 후에는 동아리 활동에 참가했지만 해 질 녘에 동아리 활동이 끝나자 항상 함께 하교하는 친구를 먼저 보내고 교내로 돌아갔어요. 아마도 그 후 옥상으로 직행한 것으로 보이는데, 다음에 목격되었을 때는 특별동 옥상에서 떨어져 있었어요."

자살이라고도 볼 수 있는 행동이었지만 미즈키가 말했듯이 자살일 가능성은 낮을 것이다. 분명히 누군가가 옥상으로 불러냈으리라.

"이상입니다. 다른 질문 있으세요?"

유리코가 일단 노트에서 시선을 떼고 말했다. 나는 다음으로 궁금한 것을 물어보았다.

"추락과 거의 동시에 특별동 뒤편에서 불이 났었는데, 그건 무슨 일이었나요?"

"그 화재에 대해서는 사실 상당히 흥미로운 사실이 밝혀졌어요." 유리코는 더욱 신나게 노트를 넘겨 기세 좋게 이야기를 시작했다. "화재는 특별동 뒤편, 그러니까 정원과는 반대쪽인 풀숲에서 일어났어요. 평소에 거의 사람이 다니지 않는데다 풀과 나무가 무성하게 자라 있어 밖에서도 잘 보이지 않기 때문에 화재가 언제 발생했는지는 명확하지 않아요."

유리코는 그렇게 말하면서 창가로 걸어가 열려 있는 창문으로 밖을 내다보았다. 그 창문 아래는 특별동 뒤편, 바로 화재가 일어난 부근이었다.

"하지만 이 일에 문제가 되는 건 화재 자체가 아니에요. 무엇이 불에 탔는지에 대한 것이에요."

갑자기 문제점이 바뀌었다. 무슨 일일까?

내가 어리둥절해 있는 사이에 유리코 선배는 눈을 천천히 크게 떴다. 크게 뜬 그 눈에는 호기심과 함께 두려움의 감정이 들어 있었다.

"교복 블라우스와 스커트, 그리고 붉은 셔츠가 불에 탔다고 해요. 타다 남은 잔해가 있어서 그렇게 판명됐답니다."

온몸이 뻣뻣해지면서 바들바들 떨리는 것이 느껴졌다. 붉은 셔츠라고 하면 유리코 님 후보자가 유리코 님의 힘을 잠정적으로 얻기 위해 입는 옷이잖아?

"유리코 님 후보 중 누군가가 어떤 의도를 가지고 태웠다고 생각할 수도 있어요."

그러면 유리코 님 후보 중 누군가가 화재를 일으켰을 수도 있다는 말인가? 거의 동시에 일어난 추락 사건과 뭔가 관계가 있는 걸까?

"참고로 옷 사이즈는 전부 M이었어요."

M 사이즈. 다시 말해 그 옷을 입고 있던 인물은 평균적인 체형이라고 추정할 수 있을 것이다.

"또 그 화재와 관련된 일인데요, 사건 발생 직전에 특별동 계단을 올라가는 수상한 사람을 봤다는 사람이 있는 모양이에요."

다시 관심이 끌렸다. 만약 범인이 존재한다면 목격된 수상한 그 사람이 범인이었던 걸까?

"어떤 모습이었나요?"

내가 몸을 앞으로 내밀자 유리코는 두세 번 눈을 깜박이고는 금기를 다루는 듯한 진중한 말투로 말했다.

"교복 블라우스 아래에 붉은 셔츠를 입었고 스커트를

입고 양 갈래로 머리를 땋은 모습이었다고 해요."

가슴 깊은 곳에서 공포심이 슬금슬금 기어 나왔다. 그것은 다름 아닌 유리코 님의 힘을 빌린 후보자의 모습이었다.

"얼굴은? 얼굴은 못 봤나요?"

"안타깝게도 뒷모습밖에 보지 못했다네요. 작은 체형이었다는 것 같아요."

불에 탄 옷이 M 사이즈였다는 것과도 일치하는 목격 증언이다. 그렇다면 그 인물은 입고 있던 옷을 태운 걸까?

내가 혼란에 빠져 있을 때 유리코 선배가 머뭇머뭇 말을 이었다.

"조사에 따르면 마쓰자와 유리코에게는 자살할 동기가 없었어요. 그래서 이번 건은 살인 사건이고, 목격된 인물이 범인이라고 생각하는 학생도 적지 않은 모양이에요. 하지만 문제는 옥상이 흔히 말하는 밀실 상태였다는 거예요."

"밀실, 이라고요?"

내가 잘 이해가 되지 않아 되묻자 유리코는 알아듣기 쉽게 차근차근 설명했다.

"히가시다 선생님에 대해서는 알고 계세요? 옥상 관리 책임자인데요."

물론 알고 있다. 우리 반 담임이다.

"추락 사고가 일어나기 직전에 히가시다 선생님은 정해

진 일과대로 옥상 문이 잠겨 있는지 확인하러 갔다고 해요. 옥상 문은 안쪽과 바깥쪽 양쪽으로 열쇠 구멍이 있고, 양쪽 다 같은 열쇠로 열 수 있어요. 섬턴 자물쇠 같은 것은 달려 있지 않고, 안쪽에서 잠그면 열쇠 없이는 바깥쪽에서는 열 수 없어요. 그날 선생님은 옥상 문이 잠겨 있지 않은 것을 발견했어요. 열쇠 구멍에 철사를 꽂은 흔적이 있었다고 해요. 피킹 같은 수법으로 잠긴 문을 연 모양이에요. 선생님은 위험하다고 생각하며 손에 들고 있던 단 한 개밖에 없는 열쇠로 문을 다시 잠갔는데, 실수로 깜박하고 옥상에 사람이 있는지 없는지는 확인도 하지 않았대요. 문이 건물 안쪽에서 잠긴 이상 바깥쪽, 그러니까 옥상 쪽에서는 탈출할 수 없어요. 만약 마쓰자와 유리코를 밀어 떨어뜨린 범인이 있다면 그 범인은 옥상 쪽에 갇혀버리게 되는 거죠."

놀라운 사실이 밝혀졌다. 추락 사건 발생 당시 옥상은 밀실 같은 상태였다.

"하지만 선생님이 문을 확인한 때가 추락 후였을 수도 있잖아요. 범인이 이미 범행을 끝내고 옥상에서 빠져나왔다면 문제될 부분이 없잖아요."

"그게 그렇지 않아요. 히가시다 선생님은 옥상 문을 잠글 때 귀가하라는 교내 방송을 들었어요. 그 방송은 추락 직전에 나왔어요. 즉, 방송이 나온 시점에는 마쓰자와 유리코가 아직 추락하기 전이고, 게다가 범행 직전인 동시에 그녀와 범인은 함께 옥상에 나가 있었다는 거죠. 따라서 범행을 끝내지 않은 범인은 아직 옥상에 있었을 거예요."

분명 마쓰자와가 떨어지기 조금 전에 귀가하라는 방송이 흘러나왔다. 순서를 생각해보면 만약 범인이 존재한다면 그 범인은 옥상에 갇히게 된다.

"그러면 범인은 옥상에서 탈출하지 못했단 말인가요?"

"그렇겠죠. 게다가 추락 후에 히가시다 선생님이 다시 확인하러 갔어요. 잠긴 문을 열고 옥상을 전부 조사했다고 해요. 그런데 옥상에는 아무도 없었던 모양이에요. 계단실 뒤쪽과 위도 철저하게 살펴봤지만 아무도 없었다나 봐요."

연기처럼 홀연히 사라진 범인. 뭔가 미스터리 소설 같은 전개가 시작되었다. 그때 갑자기 유리가 대화에 끼어들었다.

"그렇다면 범인이 없었다고 생각하는 쪽이 자연스러울지도 모르겠네요." 그는 몽롱한 표정으로 말을 이었다. "역시 인간의 영역을 넘어선 유리코 님의 힘이 작용하여 마쓰자와 유리코를 떨어뜨린 겁니다. 그렇지 않은 이상 앞뒤가 맞지 않아요."

확실히 그렇다. 유리코 님에게 당했다는 마쓰자와가 한

말도 그 사실을 뒷받침해주는 느낌이 들었다.

어쩐지 이야기를 들으면 들을수록 유리코 님의 힘이 작용하여 마쓰자와를 죽음으로 몰아간 것이 아닐까 하는 생각이 들기 시작했다. 초대 유리코 님의 망령처럼 영적인 존재가 저주 같은 힘을 사용하여 사람을 죽인 것은 아닐까.

"말씀드릴 수 있는 건 이 정도입니다. 저는 현장을 목격하지는 않아서 이렇게 다른 사람에게 들은 이야기를 전하는 것밖에 할 수가 없네요."

유리코 선배가 이야기를 마무리했다. 정보가 너무 많아 머리가 터질 것 같았기 때문에 나는 이제 충분하다는 의미를 담아 손을 저었다.

"아, 유리. 뭔가 더 해줄 이야기는 없어? 이를테면 추락 사건이 일어났을 때 목격한 것이라든가."

유리코가 마지막으로 유리에게 물었지만 그는 고개를 저으며 아무것도 없다는 의사를 표했다. 하지만 그런 둘을 보고 나는 의문이 생겼다.

"저기, 추락 사고가 일어났을 때 우리가 여기서 나온 직후였잖아요? 유리코 선배와 유리 선배도 동아리실에서 막 나왔을 때였는데 함께 가신 것 아니었나요?"

"아, 네. 함께 가지는 않았어요. 저와 유리는 여기에서 나온 후에 바로 헤어져서 항상 각자 집으로 돌아가거든요."

그렇다면 이해가 되었다. 나는 고개를 끄덕이고 이제 더 물을 것이 없다는 몸짓을 보였다.

"그럼 초대 유리코 님의 일기를 계속 읽으실 건가요?"

유리코가 낡은 노트를 다시 내밀었지만 이미 뇌가 꽉 차 버린 나는 더 이상 정보를 머리에 넣을 기분이 들지 않았다.

"이제 괜찮습니다. 오늘은 일단 돌아갈게요."

두 사람에게 인사를 하고 화학 준비실을 나왔다. 머리가 돌덩이처럼 무거웠다. 피로감이 온몸을 묵직하게 눌렀다.

"흐음, 여러 가지 이야기를 들었구나."

나와 미즈키는 나란히 자전거를 밀며 걸었다. 해 질 녘 둘이서 함께 집으로 돌아가는 길을 걸으며 나는 지금 흰 백합 모임에서 얻은 정보를 하나도 빠짐없이 미즈키에게 전했다.

"나는 도통 뭐가 뭔지 모르겠는데 도움이 될 만한 정보가 있어?"

내가 묻자 미즈키는 균형 잡힌 모양의 입술에 손가락을 대고 잠시 생각했다.

"음, 그렇지. 우선 사건 낭일 마쓰자와 유리코의 상태가 이상했다는 것에 의미가 있어. 안절부절못했다거나 딴생각을 하고 있었다거나. 혹은 옥상 쪽을 바라봤다는 거. 방과 후에 옥상으로 오라고 누군가 불러냈다고 볼 수 있어."

역시 그렇구나. 여고생이 이유도 없이 출입 금지인 옥상에 갈 일은 거의 없다.

"유리코 님을 떠올리게 하는 교복과 붉은 셔츠가 불에 탔다는 것도 꽤 흥미로워. 사건과 무관하다고는 생각되지 않아."

나도 무관하다고 생각하지 않았다. 어떤 의미가 있는 게 분명했다.

"유리코 님의 힘에 의한 사건이라고 사람들이 생각하도록 계획한 범인의 위장 공작? 아니면 어떤 트릭을 꾸민 결과 발생한 일? 대체 뭘까? 현시점에서는 아직 모르겠어."

미즈키는 어려운 듯 미간을 찌푸렸다. 아무리 미즈키라고 해도 바로 미스터리를 풀 수는 없는 모양이다.

"사건 직전에 특별동 계단을 올라갔다는, 양 갈래로 머리를 땋고 붉은 셔츠에 스커트 차림을 한 수수께끼의 인물. 지금 상황에서 본다면 그 인물이 범인이라고 생각해야겠지. 유리코 님 후보가 갖춰 입은 차림인지, 아니면 그렇게 보이기 위한 변장일지 모르겠지만."

일부러 눈에 띄는 차림을 한 범인, 분명 목적이 있어서 그런 차림을 했을 것이다.

"게다가 옥상 밀실은 중대한 문제야. 히가시다 선생님이 문을 잠근 탓에 범인은 분명히 옥상에 갇혔고 탈출할 수 없었어."

"그런데 범인은 연기처럼 옥상에서 사라져버렸어."

"그러게. 옥상에서 탈출하는 방법을 밝혀내지 않는 한 마쓰자와를 떨어뜨린 범인은 유리코 님의 망령이라고 생각할 수밖에 없어."

미즈키는 유리코 님의 망령이 범인일 가능성을 부정하고 싶은 모양이었다. 나도 부정하고 싶지만 마음 한편으로는 그 가설을 믿고 있었다.

"그리고 무엇보다도 초대 유리코 님의 일기 말인데. 이건 상당히 중요한 증거물이야."

의외의 발언이었다. 틀림없이 미즈키는 과거 일에는 관심 없고 현재 문제만을 보고 있는 줄 알았는데.

"일기 내용은 좀 전에 이야기한 대로인데 어느 부분이 중요한 거야?"

내가 묻자 미즈키는 고민하면서 대답했다.

"콕 집어서 어느 부분이라고 하기는 어렵지만 의미가 있는 것 같아. 일기 내용은 분명히 꽤 옛날이야기일 게 분명한데 어딘가 현재와 이어지고 있지 않을까 하는 느낌이 들거든."

미즈키의 직감은 잘 맞는 편이다. 고등학교 입시 시험 전에 예상 문제를 뽑아줬을 때도 비슷한 문제가 상당히 많이 나왔다. 이번에도 분명 그럴 것이다.

"일기를 전부 읽은 건 아니지?"

미즈키의 질문에 나는 약간 곤란한 기분으로 대답했다.

"정보가 너무 많아서 지쳤어. 다음에 다시 열심히 읽어 올게."

속마음으로는 그 일기가 조금 무서웠다. 무엇이 어떻게 무서운지 확실히 말할 수 없지만 욕실에서 머리를 감을 때 등 뒤에서 문득 느껴지는 기척 같은, 말로 표현할 수 없는 두려움이 거기에 있었다. 그래서 도망칠 구실로 핑계를 댔지만 미즈키는 "그래"라고만 중얼거리고 나를 탓하지는 않았다. 그런 그녀의 태도가 고마웠다.

"아무튼 범인은 살아 있는 인간이야. 유리코 님의 저주 같이 실체가 없는 존재는 절대 아니야. 내가 이 미스터리를 풀어서 유리코를 안심시켜줄게."

주먹을 쥐고 미즈키가 맹세했다. 그런 모습이 든든해서 나는 "응" 하고 고개를 크게 끄덕이며 미즈키를 보고 웃었다.

제4장
양 갈래 머리와 붉은 셔츠

다음 날. 학교는 빠르게 질서를 되찾기 시작했다.

변함없이 교문 앞에는 취재진이 가득하고 경찰이 교내를 오갔지만 학생들은 필사적으로 일상을 지켜내려고 했다. 친구들과 별것 아닌 이야기를 떠들며 웃고 수업이 지루하다고 투덜거리면서도 성실하게 필기를 하고 선생님께 질문했다. 그렇게 일상을 연기하듯이 모두 열심이었다.

마쓰자와의 죽음은 물론 여전히 모두가 마음에 담아두고 있었다. 하지만 모두 필사적으로 일상을 꾸몄다. 친구가, 학급이, 학교 전체가, 아무것도 일어나지 않았던 일상을 보내자고 서로 압력을 주고 있어서였다.

사건이 일어나고 나서 평온한 일상이 위협받았다. 사건

을 진지하게 마주하거나 상실감과 불안을 드러낸 채로 생활하면 학교 전체가 음울한 분위기에 휩싸인다. 일상은 무너질 수밖에 없을 것이다. 그렇기 때문에 사건을 없었던 것으로 하고 풍파를 일으키지 않는 하루하루를 아무렇지 않은 척 보내고 있었다. 재미있는 일 없을까? 무슨 일이 일어나지 않을까? 중얼거리면서도 모두 마음속으로는 아무 일도 없는 온화한 일상을 바라고 있었다.

그 결과 학교는 신기할 정도로 평화로웠다. 어제처럼 눈물이 터지는 학생도 없을뿐더러 사건을 해명하려고 애쓰는 학생도 나와 미즈키 외에는 없었다.

겉보기에는 대체로 온화했다. 하지만 깊은 곳에는 어두운 뭔가가 가라앉아 있었다. 학생들은 자책하는 마음과 공포를 느꼈다. 마음 깊은 곳에서는 두려움과 슬픔을 느꼈기에 겉으로는 웃으면서도 뒤에서는 눈물을 흘렸다. 솔직한 감정을 보이면 될 것을 그러지 않았다.

반에서 밝게 웃던 학생이 화장실에서 몰래 울고 있는 것을 보았다. 마쓰자와의 반에서는 남겨진 그녀의 책상 쪽을 보기만 해도 그 반 학생 전체에게 눈초리를 받았다.

솔직히 시시하다고 생각했다. 자신의 생각을 말하면 그만이고 자신의 기분을 그대로 표현하면 그만이다. 다른 사람의 시선을 신경 쓰고 다른 사람의 모습을 살피면서 자신이 진짜로 생각한 것, 느낀 걸 봉인해버리는 건 좋지 않은 일이라고 생각했다.

그런 나도 결국 반 친구들의 시선을 신경 쓰며 사건을 조사하고 있는 걸 철저히 감추고 있었지만……

마쓰자와의 죽음에도 축제는 예정대로 열기로 정해졌다. 마쓰자와의 부모님이 축제를 기대하고 있던 딸을 위해서라도 진행해주길 바라서였다.

"마쓰자와를 위해서라도 성공적인 무대를 만들고 싶어."

방과 후. 아무도 오지 않는 정원 벤치에서 내가 중얼거린 말에 미즈키는 얼굴을 들고 결의가 담긴 눈빛을 보였다.

"성공하면 좋겠다. 아니, 성공해야만 해."

단호한 말투였다. 미즈키는 죽은 마쓰자와의 일을 진심으로 애도하고 있는 듯했다.

"여기 있었네? 저기, 잠깐 얘기 좀 해."

그때 누군가 우리에게 말을 걸었다. 누군가 싶어 고개를 들어보고는 깜짝 놀랐다. 항상 나를 괴롭히는 1학년 4반 여학생들이 무리지어 다가오고 있었다.

미즈키와 함께 있는 걸 들키고 말았다! 그런 생각이 들어 초조했지만 한편으로는 화가 났다. 어째서 내가 미즈키와 함께 있는 게 떳떳하지 못한 거지? 내 사고 회로는 평소와 다른 방향을 향했다.

"무슨 일이야?"

미즈키는 펜을 계속 움직이면서 시선조차 주지 않았다. 그 태도에 화가 났는지 한 여학생이 험상궂은 목소리로 말했다.

"시마쿠라, 이대로 유리코 님을 다룬 각본을 계속 쓸 생각이야? 솔직히 말해서 신중하지 못한 일인 것 같아."

리더 격인 그 여학생은 고개를 계속 숙이고 있는 미즈키를 노려봤다. 하지만 미즈키는 반응을 보이지 않았다. 그러자 여학생은 더욱더 격분했다.

"죽은 마쓰자와의 명예를 훼손할 만한 각본을 쓰다니 옳지 않다고 생각해. 지금 즉시 그만두고 다른 내용으로 바꿔야 한다고."

너무나도 '상식파'다운 의견이었다.

미즈키는 그제야 겨우 펜을 멈추고 천천히 고개를 들었다. "유리코 님에 대한 내용을 다루는 게 어째서 신중하지 못하거나 마쓰자와의 명예를 훼손하는 거지?"

미즈키의 조용한 한마디에 여학생들은 순간 얼어붙은 듯이 굳었다.

"당연하잖아! 유리코 님 전설을 쓰면 마쓰자와의 죽음에 대한 내용이 당연히 들어가게 될 테고, 그걸 무대 위에 올린다는 것은 그 친구의 죽음을 구경거리로 만드는 일이야. 그런 건 신중하지 못한 일이라고!"

그래, 맞아. 여학생들이 외쳤다. 사람들은 여러 명이 모이면 갑자기 목소리가 커진다. 하지만 미즈키는 머릿수로 밀어붙이는 힘 앞에서 한 발도 물러서지 않았다.

"과연 그럴까? 나는 오히려 각본을 쓰는 것이 그녀가 편히 잠들기 위한 일이라고 보는데. 숨기고 보이지 않는 곳에 두는 건 죽은 사람의 넋을 달래기 위한 일이 아니야. 오히려 모두가 볼 수 있는 곳에 둘 때 비로소 모두가 그녀에 대해 생각하게 되고 진심으로 그녀의 넋을 달래줄 수 있어. 무대 위에 연극이 올라갈 때 마쓰자와에 대한 기억은 연극을 본 모두의 마음에 깊이 새겨질 거야."

부드러운 말투였지만 사건을 보고도 못 본 척하려는 여학생들을 넌지시 비난하고 있었다. 마쓰자와의 죽음을 보지 않은 것으로 하려는 방식을 떳떳하지 못하게 느꼈는지 여학생들의 기세는 갑자기 수그러들었다.

"하지만 모두가 그렇게 느끼는 건 아니야. 분명 구경거리에 단순 재미로만 생각하는 사람도 있을 거야."

"그런 사람들은 그렇게 생각하게 두면 그만이야. 어차피 금방 잊어버릴 테니까. 그보다도 우리가 소중하게 여겨야 할 건 연극을 보고 마쓰자와의 죽음을 가슴에 새겨 오래도록 잊지 않을 사람들이야."

설득력 있는 말이었다. 여학생들은 입술을 깨물며 입을 다물었다. 미즈키가 온화함 속에 강한 의지를 담아 물었다.

"나는 각본을 통해 마쓰자와의 넋을 달래줄 거야. 그래도 괜찮겠지?"

여학생들은 압도당한 모습으로 서로의 얼굴을 마주 보면서 곤혹스러워했다.

"무슨 일이 일어나도 난 모르니까 알아서 해."

자기들 멋대로 마지막 말을 내뱉고는 여학생들은 일제히 자리를 떴다.

"대체 뭐야?"

나는 화가 치솟았다. 제멋대로인 그들의 명분이 너무나도 눈꼴사나웠다. 아무것도 모르는 주제에 위선 가득한 말을 내뱉다니 이보다 더 꼴불견은 없을 것이다.

그리고 화가 나는 이유는 또 있었다. 그들은 미즈키와 이야기하는 동안 내 존재를 완전히 무시하며 내 쪽으로는 시선조차 주지 않았던 것이다.

철저하게 나를 무시하고 반에서 배척하는 여학생들. 늘 있던 일이었지만 그들의 방식을 참고 견디는 데 슬슬 한계가 느껴졌다. 어떻게 똑같이 되갚아줄 방법이 없을지 조바

심을 내며 매일 머리를 쥐어짜고 있었다.

그때 나는 그녀와 다시 만난 것이다.

"이런 곳에 있었어?"

점심시간에 계단 층계참에 있을 때였다. 고개를 들자 붉은 셔츠를 입고 머리를 양 갈래로 땋은 사람이 있었다. 지난 4월까지 유리코 님 자리를 유지하던 쓰쓰미 유리코였다.

"뭘 그렇게 멍하니 있어? 너도 유리코 님 후보니까 좀 더 당당하게 행동해."

같은 반 친구들의 시선을 의식하여 미즈키를 만나러 가지도 못하고 정처 없이 교내를 어슬렁거리고 있던 나에게 갑자기 거만한 목소리로 말을 걸어온 것이다.

"어, 쓰쓰미 선배다."

주위의 남학생들이 수군거렸다. 지나가던 다른 학생들의 시선도 모였다.

"무슨 일이신가요?" 나는 입술을 삐죽거리며 물었다.

아사카의 유서를 자기 마음대로 교사에게 넘긴 쓰쓰미의 방식에 강한 반발을 품고 있었기 때문이었다.

"별일은 없고. 다만 네가 싸울 생각이 없는 것 같아 보고 있자니 한심해서 좀 짜증이 났을 뿐이야."

쓰쓰미의 가시 돋친 말에 나는 화가 욱 하고 올라왔다.

"무슨 의미예요?"

"말 그대로. 나는 유리코 님 자리를 지키기 위해서 계속 싸워왔어. 이 차림도 그걸 위해서야. 그런데 넌 싸우려고 하지 않아. 한심하단 생각이 들지 않니?"

내가 처한 사정을 알고 있는 게 분명했다. 학급 친구들과 싸우지 않는 걸 지적받고 내 마음은 따끔따끔 아팠다.

"적에게 도움을 주는 것 같아 싫지만 너무 짜증이 나니까 말해둘게. 적이 있으면 싸워야 해. 그러지 않는 사람에게는 유리코 님이 될 자격은커녕 유리코라는 이름을 가질 자격조차 없어."

쓰쓰미의 말은 무척 매서웠다. 내장을 쥐어 잡는 듯한 위압감이 있었다.

"유리코 님으로 있는 것도 이만저만 힘든 일이 아니야. 이름만으로 내 의지와는 상관없이 선택되어서 학교 최고 자리에 군림해야 해. 그 압박감이 어느 정도인지 알기나 하겠니? 지금까지 그 자리를 지켜온 내가 계속 마음 편히 놀고 있었다고 생각하는 것은 아니겠지?"

쓰쓰미의 표정이 험악해졌다. 유리코 님 자리에서 그녀도 험난한 날을 보내고 있다는 사실을 나는 처음으로 깨달았다.

"나는 계속 싸워왔어. 그러니 너도 싸워야 해. 자기 의지와 상관없이 이름만으로 선택되었다고 불만을 가질지도 모르지만, 선택된 것만으로 행운이야. 싸움의 무대 위에 올려졌다면 거기서 정정당당하게 싸우는 것이 옳아."

마음이 흔들렸다. 나는 싸워야만 하는 걸까?

"그럼 이만. 네가 그대로 한심한 모습을 보일지 용기를 낼지, 똑똑히 지켜봐줄게."

쓰쓰미는 당돌하게 웃으며 멀어져갔다. 유리코 님의 상징인 양 갈래로 땋은 머리와 붉은 셔츠가 내 눈에 잔상으로 계속 남았다.

쓰쓰미는 싸우는 중이었다. 학교 안에서 학생들이 두려워하는 시선을 보내도 굴하지 않고 양 갈래로 머리를 땋고 붉은 셔츠로 무장하여 혼자 고독한 싸움을 계속하고 있는 것이다. 그 거만한 태도는 참을 수 없었지만 선배가 한 말에는 일리가 있었다. 선배의 말에 강한 자극을 받은 나는 한 가지 결의를 품고 학교로 향했다.

아침 시간, 교실에 들어가자 처음에는 평소처럼 무시당했다. 아무도 내게 시선을 주지 않고 인사조차도 하지 않았다. 여학생도 남학생도 마찬가지였다.

하지만 책상 사이를 지나 내 자리까지 가는 사이에 교실 분위기는 완전히 변했다. 모두가 내 쪽으로 시선을 향하고 수군거리기 시작한 것이었다.

"쟤 좀 봐. 머리 스타일."

"저 셔츠도."

"유리코 님이 하는 그 차림이야?"

나는 일부러 큰 소리를 내며 가방을 책상에 올렸다. 그러자 모두들 놀라며 당황했다. 그런 모습을 보니 웃음이 날 지경이었다. 나는 속으로 '어때?'라고 생각하며 당당한 태도를 보였다.

양 갈래로 땋은 머리. 교복 블라우스 안에 비치는 붉은 셔츠.

나는 유리코 님의 힘을 얻을 수 있다는 초대 유리코 님을 모방한 차림으로 등교했다.

소문은 순식간에 퍼져 금세 다른 반에서 학생들이 구경을 왔다. 복도 쪽 창가에 수많은 학생들이 줄지어 서서 나를 거리낌 없이 바라봤다. 그중에는 스마트폰으로 사진을 찍는 무례한 학생도 있을 정도였다.

하지만 그 구경꾼들 덕분에 학급 내 분위기는 완전히 뒤집어졌다. 길가 돌멩이 정도의 존재감밖에 없던 내가 지금은 학급 내에 가장 눈에 띄는 존재가 되있다. 무시로 일관하며 나를 얕보던 반 친구들이 보기에 이보다 분한 일은 없을 것이다.

반면 나는 쾌재를 외치고 싶을 정도로 쾌감을 느꼈다. 지금까지 나를 없는 취급하던 반 친구들에게 한 방 먹인 것 같아 통쾌하기까지 했다.

이것도 유리코 님 덕분이라고 생각했다. 양 갈래로 땋은 머리에 붉은 셔츠라는 알기 쉬운 모티브가 있었기에 나는 이렇게 이목을 끌 수 있었던 것이다. 이름이 유리코라는 것까지 함께 감사를 드리고 싶었다.

양 갈래로 땋은 머리와 붉은 셔츠의 효과는 절대적이었다. 복도에서는 지나가던 학생들이 길을 비켜주고 사방에서 관심 어린 시선이 쏟아졌다. 교실에서도 예전 같은 명백한 무시와 비웃음은 자취를 감췄다. 물론 험담을 쓴 종이를 구겨서 던지는 일도 없었다. 나는 이 차림 하나로 학급의 그림자 같은 존재에서 두려움의 존재로 변신했다.

이렇게 간단한 방법으로 세계를 바꿀 수 있다니. 나는 도취되었다. 변신하고 싶은 소망을 이룬 것 같았다. 잠들어 있던 어린 마음을 깨운 것 같은 기분이었다.

재미있어져서 학교 안을 휘젓고 다녔다. 솟아오르는 웃음을 참으며 3학년 교실 근처까지 가보니 3학년들조차도 나를 보고 두려워하는 표정을 지었다. 스스로가 대단해진 것 같아 지금까지의 열등감이 말끔히 사라졌다.

문득 앞을 보자 앞쪽에 있던 3학년 학생들이 일제히 길을 열었다. 나를 위해 길을 비켜준 것으로 생각하며 바다를 가른 모세가 된 기분을 느꼈다. 그때 갈라진 길 가운데로 다른 한 사람, 양 갈래로 땋은 머리와 붉은 셔츠를 입은 여학생이 나타났다. 쓰쓰미 유리코였다.

　양쪽으로 나뉜 인파 가운데 나와 쓰쓰미는 서로 마주 보고 서 있었다. 주위에서 침을 꿀꺽 삼키며 이 대치 상황을 바라보는 가운데 그녀가 먼저 입을 열었다.

　"흐음, 하려면 할 수 있잖아."

　변함없이 위에서 내려다보는 듯한 거만한 목소리였다. 하지만 지금까지 있었던 경멸의 빛은 사라지고 없었다. 쓰쓰미는 나를 인정해준 걸까?

　"그런 모습이야말로 유리코라는 이름을 가진 사람에게 어울려. 부디 최선을 다하길."

　쓰쓰미는 내게 날카로운 눈빛을 보내고는 자리를 떠났다. 주위의 술렁거리는 소리를 들으면서 나는 자신이 유리코 님 후보라는 사실을 강하게 실감했다.

　계단을 내려가 1학년 교실 앞에 가자 허리에 손을 얹은 미즈키가 기다리고 있었다.

　"유리코, 드디어 저질렀구나." 칭찬도 비난도 아닌 억양 없는 목소리로 미즈키가 말했다.

"미즈키, 이 모습 정말 대단해. 세계가 변한 것 같아."

지금까지는 같은 반 친구들의 시선을 신경 써서 학교 내에서 미즈키에게 말을 거는 걸 망설였지만, 이 모습을 하여 얻은 전능한 기분을 무기로 나는 더 이상 피할 것이 없어졌다.

"이것도 유리코 님의 힘인가 봐. 대단해."

기뻐하는 나를 가만히 바라보던 미즈키가 다시 억양 없는 목소리로 말했다.

"확실히 유리코의 세계는 변한 모양이네. 하지만 그 차림새는 지나치게 눈에 띄니까 주의해야 할 거야."

무슨 의미지? 이상하다는 생각이 들었지만, 들뜬 내게는 그런 사사로운 의문은 어떻게 되든 상관없었다.

"그보다 미즈키, 함께 학교 안을 걷지 않을래? 다들 나에게 시선을 보내면서 길을 비켜줘."

나는 신이 나서 미즈키의 어깨에 손을 올렸다. 하지만 그것과 동시에 누군가가 내 어깨에 손을 올렸다.

"야사카, 그 차림은 뭡니까?"

깜짝 놀라 뒤돌아보자 히가시다가 있었다. 나를 노려보고 있었다.

"선생님, 무슨 일이세요?"

들뜬 내 기분에 찬물을 끼얹은 것처럼 느껴져서 나도

모르게 반항적인 대답을 하고 말았다.

히가시다는 눈썹을 치켜 올렸다. "무슨 일이세요? 그 말은 뭡니까? 이 붉은 셔츠. 교칙에 셔츠는 흰색만 입을 수 있다고 정해져 있을 텐데요. 엄연한 교칙 위반입니다."

아, 이런. 테니스부 선배에게 충고를 들어놓고는 완전히 잊고 있었다.

"지금 바로 벗으세요. 여기서 벗으라고 할 수는 없으니 저기 있는 화장실에서 갈아입고 오세요."

히가시다는 가까운 여자 화장실을 가리켰다. 갑자기 현실로 돌아온 것 같아 나는 그만 크게 낙담했다.

내가 주목받는 것은 양 갈래로 땋은 머리와 붉은 셔츠 덕분이었다. 머리는 이대로 괜찮을지 모르지만 붉은 셔츠는 역시 눈에 띈다. 셔츠를 벗으면 나는 바로 보잘것없는 학생으로 돌아간다. 마치 마법이 풀린 신데렐라처럼.

"선생님, 유리코는 굳이……."

"빨리 갈아입고 오세요."

히가시다는 미즈키의 말도 끊고 소리쳤다. 계모와 언니들에게 구박받은 신데렐라 꼴이 된 나는 고개를 푹 숙였다.

"히가시다 선생님, 잠깐만요."

등 뒤에서 남자 목소리가 날아들었다. 놀라서 뒤돌아보자 흰 백합 모임의 고문인 다카미자와 유리오가 다가오고 있었다.

"이대로 셔츠를 벗게 하는 것이 과연 괜찮을까요."

다카미자와는 어째서인지 나를 감싸는 듯한 말을 했다.

"야사카, 셔츠 아래에는 뭘 입고 있죠?"

앗, 하고 목소리가 새어나왔다. 셔츠 아래에는 속옷밖에 입지 않은 것이다.

"그게…… 속옷만 입고 있어요."

내가 머뭇거리자 다카미자와는 그럴 줄 알았다는 듯이 크게 한숨을 내뱉었다.

"히가시다 선생님, 애초에 교칙에서 색이 있는 셔츠를 금지하는 이유가 무엇인가요?"

갑자기 질문을 받은 히가시다는 놀란 것 같았다. 뭔가를 중얼거리고는 화가 난 말투로 말했다.

"당연히 학교의 질서를 지키기 위해서죠. 색이 있는 셔츠를 입는 것은 선정적입니다."

이해하기 힘든 설명이었지만 요약하자면 색이 있는 셔츠는 남학생들의 성욕을 자극하기 때문에 좋지 않다는 것이다. 뭐 그 정도로 자극받을 학생은 없겠지만.

"그럴까요? 색이 좀 있는 정도라면 상관없을 거라고 생각하는데요."

미즈키는 작은 목소리로 비난했지만 나는 교칙이라서

어쩔 수 없다고 받아들이고 있었다. 하지만 다카미자와는 그 논리를 받아들일 수 없다는 듯이 어깨를 으쓱했다.

"그런가요. 선정적이기 때문에 좋지 않다……. 그러면 야 사카가 지금 여기서 붉은 셔츠를 벗으면 어떻게 될 거라고 생각하세요?"

"네에?"

히가시다의 목구멍에서 얼빠진 소리가 새어나왔다. 무 슨 말을 하는지 모르겠다는 의미로 들렸다.

"셔츠를 벗으면 선정적인 부분이 사라집니다."

"그럴까요? 문제가 생길 것 같은데요."

다카미자와에게 지적받고 히가시다는 영문을 모르겠다 는 듯이 화를 냈다.

"어떤 문제가 있다는 겁니까? 가르쳐주시죠, 다카미자와 선생님."

질문을 받은 다카미자와는 "좋습니다"라며 응했다.

"좀 전에 확인했듯이 야사카는 셔츠 아래에 속옷만 입 고 있습니다. 만약 여기서 셔츠를 벗으면 흰 교복 블라우 스 아래에는 속옷 한 장만 남게 되죠. 교복 블라우스는 잘 비치는 재질이라 속옷이 비쳐 보이게 됩니다."

히가시다는 자신이 잘못 생각한 걸 깨달았다는 듯이 손 을 입술에 댔다.

"속옷이 비치는 차림은 누가 봐도 선정적이겠죠. 붉은 셔츠보다 그쪽이 훨씬 더 선정적이에요. 남학생이 나쁜 생각에 빠질 가능성이 큽니다."

그런 차림이 된 자신의 모습을 상상하고 나는 얼굴이 빨개졌다. 그런 나를 남자들이 흘끔흘끔 보는 건 견딜 수 없을 것이다. 유리코 님 후보로 주목받아 사람들이 쳐다보는 것과는 또 다른 문제였다.

"예외로 봐주면 안 되겠습니까. 이것은 어쩔 수 없는 일이에요."

다카미자와가 그렇게 결론짓자 히가시다는 화장이 짙은 눈을 치켜뜨며 무척 분한 듯 새빨간 입술을 깨물었다.

"어쩔 수 없군요. 이번뿐입니다."

그렇게 내뱉고는 히가시다는 발소리를 크게 내며 멀어져 갔다.

"유리코, 다행이다."

미즈키가 말을 걸었지만 나는 멍하니 있었다. 교사가 교칙 위반을 감싸준 것에 아직 현실감이 느껴지지 않았다.

"야사카, 괜찮니?"

머릿속이 새하얗던 내게 다카미자와가 말을 걸어왔다. 나는 당황하며 고개를 숙였다.

"저, 감사합니다."

“괜찮아.” 다카미자와는 미소를 지으며 손을 내저었다. “아무래도 곤란하겠다고 생각했거든. 교칙도 중요하지만 가장 중요한 건 학생의 기분이니까.”

　좋은 선생님이다. 흰 백합 모임에서는 한마디도 안 했기 때문에 몰랐다.

　“넌 유리코 님이 되기로 한 모양이구나.”

　다카미자와가 갑자기 물어와 나는 당황했다. 나는 유리코 님이 되고 싶은 걸까? 그저 심술궂은 반 친구들과 싸우고 싶다고 생각했을 뿐인데.

　“좋아. 더 열심히 노력하면 돼. 유리코 님은 우리 학교가 자랑스러워할 만한 전설이니까.”

　생각도 못 한 사고방식을 가진 선생님이었다. 그러고 보니 다카미자와는 직접 나서서 흰 백합 모임의 고문을 맡았다고 들었다.

　“선생님은 유리코 님을 믿으세요?” 미즈키가 물었다.

　다카미자와는 흐음, 하고 숨을 내뱉고는 생각에 잠긴 듯 팔짱을 꼈다.

　“그렇지, 굳이 말하자면 믿는 것도 믿지 않는 것도 아니야. 어느 한쪽에 서지 않는 중립이랄까.”

　어쩐지 안개 속에 있는 것처럼 아리송했지만 다카미자와는 이렇게 말을 이었다.

"하지만 유리코 님이 있다면 좋겠다고 생각해. 학교에 오래 남아 있는 이런 전설은 역사가 깊은 것 같아 멋지지 않니? 유리코 님을 원하는지 원하지 않는지 물어본다면 나는 원한다고 바로 대답할 거야."

재미있는 선생님이다. 무사안일주의인 다른 선생님들에게는 없는 뭔가가 있다.

"흰 백합 모임의 고문을 내가 나서서 맡은 것도 이런 생각 때문이야. 다른 선생님은 모두 유리코 님 전설 따위 시시하다며 상대도 하지 않았지만 나는 흥미가 있어서 고문이 되겠다고 자청했지." 거기까지 말하고 다카미자와는 만족스러운 듯 숨을 내쉬었다. "뭐, 그러니까 힘내서 유리코 님의 자리를 차지하라고. 어른으로서 뒤에서 지켜볼 테니까."

다카미자와는 우리에게 등을 돌리고 살랑살랑 손을 흔들며 멀어져갔다.

"좋은 선생님이야." 미즈키가 살짝 속삭였다.

양 갈래로 머리를 땋고 붉은 셔츠를 입고 등교했던 그날 저녁. 나는 동아리 활동을 끝내고 미즈키와 만나 자전거 주차장으로 향했다. 길을 가던 학생들이 내 모습을 보고는 두려운 듯 한 걸음 뒤로 물러나는 걸 보고 기분이 더 없이 좋았다. 나는 휘파람이라도 불고 싶은 심정으로 미즈키와 어깨를 나란히 하고 자전거가 있는 곳까지 갔다.

자전거 자물쇠를 풀고 킥스탠드를 올린 후 안장에 올라탔다. 그사이에도 멀찌감치 떨어진 곳에서 두려운 시선이 쏟아졌다. 마치 연예인이라도 된 것처럼 들뜬 기분으로 지면을 찼다. 곧바로 자전거를 타고 출발하려고 했다.

"잠깐만, 유리코."

그런데 미즈키가 팔을 붙잡았다. 나는 앞으로 꼬꾸라지며 위험하게 넘어질 뻔했다.

"미즈키 뭐하는 거야?"

원망을 섞어 미즈키를 봤지만 그녀는 심각한 얼굴을 하고 있었다. 자전거 앞쪽으로 돌아가 왜 그러는지 웅크리고 앉아 살피기까지 했다.

"미즈키……?"

말을 걸었지만 반응이 없었다. 미즈키는 자전거 케이블을 손에 들고 찬찬히 살펴보았다.

"끊어져 있어." 차가운 목소리로 미즈키가 말했다.

내가 고개를 기울이자 미즈키는 몸을 일으켜 목소리를 낮췄다.

"여기, 자전거의 브레이크 와이어가 끊어져 있어. 양쪽 다."

깜짝 놀라며 자세히 살펴보니 분명히 브레이크에 연결된 와이어가 양쪽 모두 중간이 잘려 있었다. 이 상태라면 브레이크를 잡아도 앞뒤 바퀴 모두 멈출 수 없을 것이다.

이대로 자전거를 타고 내리막길을 내려갔더라면……. 상상만으로 공포에 휩싸여 몸이 떨렸다. 미즈키가 눈치채고 사고를 막아준 것에 고마워할 일이었다.

"왜지? 너무 오래 사용해서 낡은 걸까?"

놀란 마음에 혼란스러워하며 이유를 찾아보려 했지만 미즈키는 바로 고개를 저었다.

"아니야, 이렇게 찌그러져서 끊어진 모양을 보면 인위적으로 자른 것이 분명해. 누군가가 공구 같은 걸 써서 의도적으로 와이어를 잘랐어."

다시 흠칫했다. 그렇다면 악의를 가진 누군가가 이런 일을 했단 말인가.

"대체 무엇 때문에 이런 일을?"

내가 떨리는 목소리로 묻자 미즈키는 거침없이 말했다.

"당연히 유리코를 다치게 하기 위해서겠지."

당연한 대답이었지만 무서운 일이었다. 나를 노리는 악의가 이 학교에 존재한다. 내 가슴은 차갑게 식었고 얼음처럼 차가운 한기가 등줄기를 타고 느껴졌다.

"뭐, 범인은 그 애들이겠지만."

이런 순간에도 미즈키는 어디까지나 냉정했다. 내 귀에 소곤거리며 내 등 뒤를 봤다.

뒤쪽에 대체 뭐가 있기에? 조심조심 뒤를 돌아보자 자전거 주차장의 코너 쪽에 같은 반 여학생 네다섯 명이 모여서 소곤소곤 밀담을 나누고 있었다.

"설마 저 애들이?"

나는 놀라서 눈을 부라렸다. 양 갈래로 땋은 머리와 붉은 셔츠 차림의 효과는 절대적이라서 더 이상 나를 적대시하는 사람은 없을 텐데.

"틀림없어. 가운데 있는 애 손을 봐."

여학생 무리의 가운데에는 미쓰노라는 같은 반 친구가 있었다. 학급 리더의 위치에 있는 여학생이었다. 자세히 살펴보니 그 친구의 양손은 붉은 얼룩이 묻어 지저분했다.

"저거, 피가 묻은 거야. 브레이크 와이어를 공구로 자를 때 와이어 파편이 튀거나 공구가 파손되어 그 조각이 튀어서 상처가 생겼을 거야."

내가 다시 돌아보자 미즈키는 잘린 브레이크 와이어를 들어 올려 내게 보여줬다. 잘린 단면 부근에는 붉은 피가 묻어 있었다.

"브레이크 와이어는 전용 공구를 사용하지 않는 한 쉽게 잘리지 않으니까. 학교에 있는 공구로 우리가 오기 전에 자르느라 꽤 힘들었겠지. 분명히 와이어 파편이 튀거나 공구가 부서졌을 거야."

그렇다면 역시 미쓰노가? 놀라운 동시에 화가 치밀었다.

"아마도 유리코 님 후보로 활개를 치는 유리코가 마음에 들지 않았겠지. 자신들의 입장이 위협받는다고도 생각했을 거야."

말도 안 되는 동기다. 이렇게까지 위험한 일을 당할 이유가 없었다.

"열 받아. 가서 한마디 해야겠어."

나는 자전거를 세우고 당장 뛰어가려고 했다. 하지만 미즈키에게 다시 한 번 팔을 붙잡혔다.

"유리코, 진정해. 넌 냉정함이 부족해."

"하지만 하마터면 내가 다칠 뻔했다고. 어쩌면 큰 부상을 입었을지도 몰라."

"그렇기 때문에 더 진정해야 하는 거야. 여기서 도발에 응해서 싸움이라도 일어나면 유리코가 싸움을 걸었다는 누명을 쓸 거야."

미즈키가 하는 말이 맞을지도 모른다. 하지만 지금 난 화가 쉽게 가라앉지 않았다.

"오늘은 일단 여기서 끝내자. 내일 선생님에게 말하면 되니까."

미즈키가 내 어깨를 두드렸다. 나는 화가 머리끝까지 나 있었지만 미즈키를 봐서라도 오늘은 물러나기로 했다.

여전히 나를 보고 있는 여학생 무리를 뒤로하고 자전거를 밀며 학교에서 나왔다. 분한 감정이 온몸을 훑고 지나갔다.

다음 날 나는 자전거점에서 수리받은 자전거로 학교에 갔다. 화가 난 마음을 담아 이번에도 양 갈래로 땋은 머리와 붉은 셔츠 차림으로. 교문 앞에서 아침 선도 당번을 맡은 히가시다와 마주쳤을 때 어이없는 표정과 눈길을 받았지만 무시하고 그대로 지나쳤다.

건물 현관에서 복도로, 그리고 교실에 도착하기까지 많은 시선을 받았다. 모든 시선이 선망과 두려움으로 가득 차 있는 느낌이 들었다. 교실에서는 일부러 다리를 꼬고 앉아 여학생들에게 위압감을 주었다. 아무튼 어제 자전거를 건드린 걸 용서하지 않을 것이다. 학급 여학생들이 나를 철저하게 두려워하도록 만들 생각이었다.

내 모습의 변화로 교실 분위기는 크게 변했다. 지금은 바로 내가 학급의 일인자였다. 모두를 두렵게 만들자 어제의 굴욕이 조금 씻긴 기분이었다.

하지만 그날 교실은 나 때문만이 아니라 어딘지 분위기가 이상했다. 대체 무슨 일인가 싶어 둘러보자 미쓰노가 아직 오지 않았던 것이다. 미쓰노는 언제나 일찍 등교했다.

이 시간까지도 오지 않다니 이상했다. 아무래도 미쓰노가 없는 탓에 묘한 분위기를 자아내고 있는 모양이었다. 여학생들의 인간관계는 중심인물이 빠지면 바로 와해된다.

별일이 다 있구나. 내가 태평한 생각을 하고 있을 때 담임인 히가시다가 교실에 들어왔다. 어느새 조례 시간이 되어 있었다.

"여러분 안녕하세요." 오늘도 짙은 화장을 한 히가시다는 강렬한 빨간색으로 물든 입술을 움직여 말했다. "오늘은 여러분에게 묻고 싶은 것이 있습니다."

그의 표정은 험악했다. 보통 일이 아닌 사태가 일어났다는 예감이 들었다.

"솔직하게 말해주세요. 어제 누군가의 자전거 브레이크 와이어가 잘려 있던데, 대체 누가 잘랐죠?"

교실이 술렁였다. 갑자기 무슨 일인가 싶어 모두 의아한 표정을 짓고 있었다. 반면 나는 벌써 미즈키가 히가시다에게 말했다고 생각하여 믿음직스러웠다. 나는 조례가 끝나면 말할 생각이었던 것이다.

"선생님, 어떤 의도로 그런 질문을 하시는 건가요?"

용기 있는 여학생이 따져 물었지만 히가시다는 고개를 저었다.

"자른 사람이 있습니까, 없습니까? 우선 그 대답을 들어야겠어요." 히가시다가 말했다.

모두 입을 다물고 자연스럽게 그에게서 시선을 피했다. 나는 정당하게 죗값이 치러질 거라는 사실에 만족감을 느꼈다.

"아무도 짚이는 일이 없다는 거죠?" 그녀는 콧김을 뱉으며 난처한 표정을 지었다.

"선생님, 그러니까 무슨 일이 있었나요?" 다른 여학생이 다시 물었다.

히가시다는 포기한 듯이 어깨를 축 늘어뜨리고 사정을 설명했다. "어제저녁 미쓰노가 브레이크 와이어가 끊어진 줄 모르고 자전거를 타고 가다가 굴러떨어졌어요. 그때 다리를 다쳐서 현재 입원 중입니다."

교실 안이 떠들썩해졌다. 나도 할 말을 잃었다. 내가 아니라 미쓰노가?

"미쓰노의 어머니 말씀으로는 자전거는 불과 얼마 전에 새로 산 것으로 브레이크 와이어가 끊어질 리 없다고 하는군요. 게다가 앞뒤 바퀴에 이어지는 와이어가 모두 끊어져 있었고, 자전거를 수리하는 분 말씀은 저절로 그렇게 될 가능성은 거의 없다고 합니다. 그러니까 누군가가 미쓰노의 자전거 브레이크 와이어를 일부러 끊었을 가능성이 높은 겁니다."

나쁜 일을 꾸민 건 미쓰노였다. 그런데 어째서 그 나쁜 일이 미쓰노에게 돌아갔을까? 전혀 이해가 되지 않았다.

"그래서 묻고 있는 거예요. 누군가 고의든 우연이든 미쓰노의 자전거에 손댄 사람이 있습니까?"

우연, 그럴 리는 없겠지. 틀림없이 의도적인 범행이다.

조례가 끝나고 히가시다가 나가자마자 교실은 소란스러워졌다.

"누가 그랬을까?"

"원한을 산 거 아냐? 무서워."

일부 학생들이 이런 말을 하는 반면 대다수 학생의 의견은 그것과는 달랐다.

"분명 유리코 님의 힘이야."

"유리코 님의 힘으로 브레이크 와이어가 끊어진 거야."

그렇게 수군거리면서 다들 내게 시선을 향했다. 양 갈래로 땋은 머리에 붉은 셔츠. 나는 지금 유리코 님의 힘을 잠정적으로 가지고 있었던 것이다.

"야사카를 괴롭혔기 때문에 미쓰노가……."

"유리코 님의 저주야. 무서워."

낮은 목소리로 주고받는 대화가 전부 들려왔다. 요약하자면 내 탓이라고 말하고 싶은 것이다.

"자전거가 새 제품이라도 유리코 님의 힘 앞에서는 의미가 없다니. 초자연적인 힘으로 브레이크 와이어가 끊어지는구나."

모두가 내게 두려워하는 시선을 보냈다. 교실 안은 범상치 않은 분위기가 가득 찼다.

그리고 나로 말할 것 같으면 아마도 이 반에서 얼굴이 가장 새하얗게 질려 있을 것이다. 자신이 이런 차림을 한 탓에 싫어하던 사람이긴 했어도 같은 반 친구가 다쳤다. 우월감과 분노로 끓어올랐던 마음이 급격히 식어가는 것을 느꼈다.

점심시간, 나는 옆 반인 1학년 5반 교실로 달려갔다. 더이상 같은 반 친구들의 시선을 신경 쓰고 있을 상황이 아니었다. 한시라도 빨리 미쓰노의 사고를 미즈키에게 이야기하고 싶었다.

"무슨 일이야?"

침착하게 나를 보는 미즈키를 끌고 나와 복도 끝으로 갔다. 거기서 나는 온 힘을 다해 빠르게 말했다.

"큰일 났어. 유리코 님의 힘으로 사고가 일어났어. 어제 내 자전거를 건드린 여자애가 사고를 당했어. 완전 똑같이 자전거 브레이크 와이어가 잘려서. 아, 하지만 그 자전거는 새로 산 지 얼마 안 되어서 브레이크 와이어가 끊어질 일은 절대 없다는 거야. 게다가 앞뒤 바퀴 모두 끊어져 있었다고…….”

“유리코, 냉정하게 생각해봐. 아직 유리코 님의 힘이라고 확인된 건 아니잖아.”

미즈키가 말렸지만 냉정해질 수 없었다.

“하지만 미쓰노는 내게 적과 같은 존재였다고. 그런 미쓰노가 내가 이런 차림을 하자마자 사고를 당했어. 이런 우연이 있을 수 있어?”

“분명 평범하게 생각하기는 힘들지만, 우연은 어쩌다가 일어난 전혀 상관없는 몇 가지 상황이 교묘하게 맞아 떨어져서 우연이 되는 거야. 도저히 일어날 것 같지 않은 일이라도 현실에서는 일어날 수 있어.”

그럴지도 모르겠지만 궤변처럼 느껴졌다. 내 마음은 개운하지 않았다.

“신경 쓸 필요 없어. 이건 그냥 사고일 뿐이야. 유리코는 그 차림을 계속하고 있으면 돼.”

과연 그럴까. 내 마음은 어딘지 모를 안개 속에 있는 기분이었다.

“혹시 들었어? 유리코 님 후보의 힘으로 또 다친 사람이 생겼다나 봐.”

“뭐? 정말?”

근처에서 두 여학생의 목소리가 들렸다. 사각지대에 있어서 모습은 보이지 않았지만 목소리는 들려왔다. 두려워하면서도 어딘가 재미있다는 듯이 둘은 소곤소곤 이야기를 나눴다.

다들 미쓰노에 대한 일을 재미로 이야기하는 거겠지. 그런 생각을 하는데 다른 여학생이 생각도 못 한 말을 했다.

"어젯밤 다카미자와 선생님이 교통사고를 당했대. 그 왜 3학년을 가르치는 선생님 있잖아. 자동차에 치여서 온몸이 다쳤다더라."

"뭐? 어떡해. 엄청 아프겠다."

두 여학생의 목소리가 떨렸다. 나는 다카미자와까지 사고가 났다는 사실에 놀랐다.

하지만 어째서 다카미자와일까? 선생님은 딱히 유리코 님 후보에게 거슬리는 행동은 하지 않았는데.

어쩌면 나의 양 갈래로 땋은 머리와 붉은 서츠 차림을 옹호한 것이 원인일까? 내 일에 지나치게 간섭해서 다른 후보자를 거스른 것으로 오인하여 불행이 내려진 거라면, 그렇다면 일단 앞뒤는 맞는 것 같았다.

"흐음, 다카미자와 선생님이 사고를 당했단 말이지." 미즈키가 생각에 잠긴 듯 말했다.

나는 그 일에 대해 더 알아보는 게 좋겠다고 말하려고

했는데 그보다 먼저 "으악" 하는 여학생의 날카로운 비명이 울려 퍼졌다. 소리는 연결 복도 건너편 같은 층의 특별동에서 들려왔다.

"뭐야, 무슨 일 있어?"

주위 학생들이 두리번거리며 서로의 시선을 살피는 사이 미즈키가 제일 먼저 움직였다. 전속력으로 달려 나가 특별동으로 이어지는 연결 복도로 향했다. 나는 당황하여 고개를 숙였지만 잠깐 사이를 두고 곧 미즈키의 뒤를 쫓았다.

특별동 1층과 2층 사이의 층계참. 거기에는 차마 눈 뜨고 보기 힘든 처참한 상황이 벌어져 있었다. 교복을 입은 여학생이 팔다리를 내뻗고 위를 향해 쓰러져 있었다. 길고 검은 머리카락이 거미줄처럼 사방으로 펼쳐져 있고, 거기에 잡힌 곤충처럼 축 늘어진 머리에서 피가 철철 흐르고 있었다.

"누가 선생님 불러와!" 미즈키가 큰 소리로 외쳤다.

우리 뒤를 따라온 다른 여학생이 허둥거리며 오른쪽으로 돌아 교무실을 향해 달려갔다. 그걸 보고 미즈키와 나는 층계참으로 내려갔다.

"괜찮아?"

미즈키가 쓰러져 있는 여학생에게 말을 걸었지만 반응

은 미약했다. 빛을 잃은 눈으로 알아들을 수 없는 소리를 낼 뿐이었다.

"계단에서 떨어졌나 봐. 부딪힌 곳이 좋지 않은 거 같아."

냉정하게 분석하는 미즈키 옆에서 나는 그저 멍하니 우뚝 서 있었다. 이럴 때 해야 할 일을 바로 찾지 못하는 자신의 모습에 초조했다.

"유…… 코……" 여학생이 뭔가 말했다.

말이 끊겨서 잘 알아들을 수 없었지만 필사적으로 뭔가를 알리려고 하고 있었다. 나는 귀를 가까이 댔다. 그러자 다음 순간 그녀가 이렇게 말하는 소리가 분명히 들렸다.

"유리코 님에게…… 당했어."

몸 깊은 곳에서부터 전류가 흐르는 것처럼 공포가 전신으로 퍼졌다. 얼마 전에 추락사한 마쓰자와가 한 말과 똑같았다.

"유리코 님에게 당했어? 어떻게?"

나는 당황하며 물었지만 그녀는 잠시 입을 반쯤 벌리다가 고개가 툭 꺾였다. 눈이 감긴 걸 보니 죽기 직전 마지막 숨이었던 것 같다.

"틀렸어. 이미 늦은 것 같아."

미즈키가 안타까워하며 중얼거린 그때, 연결 통로 쪽에서 여학생이 비명을 질렀다.

"말도 안 돼! 유리코, 괜찮아?"

유리코라고? 놀라서 그쪽을 돌아보자 1학년으로 보이는 그 여학생이 말했다.

"그 애 우리 반 기시 유리코야. 유리코 님 후보 중 한 명이라고."

마쓰자와에 이어, 또 유리코 님 후보가 죽었다. 그 사실에 나는 세게 한 방 맞은 것 같았다.

"미즈키, 이것도 우연이라고 단언할 수 있어?"

의식을 잃은 기시 유리코를 바라보는 미즈키가 좀처럼 보이지 않는 흔들리는 눈동자로 대답했다.

"아무리 그래도 이게 우연이라고는 말하기 힘들겠어."

제5장
밀실의 단서

기시 유리코는 구급차로 호송된 병원에서 숨을 거뒀다. 비보가 도착한 건 점심 이후 수업이 중지되어 교실에서 대기하고 있을 때였다.

"기시 유리코의 일은 안타깝게 되었습니다. 함께 명복을 빌어줍시다." 교단에 선 히가시다는 심각한 목소리로 말했다.

학생이 두 명이나 죽었으니 선생님들도 사태를 심각하게 받아들이고 있을 것이다. 이제 남은 유리코 님 후보는 나를 포함해서 세 명이 되었다. 분명 이전까지는 유리코 님의 저주로 사람이 죽는 일은 없었는데 사망 사건이 벌써 두 건이나 일어났다. 초대 유리코 님의 망령은 지금까지 넘지 않았던 선을 넘어 살인에까지 손을 뻗은 것일까.

"오늘 수업은 더 이상 없습니다. 동아리 활동도 중지하니까 바로 집으로 돌아가도록 하세요."

히가시다는 그 말만 남기고 빠르게 교실에서 나갔다. 질문을 하려던 학생들은 아무것도 물을 수 없게 되자 "뭐야"라며 툴툴 불만을 털어놓았다.

나는 집으로 돌아가려고 자리에서 일어났다. 가방을 들고 책상 사이를 걸어가는데, 그때 이상한 시선을 느꼈다. 문득 주위를 둘러보니 대부분의 학생들이 나를 차가운 눈빛으로 바라보고 있었다.

괴롭히기 위한 시선이 아니었다. 호기심이 담긴 시선도 아니었다. 이루 형언할 수 없는 공포와 경원이 뒤섞인 눈빛이었다.

내 탓이라고 말하고 싶은 거야?

무수한 벌레가 기어가듯 등줄기가 섬뜩했다. 반 친구들은 나 때문에 기시 유리코가 죽었다고 생각하고 있는 것이다.

내 차림새가, 유리코 님의 힘이, 사람을 죽게 했다. 그런 생각은 하고 싶지 않았지만 모두의 눈빛을 보고 그것이 진짜일지 모른다고 느껴졌다. 나는 살인자인 걸까.

시선을 견디지 못하고 교실을 뛰쳐나왔다. 어디라도 상관없었다. 지금은 빨리 이 시선에서 도망치고 싶었다.

"야사카."

하지만 갑자기 누군가가 내 어깨를 두드렸다. 깜짝 놀라 나도 모르게 소리 지르며 뒤돌아보자 히가시다가 내 어깨에 손을 올리고 있었다. 나를 기다리고 있었던 걸까.

"무슨 일 있으세요?"

떨리는 목소리로 묻자 히가시다가 목소리를 낮췄다.

"지금 응접실로 가보렴. 손님이 기다리고 있다."

손님? 짐작 가는 것은 없었지만 그녀는 두 눈을 부릅뜨고 무언으로 재촉했다. 교실에서 있었던 일 때문에 시선에 민감해진 나는 재빨리 눈을 피하며 응접실로 향했다.

응접실에 조심스럽게 들어가자 얼굴을 본 적 있는 두 사람이 기다리고 있었다. 인상이 험한 두 사람, 한도 형사와 사토나카 형사였다. 그렇구나, 형사에게 불려간 것이 반 친구들 사이에 소문나면 안 되니까 히가시다는 일부러 나를 기다리고 있다가 말한 것이다.

"또 보는군, 야사카 유리코 학생. 몇 번이나 찾아와서 미안하네." 한도가 난폭한 말투로 말했다.

말과는 달리 미안하다는 느낌은 거의 들지 않았다.

"바로 본론으로 들어가, 경찰의 견해를 말해주지. 우리는 기시 유리코의 죽음을 살인 사건이라고 생각하고 있어. 계단에서 누군가가 밀어 떨어뜨렸다고 말이지."

만나자마자 경찰의 의견을 밝히다니 뜻밖이었다. 물론 사건이 두 건이나 이어졌으니 경찰이 그렇게 생각하지 않는 쪽이 일반 시민 입장에서는 오히려 불안하다.

"그런데 이번에도 야사카 학생이 사건 현장을 목격했다면서? 이야기 좀 해주겠나?"

"네. 교실동에 있을 때 특별동 쪽에서 비명이 들려와 뛰어가보니 기시 유리코가 머리에서 피를 흘리며 쓰러져 있었어요."

두 번째였기 때문에 지난번만큼 동요하지 않고 이야기할 수 있었다.

"피해자인 기시 유리코 학생을 발견했을 때 아직 의식이 있었다고? 뭔가 범인에 대해서 들은 말은 없었나."

나는 이 질문을 듣고 조금 당황했다. 기시 유리코가 마지막으로 한 말은 입 밖으로 내기에 망설여지는 내용이기 때문이었다.

"왜 그러세요? 뭔가 신경 쓰이는 것이 있으세요?"

30대로 보이는 사토나카가 끼어들었다. 변함없이 부드럽고 정중한 말투다. 그 정중함 덕분에 이야기해볼까 하는 마음이 들었다.

"그게…… 기시는 이렇게 말했어요. '유리코 님에게 당했어'라고."

한도와 사토나카는 얼굴을 마주 보았다. 그 표정은 명확히 의아해하는 표정이었다.

"유리코 님이라는 것은 전에 말했던 그 학교의 괴담 같은 건가?" 한도가 어이없다는 듯 웃으며 말했다.

어쩐지 바보 취급당한 것 같아 분했다.

"역시 사건과는 관계없어 보이는군."

한도는 그렇게 결론지었지만 관계없지 않았다. 유리코 님의 존재가 분명히 사건의 중요한 열쇠가 될 것이다.

"그런데 좀 전부터 신경이 쓰였는데, 야사카 학생은 붉은 셔츠를 입고 있군."

갑자기 한도가 화제를 바꿨다. 생각도 못 한 부분을 지적받아 당혹스러웠다.

"언제부터 양 갈래로 머리를 땋고 붉은 셔츠를 입었나?"

"어제부터요. 오늘도 이렇게 차려입고 왔어요."

두 형사는 또 얼굴을 마주 보고는 흐음, 하고 뭔가 생각하는 듯했다. 뭐지. 이 차림새에 무슨 의미가 있는 걸까?

"사실은 목격 증언이 있었어."

한도가 천천히 입을 열었다. 목격 증언, 내가 고개를 갸웃거리자 그는 어쩐지 조심스러운 모습으로 말했다.

"한 학생의 증언인데 말이야, 그 학생은 사건이 발생했을 때 특별동 3층에 있었다고 해. 비명을 듣고 계단 쪽으로 가려고 했을 때 계단을 뛰어 올라 4층으로 향하는 범인의 뒷모습을 목격했다는군."

범인을 목격한 사람이 있었다. 그렇다면 빨리 체포할 수 있을 것이다.

이렇게 기대하는 내 마음과 달리 그 후 한도의 말은 충격적이었다.

"목격자가 수상하게 생각해서 뒤를 쫓아갔지만 모습을 감췄다고 해. 그런데 복장은 기억하고 있더군. 양 갈래로 땋은 머리에 붉은 셔츠를 입고 교복 블라우스에 스커트 차림의 인물이었다고."

비명이 나올 뻔했다. 그건 내 모습이잖아, 라는 말도 나오려고 했지만 허둥지둥 억눌렀다. 그렇다면 그 범인이 나였다고 인정하는 것이나 마찬가지다.

"지금 보니 야사카 학생의 차림새와 일치하는데 그 부분에 대해서 어떻게 생각하나?" 한도가 떠보듯 물었다.

나는 동요하는 모습을 들키지 않으려고 평정을 가장한 채 말했다.

"비슷하네요. 하지만 3학년 쓰쓰미 유리코 선배도 같은 차림을 하고 있어요."

쓰쓰미라면 분명 오늘도 그 차림을 하고 있으리라. 그런데 사토나카가 예상하지 못한 말을 했다.

"쓰쓰미 유리코 학생 말이죠. 네, 벌써 이야기를 들었습니다. 쓰쓰미 학생은 범인이 아니에요."

나는 몹시 당황했다.

"어째서죠?"

"쓰쓰미 학생은 사건 발생 당시에 교실동에 있는 것을 다수의 학생이 목격했어요. 묘하게 목격 증언이 지나치게 많은 것 같은 느낌도 들지만 쓰쓰미 학생은 인기가 많은 학생이니 어쩔 수 없는 일이겠죠."

유리코 님 후보의 필두에 있는 쓰쓰미는 학교 내에 있을 때는 항상 눈에 띈다. 목격 증언이 모이는 것도 당연했다.

"반면 사건 발생 당시 야사카 학생을 목격한 사람은 없군요. 사건이 있기 직전에 시마쿠라 미즈키 학생을 교실에서 불러내는 모습은 목격되었지만 그 후에 어디에 있었는지 확실하지 않습니다."

큰일이다. 그때는 미즈키와 둘이서만 이야기를 하려고 복도 끝에 숨어 있었다. 목격한 사람이 없는 것도 이상하지 않다.

"지금으로는 양 갈래로 머리를 땋고 붉은 셔츠 차림을 한 사람으로 사건 발생 시각에 어디에 있었는지 모르는 사람은 야사카 학생뿐이야. 어떤가? 학생은 사건과 관련이 있나?"

한도가 몸을 앞으로 기울였다. 나는 궁지에 몰린 느낌을 받고 식은땀이 흘렀다.

"하지만 머리를 땋고 붉은 셔츠를 입는 건 시간이 조금만 있으면 준비할 수 있어요. 저나 쓰쓰미 선배 이외에도 그런 차림을 한 사람이 있었을지 몰라요."

"하지만 현시점에서는 그 복장을 한 다른 인물을 찾지 못했어. 그렇다면 그 차림을 하고 있었다고 알려진 사람을 의심하는 건 당연하지 않을까?"

이제는 의심을 감추지도 않았다. 한도도 사토나카도 의혹의 눈으로 나를 바라보았다.

"아니에요. 저는 아니에요. 사건이 발생했을 때는 친구 미즈키와 함께 있었어요."

"친한 친구의 증언 말이지. 친하지 않은 사람의 증언도 있으면 좋겠는데."

한도의 목소리는 야유하는 듯한 어조였다. 마치 내가 발뺌하고 있다고 말하고 싶은 것처럼 들렸다.

"어떻습니까? 야사카 유리코 학생."

한도와 사토나카가 노려봤다. 만족스러운 반론을 하지 못하고 나는 고개를 숙인 채 입을 다물었다. 심장이 쪼그라드는 듯한 긴박한 침묵이 이어지고 나는 눈물이 터지기 직전이었다.

"잠깐만요, 유리코는 결백해요."

그때 날카로운 목소리가 날아들었다. 갑자기 응접실 문이 열리며 미즈키가 뛰어 들어온 것이다.

"미즈키!"

내가 놀라서 소리치자 미즈키는 평소와 다르게 윙크를 하고는 형사들에게 다가갔다.

"학생, 뭡니까?"

한도가 미간을 찌푸렸지만 미즈키는 전혀 신경 쓰지 않고 입을 열었다.

"이야기는 좀 전부터 전부 들었어요. 이곳 응접실은 벽이 얇아서 옆방에서 다 들리거든요. 형사님, 유리코는 범인이 아니에요. 유리코가 지금도 그 차림새를 하고 있는 게 그 증거예요."

형사들만이 아니라 나도 어리둥절했다. 이 차림을 하고 있는 게 결백한 증거라는 건 대체 무슨 말일까?

"무슨 말입니까?"

당혹스러운 듯 사토나카가 말하자 미즈키는 냉정하게 대답했다.

"사건이 일어나고 기시 유리코가 발견된 조금 후에 특별동 뒤편 풀숲에서 긴팔의 교복 블라우스와 스커트, 붉은 셔츠가 불에 타고 있었어요. 이전에 마쓰자와 유리코가 추락했을 때와 똑같이 말이에요."

뭘까? 그 사실이 그렇게 중요한 걸까?

"그리고 블라우스 소매에는 피가 묻어 있었어요. 분명 피해자가 죽었는지 확인하려고 다가갔을 때 묻었을 거예요. 아직 숨이 남아 있던 피해자가 끌어당기는 바람에 피가 묻었을지도 몰라요."

한도와 사토나카는 그런 일이 있었다는 이야기는 하지 않았는데 대체 어떻게 된 것일까. 나는 가만히 미즈키의 이야기를 듣기로 했다.

"다시 말해 범인은 범행 당시 입고 있던 옷을 그대로 태운 거죠. 블라우스와 스커트와 붉은 셔츠. 그런데 유리코는 여전히 그 차림을 하고 있어요. 범인이 그 옷 세 벌을 불태웠다는 것과 모순되지 않나요?"

그렇구나. 옷을 태워버렸다면 입을 옷이 없어진다. 그런데 내가 그 옷을 입고 있다는 건 내가 범인이 아니라는 말이다.

한도와 사토나카도 지금 그 사실을 깨달은 모양이었다. 한 대 얻어맞은 듯한 표정을 짓고 있었다.

하지만 한도는 분한 듯이 반문했다. "그런 것쯤은 여벌을 준비해두면 되잖아. 가방에 넣어두면 언제라도 갈아입을 수 있겠지."

한도의 말에 미즈키는 고개를 저었다.

"왜 여벌을 준비하나요? 교복에 피가 묻은 건 어디까지나 우연이에요."

"살인을 저지르려는 사람이야. 피가 묻을지도 모른다는 것쯤은 틀림없이 미리 생각했을 거야."

"그렇다면 범행을 저지를 때는 더러워져도 상관없을 다른 옷으로 갈아입는 편이 좋을 거예요. 일부러 교복 차림을 하는 의미를 모르겠어요. 교복이 더러워지면 이후에 입을 옷이 없어지니까요."

한도는 으음, 하고 신음을 했다. 설득당한 것이다. 분명 더러워질 걸 예상했다면 굳이 구하기 쉽지 않은 학교 지정 교복 차림으로 범행할 의미가 분명하지 않았다.

"그렇다면 입고 있던 옷을 태운 범인은 지금 무엇을 입고 있는 걸까? 범행 직후에는 교사와 직원을 포함한 교내의 모든 사람이 교실과 교무실, 사무실에 모여 있었어. 그 사이에 벌거벗고 있었던 인물은 없었어."

한도가 더 추궁했지만 미즈키는 흔들리지 않았다.

"당연히 의심받지 않을 만한 복장으로 갈아입었겠죠. 예를 들면 평소에 가지고 다니던 체육복이라든가."

한도와 사토나카는 입을 다물었다. 두 사람 모두 곤란해진 듯 머리를 긁고는 당혹스러운 표정을 얼굴 가득 드러냈다. 그때 갑자기 한도가 중얼거렸다.

"……뭐, 오늘은 이쯤 해두지."

내가 "네?"라고 목소리를 내자 그는 부끄러운 듯이 손을 획획 흔들며 나를 쫓아내는 몸짓을 보였다.

"다시 물어보게 될지도 모르겠지만, 그때도 잘 부탁한다."

아무래도 해방된 모양이다. 나는 털썩 주저앉을 것 같은 안도감을 느꼈다.

"그러면 실례하겠습니다. 유리코, 가자."

미즈키에게 이끌려 떨리는 다리로 일어섰다. 미즈키는 당당하게 앞을 주시하며 나를 끌고 복도로 나왔다.

"유리코, 괜찮아?"

문이 닫히고 나서 들린 미즈키의 다정한 목소리에 긴장이 풀렸다. 나도 모르게 눈물샘이 터져 미즈키의 품에 안겼다.

"미즈키, 고마워."

흐느껴 우는 내 머리를 쓰다듬으면서 미즈키는 "괜찮아"라며 부드러운 목소리로 말했다. 어쩐지 마음이 놓여 하염없이 미즈키에게 어리광을 부리고 싶어졌다.

하지만 고개를 들어본 미즈키의 얼굴은 덤덤했다. 별로 기쁜 표정이 아니었다.

"왜 그래?"

내가 묻자 미즈키는 곤란하다는 듯이 미간을 찌푸렸다.

"아니, 좀 전의 추리에 허점이 있는 것 같아서."

완벽한 추리라고 생각했는데 허점이 있단 말인가. 믿어지지 않았다.

"옷을 태운 범인은 의심받지 않을 만한 복장으로 갈아입었다고 말했잖아."

"응. 체육복 같은 걸로 갈아입었을 거라고. 그게 뭐?"

"그 부분이 이상해. 생각해봐. 아무리 체육복을 들고 다니는 게 이상하지 않다고 해도 체육 수업도 없을 때 교실에서 체육복을 입고 있는 학생이 있어?"

그 말을 듣고 보니 그랬다. 보통은 교복 차림이다. 체육복을 입고 있으면 질문이 쏟아질 것 같았다.

"그렇다면 범인은 교복 블라우스와 스커트 여벌을 준비해뒀다는 것이 되는데, 아무리 그래도 그건 이상하지? 아까도 말했지만, 학교 교복은 그렇게 쉽게 구할 수 없어. 굳이 교복을 두 세트 준비할 정도라면 다른 옷을 입고 범행 후에 교복으로 갈아입으면 될 테니까."

분명 이상했다. 뭔가 근본적인 부분이 어긋나 있는 것 같았다.

"어딘가 잘못 생각하고 있는 부분이 있을 거야. 그게 뭔지 알면……"

미즈키의 미간 주름이 더 깊어졌다. 골똘히 생각에 잠긴 모습이었다.

"안 되겠어. 모르겠어. 아직 추리를 할 만한 자료가 너무 부족해."

미즈키는 결국 깊은숨을 내뱉으며 포기했다. 안타까웠다.

"지금 상황에선 유리코에게 부탁할 수밖에 없겠어. 들어 줄래?"

미즈키가 갑자기 간청했다. 미즈키의 부탁이라면 무엇이든 들어줘야지. 나는 고개를 크게 끄덕였다.

"흰 백합 모임에 가서 그 일기를 보고 와줘."

초대 유리코 님이 썼다는 그 일기 말인가. 어쩐지 불온하고 무서워서 전에 읽었던 날 이후로 멀리하고 있었다.

"부탁이야. 분명 중요한 증거일 거야. 끝까지 읽어보면 뭔가 알 수 있을 거야."

미즈키가 간절히 부탁했다. 나는 차마 거절하지도 못하고 두려운 마음에 눈동자가 흔들렸다.

"어째서 그 일기야? 마쓰자와와 기시의 사건을 조사하는 편이 더 의미 있지 않아?"

"그게 꼭 그렇지도 않아. 다시 한 번 기억을 떠올려봐. 그 일기 속 유리코를 괴롭히던 두 여학생에게 찾아왔던 '불행'의 내용을."

유리코 님이 내린 불행.

두 여학생에게 덮친 그 불행은…….

"아마도 옥상에서 떨어진 것과 계단에서 굴러떨어진 것이었는데…… 앗."

내가 깜짝 놀라 소리를 지르자 미즈키는 고개를 크게 위아래로 끄덕였다.

"이번에 일어난 두 사망 사건과 똑같은 방법으로 사고를 당했어. 이거 우연일까?"

우연, 그렇게 생각하고 지나치기에는 너무나도 딱 들어맞았다. 뭔가 의도가 있을 것 같았다.

"하지만 자전거 브레이크 와이어가 끊어진 미쓰노의 사고는? 그건 일기에 없었어. 게다가 교통사고를 당했다는 다카미자와 선생님의 일은 또 어떻게 되는 거야?"

나는 문득 생각난 부분을 지적했다. 하지만 미즈키는 고개를 저었다.

"그 두 건은 사망 사건이 아니니까 예외로 생각해도 괜찮지 않을까?"

그런 걸까? 뭐, 미즈키가 하는 말이니 틀리진 않겠지만.

"범인은 일기 내용을 흉내 내고 있을 가능성이 있어. 그렇다면 일기에 뭔가 범인과 이어지는 정보가 들어 있을지도 몰라. 그걸 찾아내면 범인의 정체에 가까워질 거야."

미즈키의 설명을 듣는 사이 나는 서서히 그럴 마음이 생겼다. 미즈키가 말하는 대로 일기에는 중대한 뭔가가 적혀 있을 것이다. 그렇다면 흰 백합 모임에 들어갈 수 있는 내가 그 중대한 뭔가를 발견해야만 한다.

"알았어. 흰 백합 모임에 가볼게."

"정말? 유리코, 고마워."

내가 마음을 정하자 미즈키는 손을 잡고 기뻐했다. 매끄러운 손의 감촉에 덜컥 심장 고동이 크게 울렸다. 얼굴이 살짝 붉어지는 것이 느껴졌다.

"안녕하세요."

설마 오늘은 아무도 없겠지 생각하며 화학 준비실을 들여다보니 예상과는 달리 사람이 있었다. 좁은 방 안에 흰 백합 모임의 유리코와 유리가 열심히 이야기를 나누고 있었다.

"앗, 후보자님. 때마침 잘 오셨어요."

유리가 나를 발견하고 맞아주었다. 여드름 얼굴에 웃음을 가득 담고는 서서히 다가왔다.

"유리코 님 후보가 두 사람이나 죽다니. 이 학교가 개교한 이후 최대의 사건이에요."

유리는 긴박하면서도 즐거운 목소리로 말했다. 유리코

님 신봉자라서 지금 상황이 흥미롭게 느껴지는 걸까?

"이번 사건으로 유리코 님의 존재를 의심하는 학생은 없어졌을 거예요. 올바른 인식이 퍼져서 기쁠 따름입니다. 이제부터는 교직원, 보호자, 지역 주민들도 믿을 수 있도록 흰 백합 모임의 일원으로 한층 더 홍보 활동을 진행해나가기만 하면 될 것 같아요."

이렇게까지 유리코 님에게 심취해 있기도 웬만해선 쉽지 않을 것이다. 나는 화제를 돌렸다.

"아, 참 그렇지. 다카미자와 선생님은 괜찮으신가요?"

자동차에 치였다는 다카미자와. 생명에 지장이 있는 정도는 아니고 부상이 있다고 듣긴 했지만 선생님의 안부가 걱정되었다.

"괜찮다고 해요. 입원은 했지만 며칠 지나면 학교에 다시 나오실 수 있다나 봐요."

유리의 목소리 톤이 뚝 떨어지더니 귀찮은 듯한 말투로 변했다. 다카미자와의 상황 같은 것에는 전혀 관심이 없는 모양이었다.

"그나저나 유리코 님은 정말 위대하네요. 이 정도의 힘을 가지고 있다니 다시 한 번 존경의 마음이 북받쳐 올라옵니다."

유리의 말투가 황홀하게 완전히 바뀌었다. 유리코 님에

대한 것이라면 태도가 변하는 사람이다. 그건 그렇고 유리와 유리코, 이 두 사람이 유리코 님에 심취하는 이유가 궁금해졌다.

"저기, 두 분은 어떻게 유리코 님에 대한 믿음이 이렇게 깊어졌나요?"

그러자 유리는 기다렸다는 듯이 침을 튀기며 이야기하기 시작했다. "저는 1학년 때부터 괴롭힘을 당했습니다. 그런데 한 번은 괴롭히는 아이들 중에서 가장 질이 나빴던 녀석이 유리코 님에게도 반항했는데 그분의 힘으로 다치고 말았어요. 자전거를 타고 가다가 차에 부딪힌 거죠. 그 이후 그 아이는 도를 넘는 행동도, 저를 괴롭히지도 않게 되었습니다. 그 후로 유리코 님께 감사하는 마음이 생겼어요. 그리고 그 힘이 진짜라는 확신이 생겼고 지금까지도 믿고 있습니다. 자신의 이름에 유리코라는 글자가 들어가 있는 우연도 믿음을 더해주었죠."

유리코 님에게 도움을 받았기 때문에 믿게 되었다는 말이구나. 그렇다면 이해할 수 있다.

"유리코 선배는요?"

"저도 비슷해요. 무척 거슬리는 동급생이 있었는데 유리코 님의 힘으로 내리막길에서 넘어져서 크게 다쳤어요. 천벌을 내려주신 데 감사해서 그 이후 유리코 님을 믿게 되었죠."

비슷한 이야기였다. 유리코 님의 힘은 다양한 곳에서 신봉자를 만들어내고 있었다.

유리가 덧붙여 설명했다. "다카미자와 선생님도 유리코 님이 있길 바라기 때문에 고문을 맡았다고 말씀하셨어요. 믿는지, 믿지 않는지 물어본다면 반반이라고 하셨지만요."

붉은 셔츠로 주의를 받은 걸 감싸주셨을 때 그 이야기는 직접 들었다. 재미있는 선생님이라고 생각했었다.

"두 분 모두 유리코 님에게 도움을 받았네요. 당시 유리코 님은 쓰쓰미 선배였나요?"

이번에는 유리가 기쁜 듯이 말했다. "네, 그렇습니다. 쓰쓰미 유리코 선배였어요."

쓰쓰미는 두 사람에게 의미 있는 존재란 말인가. 이해는 되었지만 문득 궁금해졌다.

"하지만 그렇다면 어째서 쓰쓰미 선배의 경쟁 상대인 저를 친절하게 대해주시는 건가요? 선배에게 감사한다면 저는 방해되는 존재잖아요."

의문을 있는 그대로 쏟아내자 유리는 웃으며 고개를 저었다.

"그건 간단해요. 우리가 감사하는 존재는 유리코 님이지 쓰쓰미 선배는 아니기 때문입니다. 우리가 지지하는 분은 쓰쓰미 선배도 후보자님도 아니에요. 유리코 님 그 자체입니다."

알 것 같으면서 모르겠는 논리였다.

"하지만 쓰쓰미 유리코 님은 이제 안 될지도 모르겠네요." 유리코가 묘한 말을 꺼냈다.

내가 고개를 갸웃거리자 선배가 설명을 덧붙였다.

"쓰쓰미 유리코 님은 두 사망 사건을 두려워하고 있는 모양이에요. 유리코 님 후보가 둘이나 잇따라 죽자 다음은 또 다른 유리코 님 후보인 자신이 타깃이 될 거라고 생각하고 있어요."

알고는 있던 일이었다. 하지만 새삼스럽게 그런 말을 들으니 위기감이 솟았다. 그래, 죽은 사람은 둘 다 이름이 유리코인 여학생이다. 그렇다면 다음에 타깃이 되는 사람은 마찬가지로 유리코라는 이름인 나, 혹은 쓰쓰미가 될 가능성이 높다.

"유리코 님이 되고 싶다면 언제나 당당하게 있어야만 해요. 공포로 위축된 쓰쓰미 유리코 님은 이제 그 자격이 없다는 말을 들어도 어쩔 수 없죠."

아무리 유리코 님이 특별한 존재라고는 해도 후보자 역시 인간이다. 죽음이 다가올지도 모르는데 당당하게 있어야 한다니 지나치게 가혹하지 않은가.

하지만 그렇게 강경한 쓰쓰미가 두려워하고 있다니. 슬슬 유리코라는 이름을 가진 후보자들을 노리는 사건이라는 인상이 강해져서 나는 목이 바짝 말랐다.

"그런데 오늘은 무슨 일로 오셨나요?"

유리가 내게 질문하며 화제를 바꿨다. 두려웠지만 나는 용기를 짜내기로 했다.

"초대 유리코 님의 일기를 보러 왔어요."

미즈키에게 부탁받았다고는 하지만 지금은 유리코 님 후보자들이 죽어가는 것이 마음에 걸렸다.

"그러십니까. 여기 있습니다. 읽어보세요." 유리는 정중하게 일기를 건네주었다.

낡은 노트를 건네받으면서도 내 마음은 공포에 지배받고 있었다. 이러는 사이에도 나는 죽을지 모르는 것이다.

"왜 그러십니까? 읽지 않으실 건가요?"

하지만 유리의 말에 정신이 돌아왔다. 이걸 읽지 않으면 미즈키는 이번 사망 사건과 관련이 있을지도 모르는 과거의 일을 알지 못해 추리를 할 수 없게 된다.

모르는 상태로 있다가는 정말로 무서운 일이 일어날지도 모른다. 나는 단 하나도 놓치지 않겠다는 마음으로 일기장을 넘기기 시작했다.

◇

6월 23일 화

두 번째 사건이 발생하자 모두 태도가 변하기 시작했다. 나와 얽히면 다친다고 생각한 모양이다. 덕분에 나를 향한 괴롭힘은 거의 사라졌다. 그저 기쁠 따름이다.

6월 24일 수

그런데도 괴롭히는 아이가 있다. 두 번의 사건이 내 탓이라고 여긴 여자애가 친구의 원수를 갚겠다며 나를 괴롭힌다. 들으라는 듯이 욕을 하거나 물건을 숨긴다. 내게 평온한 날은 아직 오지 않은 모양이다.

6월 25일 목

나를 괴롭히는 그 여자애의 행동은 멈추지 않는다. 오늘은 발밑에 물을 뒤집어쓰는 바람에 교복이 흠뻑 젖어서 고생했다. 어째서 이렇게까지 하는 걸까? 내가 그렇게 미운 걸까?

6월 26일 금

『빨강머리 앤』의 페이지 일부가 찢어졌다. 증거는 없지만 분명히 나를 계속 괴롭히는 그 여자애가 한 짓이다. 살의와 비슷한 분노가 서서히 끓어올랐다.

6월 27일 토

나를 괴롭히는 여자애와 만나 이야기를 나눴다. 말다툼을 했지만 서로 이해하게 된 것 같다. 한 주가 시작되는 월요일이 기대된다.

6월 28일 일

오늘은 하루 종일 『빨강머리 앤』을 읽으며 휴일을 보냈다. 찢어진 페이지는 열심히 보수해서 어느 정도 읽을 수 있을 만큼 되었다. 노력하면 어떻게든 되는 법이다.

6월 29일 월

나를 괴롭히던 여자애가 다쳤다. 집 근처 빌딩 앞을 지날 때 위에서 화분이 머리로 떨어졌다고 한다. 현재 입원 중인 모양이다. 또 이전과 마찬가지로 고등학생으로 보이는 남자가 도망치는 것이 목격되었다.

6월 30일 화

드디어 나를 향한 괴롭힘이 사라졌다. 모두 내게 손을

대면 불행이 찾아온다고 깨달은 것이다. 이젠 아무도 가까이 오지 않지만 뭐, 상관없다. 이로써 나는 내 세계에 집중할 수 있게 되었다.

7월 1일 수

아무도 다가오지 않는다. 복도를 지나갈 때 모두가 몸을 피한다. 점점 외로워진다.

7월 2일 목

급기야 나를 상대해주는 사람은 담임인 와타베 선생님만 남았다. 다른 선생님과는 달리 다정하게 대해주신다. 어두운 인상에 마른 체격으로 남자답지 않은 탓에 학생들에게 인기는 없지만 나는 싫지 않다.

7월 3일 금

오늘도 와타베 선생님과 이야기했다. 선생님은 고립된 나를 배려해주는 것 같다. 정말로 감사하다.

7월 4일 토

와타베 선생님이 나를 편애한다는 소문이 돌고 있는 모양이다. 슬픈 일이다. 그중에 세 건의 사건은 나를 동정한 선생님이 벌인 일이라고 말하는 사람까지 있다. 어떻게 이런 일이 일어나는 걸까. 현장에서 도망친 사람은 고등학생으로 보이는 남자라고 하는데. 말도 안 되는 엉뚱한 소문에 너무 화가 났다.

7월 5일 일
오늘은 계속 와타베 선생님을 생각했다. 점점 선생님의 존재가 마음을 차지하는 공간이 커지고 있다.

7월 6일 월
와타베 선생님 생각을 자꾸만 하게 된다. 더 이야기를 나누고 더 가까운 사이가 되고 싶다. 지금은 학교에서 의지할 수 있는 사람은 선생님 한 사람뿐이니까.

7월 7일 화
와타베 선생님이 나를 유혹의 눈빛으로 본다는 소문이 돌고 있다. 여학생들은 징그럽다고 자기들끼리 속닥거리며 나와 선생님을 경멸하는 눈으로 바라봤다. 그래도 나는 선생님과 이야기를 나눴다.

7월 8일 수

선생님과 이야기할 때 손이 스쳤다. 재빨리 피했지만 얼굴이 붉어지는 건 어쩔 수 없었다. 하지만 올려다본 선생님의 얼굴도 붉어져 있었다. 어쩌면 선생님도······ 기대하게 된다. 주위 사람들은 기분 나쁘다고 말하겠지만 점점 끌리는 마음을 멈출 수가 없다.

7월 9일 목
부끄러워서 선생님과 얼굴을 마주할 수 없어졌다. 이야기를 하는 것도 피하게 된다. 사실은 많은 이야기를 나누고 싶은데. 이것이 사랑, 일까? 괴롭다.

7월 10일 금
와타베 선생님이 내일 저녁에 둘이서 만날 수 있는지 물었다. 어쩐지 선생님도 나를 의식하고 있는 것처럼 느껴진다. 결국 망설이다가 대답하지 못했지만 만날 장소는 정해져 있다. 이제 내가 갈 것인지 가지 않을 것인지 결심만 남았다.

7월 11일 토
행복하다. 이런 일이 생겨도 괜찮은 걸까? 와타베 선생님께 고백받았다.

망설이고 망설이다 약속 장소에 나갔더니 그 자리에서 좋아한다는 고백을 받았다. 기분 나쁘게 느껴지냐고 선생님이 물었지만 전혀 그렇지 않다고 대답했다. 나도 선생님을 좋아한다고 전하자 바로 안아주셨다. 선생님의 마른 몸. 하지만 따뜻했다.

학교에는 비밀로 하고 사귀기로 했다. 들키면 난리가 날 테니까. 감추는 건 속상했지만 선생님이 바란다면 어쩔 수 없다. 지금은 선생님과 함께 있을 수 있다는 것만으로 행복하니까.

7월 12일 일

바로 선생님과 데이트했다. 학교 주변에서 만나면 들킬 우려가 있어서 선생님 차로 멀리 나갔다. 영화를 보고 쇼핑을 하고 맛있는 음식을 먹었다. 행복한 하루였다.

7월 13일 월

학교에서 선생님과 마주치면 묘하게 의식을 하게 된다. 복도에서 스쳐 지나갈 때는 어색하다. 그래도 틈을 봐서 몰래 만나 이야기를 나눈다. 행복하다.

7월 14일 화

점심시간이나 방과 후에 학교 건물 뒤에서 선생님과 몰래 만나 이야기를 나눈다. 나쁜 짓을 하는 느낌이 들어 어쩐지 두근거렸다. 선생님도 나도 사람들의 눈을 신경 쓰기는 하지만 그래서 묘한 흥분이 생긴다. 금단의 사랑에 빠진 걸 실감하고 몸이 떨렸다.

7월 15일 수
학교 건물 뒤에서 선생님이 안아준 후 키스했다. 입술이 가볍게 스친 정도였지만 아주 짧은 그 순간은 귀중한 시간이었다. 나 같은 애에게 이런 일이 일어나다니. 감동했다. 분명 나는 이 순간을 평생 잊지 못할 것이다.

7월 16일 목
오늘도 사람들의 눈을 피해 선생님과 키스했다. 사람들에게 들키면 무슨 말을 들을지 모르지만 나는 잘못된 일은 하지 않았다고 생각한다. 윤리나 도덕에 얽매여 자신이 생각하는 걸 못하는 것이 훨씬 더 좋지 않으니까.

7월 17일 금
위험하게도 키스하는 장면을 반 친구에게 들킬 뻔했다. 서둘러 몸을 떨어뜨렸지만 가슴이 철렁했다. 아무리 스스로 옳다고 생각해도 세간에서 보면 잘못된 일이다. 다른 사람의 눈은 조심해야겠다.

7월 18일 토
큰일이다. 어제 키스 장면을 역시나 들킨 모양이다. 모두 겉으로는 말하지 않지만 소문이 퍼진 분위기가 느껴졌다. 선생님 귀에 들어가는 것도 시간문제일까. 불안하다.

7월 19일 일
모두에게 들켰는지 어떤지 신경 쓰여 밤에도 잠을 이루지 못했다. 하지만 딱히 나쁜 일을 한 것도 아닌데 어째서 이렇게까지 고민해야만 하는 걸까. 우리는 그저 사랑에 빠진 것뿐인데.

7월 20일 월
오늘은 휴일이라 학교에 가지 않는다. 선생님과 만나지 못하는 만큼 감정이 깊어진다. 하지만 내일 학교에 갔을 때 모든 것이 들통 나 있으면 어떻게 하지. 선생님은 해고, 나는 퇴학당하는 걸까?

7월 21일 화

두려워하던 일이 현실이 되었다. 다른 선생님께 불려가 와타베 선생님과의 관계에 대해 질문받았다. 순간적으로 시치미를 뗐지만 언제까지 버틸 수 있을까. 와타베 선생님도 교장 선생님께 추궁당한 듯하다. 불안감이 심해진다.

7월 22일 수

모두가 나를 피한다. 와타베 선생님과의 일이 들통난 것이다. 징그럽다는 둥 모두가 수군거린다. 이제 와서 모두와 친해지고 싶은 마음은 없지만 그래도 나를 피하는 건 마음이 아프다. 애초에 잘못은 하지도 않았는데.

7월 23일 목

키스를 목격한 여학생이 나를 괴롭히기 시작했다. 내노트에 더러운 말로 낙서를 해놓았다. 역시 그 애가 소문을 퍼뜨린 걸까. 혐오감이 들었다.

7월 24일 금

많은 학생들이 나를 괴롭혔다. 뒤에서 험담을 하고 보이지 않는 곳에 숨어 괴롭힌다. 한동안 괜찮았는데 다시 시작이다. 나와 선생님이 그렇게 불쾌하게 보였을까.

그저 너무 슬프다.

7월 25일 토

목격한 여학생과 얘기를 나눴지만 평행선이다. 의견이 잘 맞지 않았다. 슬픈 기분이 점점 격해지고 있을 때 선생님한테서 같은 재단의 멀리 떨어진 학교로 전근 간다는 이야기를 들었다. 학교 측이 그냥 선생님을 놔두지 않는 모양이다. 게다가 나는 당연히 선생님이 나를 어디든 데려가줄 거라고 생각했는데, 선생님의 태도는 미적지근했다. 나는 버림받는 걸까.

7월 26일 일

선생님과 더 이상 만나지 못할지도 모른다. 슬프다. 절망감이 커진다.

7월 27일 월

충격이다. 선생님이 교장 선생님의 주선으로 선을 본다고 한다. 선생님도 거절할 수 없는 듯했다. 이제 나는 아무래도 상관없는 걸까. 우리를 목격한 여학생이 낭떠러지에서 떨어져 다쳤다는 것 같지만 솔직히 어찌되든 상관없다. 고등학생으로 보이는 남자가 있었다는 정보도 내 알 바 아니다. 선생님의 전근과 맞선만이 마음에 걸린다.

7월 28일 화

이제 곧 여름방학이다. 방학이 시작되면 더더욱 선생님과 만나기 힘들어진다. 그전에 이야기를 나눠서 확실히 해둬야 하는데. 하지만 선생님은 요즘 나를 피하신다. 쑥스러워서가 아니라 진심으로 피한다. 이건 중대한 사태다.

7월 29일 수

큰마음 먹고 선생님께 물어보니 헤어지잔다. 자신은 전근을 가고 맞선을 봐서 평범한 인생을 걷고 싶단다. 나와는 함께할 수 없는 모양이다. 어째서…… 눈물이 멈추지 않는다.

7월 30일 목

선생님은 나의 유일한 희망이었는데. 선생님이 없는 인생은 그냥 끝내는 편이 낫다. 괴롭힘도 끝이 없고, 살아 있는 의미를 모르겠다.

7월 31일 금

나는 오늘 학교 옥상에서 뛰어내릴 것이다. 아직 망설임은 남아 있지만 결단을 내려야만 한다.

◇

일기는 거기에서 끝났다. 이것을 마지막으로 일기 주인인 초대 유리코 님은 자살한 것이다.

괴롭힘에 실연. 이전에 들은 이야기 그대로였다. 다만 교사와 금단의 사랑을 하다 결국 실연당했다는 사실에는 놀라움을 금치 못했다. 이렇게 심각한 고민을 두 가지나 안고 있었다니 상당히 괴로웠을 것이다. 초대 유리코 님은 그 고뇌를 견뎌내지 못하고 스스로 죽음을 선택했다.

"어떤가요? 참고가 되었나요?"

유리가 빤히 바라봤다. 나는 정신이 돌아와 일기를 그에게 건넸다.

"48년 전, 초대 유리코 님은 이렇게 자살했어요. 그리고 유리코 님 전설이 탄생했습니다."

초대 유리코 님이 죽은 후 이름이 유리코인 학생의 뜻을 거스르는 사람은 불행을 맞이하게 되었다. 미련을 남기고 죽은 초대 유리코 님의 상념이 그런 사태를 만들어내고 있

200

단 말인가.

　다만 그렇다고 해도 이 일기 속에 나온 '불행'의 정체가 뭔지는 미심쩍었다. 인간을 뛰어넘는 힘에 의한 것인지, 인위적인 것인지.

　내가 생각에 잠겨 있을 때 한층 강한 바람이 불어왔다. 늘 열려 있는 창문으로 불어 들어오는 것이다. 머리카락이 솟구치는 바람에 무심코 손으로 매만졌다.

　"예전부터 궁금했는데 왜 창문을 계속 열어두나요?"

　바람이 멈추고 머리카락을 정돈한 다음 이렇게 물어보자 유리코가 대답해주었다.

　"아아, 여기가 화학 준비실이잖아요. 이전에 약품 냄새가 가득 차서 여기에 있던 학생이 쓰러진 일이 있어요. 그래서 두 번 다시 그런 일이 일어나지 않도록 계속 열어두고 환기를 하고 있어요. 학교 관리 규칙에 어긋나는 일이라 흰 백합 모임의 저와 유리, 그리고 다카미자와 선생님만 알고 있는 비밀이지만요."

　특별한 신앙의 이유가 아니었다. 예측은 빗나갔지만 나는 계속 질문했다.

　"그렇구나. 항상 열어둬요?"

　"네. 항상. 준비실 문을 잠가놓을 때도 창문은 항상 열어둬요."

원래라면 환기 장치가 필요하겠지만 설치하지 않은 모양이다. 설비상 문제가 있을 수도 있고, 단순히 돈이 들기 때문에 설치하지 못했을 수도 있다. 하지만 창문을 하루 종일 계속 열어둔다니 조심스럽지 않게 느껴졌다. 아무리 4층이라고는 하지만.

"또 궁금한 건 없으세요? 뭐든 말씀드릴 수 있습니다."

유리가 작은 몸집을 앞으로 내밀며 물었지만 알고 싶었던 정보는 대부분 얻었기 때문에 나는 고개를 저으며 이제 괜찮다고 대답했다.

"또 뭔가 있으면 찾아올게요. 감사합니다."

천만에요, 라고 유리와 유리코가 답했다.

"아참 그렇지, 후보자님. 한 가지 물어보고 싶은 게 있는데요."

방을 나가려고 할 때 유리가 말을 걸었다. 무슨 일인가 싶어 시선을 돌리자 유리는 서랍장을 하나 열면서 말했다.

"여기에 들어 있던 롱노즈 플라이어 혹시 보셨어요? 매직으로 '화학 준비실'이라고 크게 써뒀는데. 어제까지는 있었는데 어디로 갔는지 안 보여서요."

롱노즈 플라이어? 끝이 가늘고 길게 생긴 펜치를 말하는 건가. 그런 게 여기에 있었다는 것조차 몰랐기 때문에 나는 당연히 모른다고 고개를 저었다.

"그러시군요. 사실은 그쪽에 있는 스틸 선반의 다리가 흔들거려서 철사로 고정했는데 그 철사가 길게 나와서요. 자르고 싶었는데 없으면 어쩔 수 없네요."

유리가 가리키는 입구 옆 스틸 선반을 보니 정말로 다리가 철사로 고정되어 있었다. 그리고 그 철사는 길게 나와 있었다.

"여기 화학 준비실을 드나들 수 있는 사람은 한정되어 있어서 혹시나 해서 물어봤습니다만 모르셨군요."

유리는 미안하다며 고개를 깊이 숙였다.

펜치. 어쩐지 뭔가 있는 것 같은 느낌을 받으면서 나는 준비실을 빠져나왔다.

"그렇구나. 일기에 그런 내용이 적혀 있었단 말이지."

미즈키와 둘이서 집으로 돌아가는 길, 내 설명을 듣고 미즈키가 고개를 끄덕였다.

"초대 유리코 님이 내렸다는 온 불행은 인간의 영역을 넘어선 힘인 걸까? 아니면 인위적인 걸까? 마음에 걸리는 부분이네. 다만 고등학생으로 보이는 남자를 범인이라고 본다면 성별로 볼 때 유리코 님 본인도 아니고 연령으로 볼 때 선생님도 아니겠지. 그 범인이 일기에 등장하지 않는 이상 답을 내기는 어려울지도 몰라."

분명 그랬다. 일기에 나오지 않는다면 가령 범인이 있다고 해도 그 정체는 단정할 수 없었다.

"하지만 그 일기, 어딘가 위화감이 느껴져." 미즈키가 묘한 말을 했다.

나는 위화감 같은 건 딱히 느끼지 못했는데, 미즈키와는 감각이 다른 모양이었다. 조금 쓸쓸했다.

"대체 어떤 부분에 위화감의 정체가 있는 걸까?"

미즈키는 먼 곳으로 시선을 던지고는 생각에 잠겼다. 이야기가 끊겨서 쓸쓸해진 나는 미즈키를 내 곁에 붙잡아두고 싶은 마음으로 다른 이야기를 꺼냈다.

"그러고 보니 마쓰자와가 죽었을 때 옥상이 밀실이었던 문제는 어떻게 됐어? 미스터리가 풀렸어?"

히가시다가 문을 잠가버린 탓에 탈출 불가능한 밀실이 된 옥상, 범인이 있다면 그 인물은 옥상에서 벗어나지 못했을 것이다.

"밀실과 관련해서는 아직 모르겠어. 옥상 구조를 보면 알 수 있을지도 모르겠지만, 안타깝게도 옥상은 경찰과 선생님들이 엄중히 관리하고 있어서 현재로선 조사할 방법이 없어."

미즈키도 모르는 것이 있다니 낙담했지만 함께 이야기할 화제로 바뀐 것은 잘된 일이었다.

"그러면 이런 건 어때? 범인이 옥상 문을 한 번 피킹으로 열었잖아. 히가시다 선생님이 문을 잠근 후에도 범인은 또 피킹으로 옥상 밖에서 문을 열지 않았을까?"

앞뒤가 맞는 추론이란 생각이 들었다. '자, 어때?'라고 생각하며 미즈키를 봤지만 미즈키의 표정은 어두웠다.

"언뜻 보기에 그럴듯한 의견이지만 틀렸어."

뭐어? 불만의 목소리를 내자 미즈키는 웃으면서 내 의견을 부정한 이유를 설명해주었다.

"마쓰자와의 추락 사건이 발생한 후 히가시다 선생님은 옥상으로 돌아가 문을 열쇠로 열고 옥상으로 나갔어. 그 말은 즉 추락 사건 후 옥상 문은 잠겨 있었다는 말이지."

"그게 어떻다는 거야?"

내가 이해하지 못하고 고개를 갸웃거리고 있자 미즈키는 "들어봐"라고 운을 떼고는 설명했다.

"범인이 다시 피킹으로 잠긴 문을 열고 탈출했다면 문은 잠기지 않은 상태였을 거야. 한시라도 빨리 도망치고 싶은 범인이 힘들게 열었던 문을 다시 잠그지는 않을 테니까. 분명히 범인은 바로 도망쳤을 테니까 문이 잠겨 있었다는 건 이상해."

이야기를 들어보니 맞는 말이었다. 누가 오면 범행이 발각될 가능성이 높다. 굳이 시간을 들여 다시 피킹으로 문을 잠글 시간이 있다면 누구라도 우선 도망칠 것이다.

"그렇다면 범인은 문으로 도망치지 않았다고 추리할 수 있겠지. 하지만 옥상의 탈출구는 문 밖에 없어. 펜스가 부서진 곳에서 아래로 떨어지는 건 가능하지만 지상 4층이 넘는 높이니까. 살아서 도망치는 건 인간이라면 불가능해."

인간이라면 불가능. 그렇다면……

"역시 유리코 님의 망령이 한 일? 인간의 영역을 넘어선 힘으로 마쓰자와를 떨어지게 만들었어?"

"현시점에서 그렇게 생각하는 건 성급한 판단이야. 뭔가 다른 수단이 있었을지도 몰라."

수단이라고 해도 내 머리로는 아무것도 떠오르지 않았다. 기껏 떠오른 걸 말해봐야 앞뒤가 맞지 않은 허술한 추리뿐이었다.

"역시 범인은 옥상에서 뛰어내려서 탈출했을까? 마쓰자와가 떨어진 특별동 옥상에서 뒤편으로 뛰어내리면 거기는 딱 교복과 붉은 셔츠가 탔던 부근이잖아. 뛰어내리는 도중에 범인의 몸에 불이 붙어서 그대로 타버렸다던가."

말하던 도중에 바보같이 느껴져서 그만두었다. 미즈키도 쓴웃음을 지었다.

"적어도 목격자, 아니, 범행 당시의 소리를 들은 사람이 있다면 좋을 텐데. 흰 백합 모임 장소인 화학 준비실은 옥상에 가까우면서 창문도 항상 열려 있었으니까 누군가 있었다면 귀중한 증언을 들을 수 있었을지도 모르지."

푸념처럼 중얼거린 말이었다. 그런데 미즈키의 검은 눈동자가 날카롭게 빛났다.

"화학 준비실의 창문이 열려 있었어? 왜?"

갑자기 잡아먹을 기세로 물어보는 미즈키에게 압도되어 설명해주었다.

"약품 냄새가 방 안에 차면 안 돼서 항상 열어둔다나 봐."

"그런 상황이라면 앞뒤가 맞아 떨어질지도 모르겠어." 중얼중얼 말하면서 미즈키의 눈이 바쁘게 움직였다. "유리코, 화학 준비실에 뭔가 떨어져 있는 것 없었어?"

그런 것은 특별히, 라고 대답하려다가 퍼뜩 떠올랐다. 완전히 잊고 있었지만 분명히 떨어진 뭔가가 있었다.

"떨어진 게 있었어. 이 단추가 창가에 걸려 있었거든."

주머니를 뒤져서 그것을 꺼냈다. 언젠가 화학 준비실 문이 잠겨 있지 않아 허락도 없이 마음대로 들어갔을 때 발견한 유리가하라 고등학교 교복의 단추다. 무슨 이유에서인지 실 끝이 조금 그을려 있는 단추.

"역시 그랬구나."

미즈키는 그 단추를 받아 들고 꼼꼼하게 살폈다. 단서라도 찾아낸 걸까? 그나저나 어째서 미즈키는 뭔가 떨어져 있을지도 모른다고 생각하게 되었을까?

"유리코, 네 공이 커."

하지만 미즈키는 근거에 대해서는 아무런 설명도 없이 단추를 자신의 주머니에 넣었다.

"밀실을 깰 수 있을지도 모르겠어."

의문이 남아 있는 나를 앞에 두고 미즈키는 확고한 목소리로 선언했다.

제6장
위화감의 정체

아직 확증이 없다면서 미즈키는 밀실에 대한 추리를 알려주지 않았다. 나는 소화 불량에 걸린 기분이었지만 미즈키가 말하고 싶지 않다면 어쩔 수 없다. 미즈키가 말해줄 때까지 잠자코 기다리기로 했다.

이런저런 일이 일어나는 상황에서도 축제 준비는 순조롭게 진행되었다. 연속해서 일어난 사망 사건의 영향이 느껴지지 않을 만큼 어색할 정도로 순조로웠다. 분명 모두가 마주하고 싶지 않은 사실에서 외면한 결과일 것이다. 사망한 기시 유리코의 부모님도 원했기 때문에 축제는 연기되지 않았다.

연극 각본은 내가 이야기해준 초대 유리코 님의 일기 내용을 바탕으로 미즈키가 단숨에 써내려가 거의 완성되었다. 배역도 정해지고 연습도 순조롭게 진행되는 모양이었다.

"각본의 핵심은 역시 클라이맥스겠지."

방과 후 아무도 없는 정원 벤치에서 미즈키는 각본의 마지막 부분을 고민하고 있었다. 나는 연습도 빠지고 미즈키와 함께 있었다. 출연하는 부분이 아주 짧은 단역인 데다 모두의 시선이 차가웠기 때문에 연습하는 곳에서 멀리 떨어진 이곳에 있어도 문제는 없었다.

"초대 유리코 님이 자살하는 걸로 끝나버리면 재미가 없지. 뭔가 마지막에 재미있는 전개를 넣고 싶어."

나는 어떻게든 도와주고 싶은 마음에 입을 열었다.

"마지막에 추리를 넣으면 재미있을까? 유리코 님을 괴롭히던 여학생에게 찾아온 불행은 지금 상태로는 결국 인간의 영역을 넘어선 유리코 님의 힘이 작용한 거라는 해석이 잖아. 초자연적인 판타지도 재미있지만 현실적인 추리가 더 재미있어."

미즈키는 흐음, 하고 숨을 내뱉고는 기쁜 듯이 웃었다.

"나도 같은 의견이야. 도망치는 남자 고등학생의 존재도 수수께끼로 남아 있으니 현실적인 추리를 더하면 좋을 것 같아."

미즈키도 같은 의견이었다. 마음이 기쁨으로 일렁였다.

하지만 미즈키는 바로 충고해두려는 듯이 말했다. "유리코는 현실에도 그 발상을 적용시켜볼 필요가 있어. 초자연적인 힘 같은 건 있을 수 없어. 이번의 사망 사건들에도 반드시 범인이 있다고 생각해야 해."

빈틈없는 지적이었다. 나는 머리를 긁으며 쓴웃음을 지을 수밖에 없었다.

"하지만 그 현실적인 추리가 되지 않는단 말이지. 일기 내용에 대해 계속 목에 가시가 걸린 것 같은 위화감이 드는데 그게 뭔지 모르겠어."

일기 내용을 말로 전할 수밖에 없는 것이 안타까웠다. 미즈키가 직접 일기를 읽을 수 있다면 그 위화감의 정체도 확실해질 것 같은 기분이 드는데.

"시마쿠라 미즈키, 잠깐 얘기 좀 할 수 있을까?"

그때 머리 위에서 목소리가 들려왔다. 올려다보니 거기에는 낯익은 얼굴이 있었다. 유리코 님 후보 중 한 명인 쓰쓰미 유리코였다. 오늘도 머리는 양 갈래로 땋았고 붉은 셔츠를 입었다.

"쓰쓰미 선배, 무슨 일이에요?"

나는 일어서려다가 쓰쓰미 등 뒤에 줄줄이 모여 있는 얼굴들을 보고 다시 앉았다. 그녀의 등 뒤에는 우리 반 여학생 대여섯 명이 모여 있었다.

묘한 조합에 당황해하는 사이에 쓰쓰미가 입을 열었다.

"각본은 순조롭게 진행되고 있어? 가능하면 진행 상황을 알고 싶은데."

3학년인 쓰쓰미가 1학년이 준비하고 있는 연극에 흥미를 보이다니 어쩐된 일일까? 나는 고개를 갸웃했다.

"보여드릴게요."

미즈키가 노트를 내밀자 쓰쓰미가 받아들고는 내용을 훑어보았다.

"그렇구나. 유리코 님 전설의 탄생을 그린 각본이네."

대충 내용을 읽어본 쓰쓰미는 탁 소리를 내며 노트를 덮었다.

"이 각본 말인데 내용을 바꿔줬으면 하는데. 유리코 님에 관련된 내용은 전부 지워줘."

생각도 못 한 요구였다.

"어째서 내용을 바꿔야 하나요?"

미즈키는 철저하게 부드러운 말투로 응했다. 고생해서 쓴 각본 전체를 부정당했는데도 너무나도 의연한 대응이었다.

"그야 당연하지. 초대 유리코 님이 분명히 화를 내실 테니까."

반면 쓰쓰미는 말투에도 어쩐지 초조함이 느껴졌다. 안

색이 조금 좋지 않았다.

"제 각본 때문에요?"

"그래, 맞아. 지금까지 유리코 님 후보가 안 좋은 일로 빠진 적은 있지만 죽음으로 빠진 적은 한 번도 없었어. 그런데 최근 연달아 유리코 님 후보자가 죽었어. 이것은 초대 유리코 님이 화가 나서 우리에게 벌을 내린 거야. 그리고 초대 유리코 님이 화가 난 원인은 바로 네 각본에 있어."

조금씩 이해가 되었다. 쓰쓰미는 이야기를 끊지 않고 더욱 강한 어조로 말했다.

"자신의 이야기를 연극으로 무대에 올리는 것에 대해 초대 유리코 님은 화를 내고 계셔. 허락도 없이 자신에 대한 세세한 부분까지 무대에 올라가는 것이 분명 불쾌하신 거야. 그래서 후보들이 연달아 죽은 거라고."

궁지에 몰린 듯 쓰쓰미는 필사적으로 외쳤다.

"시마쿠라, 넌 해당되지 않으니까 상관없겠지만 나는 유리코 님 후보 중 한 명이야. 네가 쓴 각본 때문에 화가 난 초대 유리코 님에게 살해될지도 모르는 입장이라고. 내가 얼마나 초대 유리코 님을 두려워하고 있는지 알기나 해? 또 다른 유리코 님 후보인 1학년 니시지마 유리코도 두려움에 얼마나 떨고 있는지 몰라. 그 불안을 이해한다면 지금 바로 각본 내용을 바꿔줘."

아무래도 쓰쓰미와 니시지마는 유리코 님 망령에게 살해된다는 생각에 빠진 모양이다. 흰 백합 모임에서 들었던 대로 선배는 유리코 님의 망령이 두려워 평정심을 잃은 것 같았다.

"각본을 바꾸라뇨? 그럴 순 없어요."

하지만 미즈키는 쌀쌀맞게 거절했다. 목소리는 부드러웠지만 각본을 절대 바꾸지 않겠다는 강한 의지가 느껴졌다.

"어째서? 유리코 님의 저주로 더 많은 사람이 죽어도 괜찮다는 거야?"

"저는 이번 사망 사건들이 유리코 님의 저주 때문이라고 생각하지 않아요."

미즈키는 이어서 자신의 주장을 펼쳤다. 쓰쓰미의 얼굴이 심하게 일그러졌다.

"어떻게 그런 생각을 할 수 있지? 아무리 봐도 초대 유리코 님이 한 일이잖아?"

"그럴까요? 구체적으로 어느 부분이 유리코 님의 망령이 한 일이라고 생각하세요?"

쓰쓰미는 당당하게 가슴을 펴고 말했다. "마쓰자와가 추락했을 때 옥싱은 달출할 수 없는 밀실 상태였어. 만약 범인이 있었다고 해도 그 범인은 탈출하지 못했을 거야. 그런데 옥상에는 아무도 없었어. 이 말인즉 마쓰자와를 떨어뜨린 것은 살아 있는 인간이 아닌 인간의 영역을 넘어선 존재라는 말이지."

쓰쓰미는 있는 힘을 다해 미즈키의 의견에 반발했다. 당장 멱살이라도 잡을 듯한 모습이었다.

"밀실에 대해서는 일단 답을 가지고 있어요. 아직 확신까지는 아니지만요."

지난번 밀실이 깨졌을지도 모른다고 말한 순간 떠오른 생각일 것이다.

"흥미롭네. 자세히 말해봐." 쓰쓰미는 떨리는 목소리로 말했다.

당장에라도 미즈키의 추리를 부정할 기세였지만 동요하는 모습이 배어났다. 반면 미즈키는 진지한 눈빛으로 이야기를 시작했다.

"애초에 옥상이 밀실이라는 말이 나온 건 탈출구가 문밖에 없다고 생각해서예요. 유일한 탈출구인 옥상 문이 잠겨 있었기 때문에 탈출은 불가능하다, 그런 생각이죠."

"그래. 그게 뭐가 이상해?"

쓰쓰미는 정색하고 달려들었지만 미즈키는 그 반응을 가볍게 넘겼다.

"다른 곳에 탈출구가 있었다면 어떨까요? 문 이외에 탈출할 수 있는 방법이 있다면 옥상은 밀실이 아니게 되죠."

"그럴 리 없어. 문은 하나밖에 없다고."

정당한 반박이었다. 문 이외에 탈출구는 없다고 생각했지만 미즈키는 미소를 지었다.

"그럴까요? 펜스 밖으로 뛰어내리면 탈출할 수 있지 않나요?"

쓰쓰미의 목구멍에서 말의 형태가 아닌 소리가 새어나왔다. 너무나도 당찮은 반론이었다.

"하늘을 날아서 도망이라도 쳤다는 거야? 그거야말로 유리코 님의 망령이 아니라면 불가능한 일이야."

미즈키가 고개를 저으며 반박할 줄 알았는데 의외로 고개를 끄덕이며 동의를 표했다.

"그렇죠. 어떤 의미에서는 하늘을 날아서 도망쳤다고 할 수 있죠."

그 말을 듣고 쓰쓰미는 물론 등 뒤에 있던 여학생들도 멍해졌다. 나도 당황했다.

"대체 너 뭐니? 유리코 님 전설을 믿는 거야, 안 믿는 거야? 어느 쪽이야?"

다시 쓰쓰미가 반발했지만 미즈키는 눈 하나 깜짝 하지 않고 말을 이었다.

"저는 유리코 님의 망령이 한 일이라고 생각하지 않아요. 살아 있는 인간의 범행이에요."

"그렇다면 어째서 하늘을 날았다고······."

"어떤 의미에서는 그렇게 말할 수도 있다는 거예요. 실제로 하늘을 날았다고는 하지 않았어요. 살아 있는 인간이 하늘을 나는 일은 불가능해요. 하지만 공중에 매달릴 수는 있어요. 로프에 매달려서 내려간다든가 말이죠."

"무슨 말이야?"

"범인은 로프 같은 것에 매달려 옥상에서 아래층으로 건물을 타고 내려갔어요."

뭐? 쓰쓰미는 놀란 소리를 내며 표정이 굳었다. 예상 밖의 추리였기 때문일 것이다.

"로프 같은 걸 사용하면 옥상에서 탈출할 수 있어요."

"잠깐만, 만약 범인이 존재한다는 가정을 했을 때 이야기지만, 그 범인은 히가시다 선생님 때문에 의도치 않게 옥상에 갇힌 거잖아? 그런데 미리 로프를 가지고 있었다는 말이야? 준비가 너무 지나친 거 아닌가?"

날카로운 지적이었다. 쉽게 유리코 님의 자리를 지켜온 것이 아니었다. 하지만 미즈키는 전혀 아무렇지 않은 얼굴로 대답했다.

"콕 집어서 로프라고 말하지는 않았어요. 로프 같은 것이라고 했죠. 범인이 사용한 로프 같은 건 로프가 아닌 평소에 몸에 지니고 있어도 어색하지 않은 거겠죠."

미즈키가 천천히 교복 블라우스의 칼라를 잡아당겼다.

"범인이 사용한 건 이 교복이에요."

쓰쓰미 뒤에 있던 여학생들이 술렁거렸다. 나 역시도 무심결에 "뭐?"라고 내뱉었다.

"교복을 벗어서 로프로 사용했다는 거야?"

"네, 그래요. 교복은 대부분 학생들의 활발한 활동에 견딜 수 있도록 강도가 높은 소재와 실을 사용하죠. 체중이 가벼우면 찢어지지 않고 충분히 로프 역할을 해냈을 거예요."

그렇구나, 나는 감탄했지만 쓰쓰미는 그냥 넘어가지 않았다.

"블라우스만으로는 길이가 부족해. 바로 아래층인 4층까지도 닿지 않아."

"그러니까 범인은 스커트와 셔츠도 사용했어요. 옷의 끝과 끝을 묶어서 하나의 로프로 만들면 4층 정도는 닿아요."

쓰쓰미는 분한 듯이 신음을 내뱉었지만 바로 반론을 제기했다.

"4층까지 닿는다고 해도 창문이 닫혀 있으면 안으로 들어갈 수 없어."

"4층 화학 준비실은 약품 냄새가 차지 않도록 항상 창문이 열려 있다고 해요. 범인은 분명 그곳을 통해 건물 안으로 들어갔을 거예요."

흰 백합 모임 장소다. 범인은 창문이 열려 있는 걸 이용해 건물 안으로 되돌아갔다.

"하지만 그건 네 상상이잖아? 실제 교복으로 만든 로프로 범인이 탈출했다는 물증은 없어. 만약 있다면 물증을 보여봐."

이길 수 없다는 느낌이 들었는지 억지를 부리기 시작했다. 나도 그런 게 있을 리 없다고 생각했지만 미즈키는 자신만만한 웃음을 띠고 있었다.

"물증이라면 있어요. 사건 발생 당시에 특별동 뒤편에서 불이 났던 거 기억하시나요?"

"그게 뭐?"

"그때 교복 블라우스와 스커트, 그리고 붉은 셔츠가 불에 탔다는 것도 아시나요?"

쓰쓰미는 말문이 막혔다. 설마, 나도 입이 떡 벌어지고 말았다.

"교복을 로프 대용으로 이용하려면 그 끝을 옥상 펜스에 묶어야만 하겠죠. 다만 옥상에 묶었던 부분을 4층에서 푸는 건 불가능해요. 그렇다면 범인은 어떻게 했을까요?"

"설마 로프로 사용한 교복을 태웠다고?"

"네, 맞아요. 묶여 있는 부분까지 태워버릴 생각으로 범인은 로프의 아래쪽 끝에 불을 붙인 거예요. 화학 준비실에는 알코올램프 등에 불을 붙이기 위해 성냥이나 라이터가 비치되어 있어요. 그걸로 범인은 로프의 흔적을 없앤 거예요."

계획이 뜻밖에 잘 풀려서 교복으로 만든 로프는 전부 타고 묶여 있던 부분이 땅 위로 떨어져 풀숲을 태워버렸다.

"화재가 일어나 교복과 셔츠가 탔다는 사실이 교복을 로프로 사용해 탈출했다는 걸 말하고 있어요. 어떤가요? 이대로라면 살아 있는 인간도 범행은 가능하겠죠?"

미즈키가 밝혀낸 진상은 놀라웠다. 쓰쓰미는 입술을 깨물고 부들부들 떨고 있었다. 초대 유리코 님이 했다고 생각하고 있던 살인이 논리적으로 해명되자 초대 유리코 님을 무시한 기분이 들었을 것이다.

"하지만 그건 물증으로는 좀 약해. 불에 탄 교복은 누군가가 특별동 뒤에서 직접 태운 걸지도 모르잖아. 그것만으로는 로프로 사용되었다는 근거가 되지 않아."

쓰쓰미는 머리에 피가 거꾸로 솟은 듯한 모습으로 철저하게 틀린 부분을 지적했다. 어떻게 하면 그녀가 받아들일까 생각하고 있는데 미즈키가 문득 주머니에 손을 넣었다.

"그러면 이건 어떤가요? 범인이 교복을 로프로 사용해서 들어갔다는 증거로 화학 준비실 창문에 떨어져 있던 거예요."

미즈키의 손에 들려 있는 것은 바로 화학 준비실에서 내가 주워온 단추였다.

"이것은…… 교복 단추."

"네, 맞아요. 아마도 범인이 로프로 사용한 교복에서 떨어져 창가에 남은 거겠죠."

쓰쓰미는 궁지에 몰린 듯 숨을 삼켰다. 하지만 바로 맹렬하게 반론했다.

"하지만 그게 로프에 사용된 교복에 붙어 있던 것이라고 단언할 수 없어."

"아뇨, 할 수 있어요. 잘 보세요. 이 단추는 뜯어낸 게 아니에요. 그 증거로 여기 실 끝을 보세요. 조금 그을렸죠?"

미즈키가 실이 그을린 부분을 내보였다. 그것을 본 쓰쓰미는 할 말을 잃었다.

"왜 실이 그을린 단추가 화학 준비실 창가에 떨어져 있었을까. 핵심은 당연히 특별동 뒤편에서 불에 탄 교복이에요. 어떻게 생각해도 불에 탄 교복 단추가 바로 이거죠. 그리고 특별동 뒤편에서 불에 탄 교복과 화학 준비실 창문을 직선으로 연결한 위쪽에 옥상이 있어요. 옥상에서 아래로 늘어뜨린 교복이 불에 타서 거기에서 단추가 떨어져 나온 거예요. 창가에 떨어진 건 불을 붙이기 위해 교복 로프를 화학 준비실 안으로 잡아당겼기 때문이겠죠. 창밖으로 내놓기 전에 단추가 떨어져 나온 거예요."

미즈키는 논리 정연하게 이야기했다. 쓰쓰미는 분한 듯이 주먹을 쥐었다.

"교복으로 로프를 만드는 무모한 일을 실행했다면 어딘가에 교복에서 뜯겨진 부분이나 타고 남은 부분이 남아 있을 가능성이 높죠. 그리고 제가 상상했던 대로였어요."

그렇구나, 그래서 미즈키는 화학 준비실에 뭔가 떨어져 있지 않았는지 내게 물었구나.

"하지만 교복과 셔츠를 태워버리면 입을 옷이 없잖아. 범인은 거의 다 벗은 상태로 학교에서 나갔다는 거야?"

쓰쓰미는 반론을 계속했다. 게다가 정확한 지적이었다.

"아니요, 입을 것은 바로 준비할 수 있었을 거예요."

미즈키는 냉정했다. 길고 검은 머리카락을 손가락으로 빗어 넘기고는 차분하게 말을 이었다.

"스커트 아래에 체육복 바지를 입고 있는 여학생이 많으니까 하의는 체육복 바지를 입고 있으면 문제가 없었을 거예요. 상의는 화학 준비실에 흰색 가운이 있으니 그걸 입으면 돼요. 평소라면 눈에 띄는 차림이겠지만 지금은 다행히도 축제 준비 중이에요. 축제에 사용할 의상이거나 준비를 위한 것이라고 생각할 수 있기 때문에 그다지 주목을 받지 않았을 거예요."

역시 미즈키였다. 앞뒤가 맞는 논리 전개에 나도 모르게 박수를 치고 싶어졌다.

"그리고 지금까지 추리에 맞춰 생각해보면 범인도 대략적으로 보일 거예요."

미즈키는 거기서 끝내지 않았다. 더 나아간 추리를 선보였다.

"불에 탄 블라우스와 스커트. 거기까지는 그나마 이해할 수 있어요. 하지만 붉은 셔츠는 이해가 되지 않아요."

그래서 어떻다는 거지. 그때 미즈키는 놀라운 사실을 입에 올렸다.

"블라우스 아래에 붉은 셔츠를 입는 사람. 그것은 유리코 님 후보 중 누군가만이 가능해요. 교칙을 어기면서까지 그런 차림을 하는 건 유리코 님의 힘을 얻으려는 목적을 가진 사람만이 할 일이기 때문이에요."

쓰쓰미는 망연자실한 듯 눈을 크게 뜨고 떨리는 목소리로 말했다. "나를 의심하는 거야?"

"그렇죠. 붉은 셔츠를 일부러 입을 동기가 쓰쓰미 선배에게는 있으니까요."

얼굴을 마주하고 당당하게 당신을 의심하고 있습니다, 라고 말하다니. 미즈키는 평소에는 말을 골라 하지만 때때로 이렇게 대담한 발언을 한다.

"지금 현재 살아 있는 유리코 님 후보는 여기 있는 야사카 유리코, 1학년 6반의 니시지마 유리코, 그리고 쓰쓰미 유리코 선배 이렇게 셋뿐이에요. 지금으로서는 범인은 이세 사람 중 하나라고 생각하고 있어요."

더욱 노골적인 발언이었다. 나까지 의심한다니. 다만 친구라는 이유로 나를 제외하지 않는 미즈키의 공정한 사고방식에는 호감을 느꼈다. 반면 쓰쓰미는 몸을 떨며 얼굴이 새빨개졌다.

"말도 안 되는 소리 하지 마. 이번 사건은 인간의 영역을 넘어선 초대 유리코 님의 힘이 작용한 거야."

"그렇게 믿으며 외면하는 건 간단하지만 실제로는 두 명이나 살해한 살인범이 실재한다고요."

강하게 훈계하는 미즈키의 말투에 쓰쓰미는 말을 얼버무렸다.

"……난 아니야. 내가 범인이 아니라는 건 나 스스로가 가장 잘 알고 있다고."

쓰쓰미는 울부짖듯 외치더니 미즈키를 날카롭게 노려보았다.

잠시 서로 노려보며 침묵이 이어졌다. 온몸이 저려올 듯한 날카로운 긴장감이 흘렀다.

"흠, 됐어. 말해봐야 아무 소용이 없겠네." 쓰쓰미가 먼저 입을 열었다. "나는 인간의 영역을 넘어선 초대 유리코 님의 힘을 믿어. 네 소중한 친구인 야사카에게도 언젠가 불행이 찾아올 거야. 그때 초대 유리코 님에 대한 공포를 몸속 깊이 느껴봐."

쓰쓰미는 둘러싸고 있던 1학년 학생들을 남겨두고 그 자리를 떠났다. 남겨진 여학생들은 곤혹스러운 표정으로 서로 바라보다가 내 쪽으로 경멸의 시선을 던지고는 쓰쓰미의 뒤를 쫓았다.

"신경 쓰지 마. 쓰쓰미는 혼란스러워서 지금 제대로 된 사고를 할 수 없는 거야." 미즈키가 나직하게 말했다.

불쌍히 여기는 것도 위로하려는 것도 아닌 담담한 말투. 강요하지 않는 그 말투가 유일한 위안이었다.

"하지만 내 생각에도 허점이 있는 건 사실이야."

뭐라고? 완벽해 보이는 미즈키의 추리에 어떤 허점이 있다는 걸까.

미즈키는 의아한 표정을 지은 나를 보고 그 허점이 뭔지 설명해주었다.

"교복과 셔츠를 불에 태운 후 범인의 복장이야. 아무리 축제를 한창 준비하는 중이라고 해도 흰색 가운에 체육복 바지를 입고 있으면 역시나 눈에 띄어. 흰색 가운 안에는 분명 속옷 차림일 테니까 주목받을 위험성은 더욱 높겠지.

탈출 후에 무엇을 입었는지 좀 더 생각해볼 필요가 있어."

전에 형사들이 수사할 때도 문제가 되었던 부분이다. 옥상에 갇힌 일과 옷에 피가 묻은 건 분명히 예측하지 못한 사태일 테니 범인이 옷을 미리 준비했을 리는 없었다. 어떻게 거의 벌거벗은 상태가 된 범인이 눈에 띄지 않는 복장을 준비했을까?

"옥상 밀실은 깨졌지만 아직 수수께끼는 남아 있어."

미즈키는 깊이 생각에 잠긴 듯한 목소리로 말했다.

다음 날 아침, 나는 머리를 열심히 굴리며 등교했다. 미즈키가 제시한 '거의 벌거벗은 상태가 된 범인이 무엇을 입었을까?'라는 문제에 대해 계속 생각하고 있었다.

생각에 잠겨 복도를 걷고 있을 때 갑자기 누군가가 내 앞을 가로막고 섰다. 고개를 들어보니 쓰쓰미였다.

"역시 초대 유리코 님은 화가 나셨어."

선배는 얼굴이 벌겋게 되어 나를 적의가 담긴 눈으로 노려봤다.

"무슨 일이세요?"

내가 물어보지 그녀는 갑자기 내 멱살을 잡았다.

"내가 오늘 아침에 하마터면 죽을 뻔했어."

쓰쓰미는 갑자기 충격적인 말을 털어놓으며 더욱 내 멱

살을 추켜잡았다.

"다, 답답해요……. 무슨 일이 있었던 건데요?"

"오늘 아침 학교로 오던 중에 횡단보도에서 신호가 바뀌길 기다리는데 누군가가 뒤에서 밀었어. 자동차도 많이 다니고 있었는데 조금만 더 밀렸으면 차에 치일 뻔했다고."

정말 위험한 일이었다. 깜짝 놀랄 일이었지만 그보다 지금은 숨쉬기가 괴로웠다.

"이건 초대 유리코 님이 한 일이야. 무대 위에 유리코 님 전설을 올린다는 부도덕한 행위에 화가 난 초대 유리코 님이 불행을 내린 거야."

논리가 비약했다. 하지만 그렇게 생각할 만큼 지금 쓰쓰미는 궁지에 몰려 있는 것이다.

"그것만이 아니야. 전철역 승강장에서 밀려 떨어질 뻔했고, 의자 다리가 느닷없이 부러져버리고, 오토바이에 치일 뻔하고, 아무튼 불길한 일이 계속 이어지고 있어. 그리고 그 일은 전부 유리코 님 전설의 각본을 쓸 무렵부터 시작되었단 말이야." 쓰쓰미는 침을 튀기며 열변을 토했다.

"그 일이 정말로 유리코 님의 망령이 한 거라고요?"

내가 숨이 차서 헐떡이며 물어보자 쓰쓰미는 몇 번이고 고개를 끄덕였다.

"초대 유리코 님 말고 누가 그런 일을 한다는 거야?"

"예를 들면 쓰쓰미 선배에게 원한이 있는 사람이라든가."

"그런 사람은 없어. 만약 있다고 해도 의자 다리를 인위적으로 부러뜨리는 일 같은 걸 할 수 없잖아."

글쎄? 나사를 조금 풀어두면 가능할 것도 같은데.

"아무튼 시마쿠라에게 각본 내용을 바꾸라고 말해. 그렇지 않으면 나는 초대 유리코 님에게 살해당할 거야."

쓰쓰미는 하얗게 질린 얼굴로 말했다. 급기야 공포로 이성을 잃은 것 같았다.

"거기, 뭐하는 거야?"

드디어 구원의 목소리가 울렸다. 그 소리를 듣고 쓰쓰미는 그제야 목덜미를 잡았던 손을 내렸다. 나는 콜록콜록 기침을 하고 바닥에 주저앉아 숨을 크게 내쉬었다.

"괜찮아?"

고개를 들자 흰 백합 모임의 고문인 다카미자와가 있었다. 붕대를 감은 오른손 대신 왼손을 내 쪽으로 내밀었다.

"괜찮아요. 감사합니다."

나는 다카미자와의 손을 잡고 일어섰다. 반면 쓰쓰미는 등을 둥글게 웅크리고 불만이 가득한 얼굴로 입술을 삐죽거렸다.

"그럼 부탁해."

일방적으로 자기 말만 남기고 쓰쓰미는 자리를 떠났다.

유리코 님에 대한 확신이 대단하다는 생각이 들면서도 선배에게 닥친 몇 가지 불행에 대해서는 신경이 쓰이는 부분이 있었다.

"유리코 님 자리 쟁탈에 관련된 일이니? 야사카도 힘들겠구나." 미소를 지으며 다카미자와가 말했다.

하지만 붕대가 감긴 오른손이 애처로웠다. 왼쪽 다리에도 붕대를 감고 있었다.

"저기, 선생님도 큰일 겪으셨네요. 교통사고라고 들었는데, 괜찮으세요?"

조심스럽게 물어보자 다카미자와는 아무 일도 아니라는 듯이 입을 열었다.

"아아, 다친 것 말이지? 별로 대단한 일도 아니야. 다들 난리를 쳐서 그렇지 사실은 자동차가 살짝 스쳐서 가볍게 굴렀을 뿐이거든."

말은 그렇게 했지만 붕대를 감은 모습은 역시 애처로웠다. 입원도 했다고 하니 가벼운 부상은 아니었을 것이다. 게다가 그 사고는 단순한 사고가 아니라……. 나는 계속 혼자 생각하던 말을 꺼냈다.

"선생님, 역시 선생님이 다친 건 유리코 님의 망령이 내린 불행일까요?"

다카미자와는 잠깐 무슨 말인지 모르겠다는 듯 멀뚱멀

뚱했지만 곧바로 손을 저으며 부정했다.

"그렇지 않아. 그건 단순히 내가 부주의해서 생긴 사고야. 특별히 유리코 님이 내린 불행인 건……." 태평스레 말하던 다카미자와가 문득 진지한 표정을 지었다. "아니, 잠깐만."

돌연 목소리가 심각함을 띠더니 다카미자와의 얼굴이 살짝 하얘졌다.

"왜 그러세요?"

걱정이 되어 물어보자 다카미자와는 에둘러 "아, 아니"라고 말을 얼버무렸다.

"기분 탓일지도 모르겠지만 그러고 보니 자동차 접촉 사고가 나기 직전에 누군가에게 등을 밀린 느낌은 들었어. 분명 근처에 아무도 없었던 것 같은데."

심장이 맨손으로 쥐어짠 듯 튀어 올랐다. 그렇다면 초대 유리코 님의 저주가 아닌가.

역시 양 갈래로 땋은 머리와 붉은 셔츠를 옹호한 것이 원인이다. 내 일에 지나치게 관여한 탓에 불행을 당한 것이다. 그렇다면 정말 죄송한 일이었다.

다카미지와 선생님, 죄송합니다. 나는 마음속으로 사과했다. 초대 유리코 님의 힘이 다치지 않았으면 하는 사람에게까지 영향을 주는 데 나는 공포를 느꼈다.

"역시 뭔가 이상해."

점심시간, 정원에서 미즈키가 목소리를 높였다.

"이번 사건, 어딘가 위화감이 있어. 그 정체를 찾지 않는 이상 이 사건을 해결할 수 없을 거야."

미즈키가 진지한 눈빛을 보였다. 진심으로 사건을 해결하려는 이유가 나를 안심시켜주기 위해서라는 사실을 떠올릴 때마다 내 마음은 평온해졌다.

"유리코 님 전설이 사건과 관련되어 있는 것은 분명해. 경찰은 완전히 무시하고 있는 모양이지만 유리코 님을 주목하지 않는다면 사건은 분명 미궁 속에 빠질 거야."

경찰 수사는 잘 풀리지 않고 있는 모양이었다. 뉴스 같은 데서도 가끔 언급되는 우리 학교의 사건은 경찰의 서투른 대처에 규탄하는 논조로 이야기될 때가 많았다.

"사건을 풀기 위해서는 초대 유리코 님의 일기가 중요해. 어떻게 직접 볼 방법이 없을까."

미즈키는 팔짱을 끼고 눈을 감았다. 흰 백합 모임의 방에 어떻게든 잠입할 방안을 찾는 것 같았다.

"열쇠는 다카미자와 선생님이 관리하고 있고 마음대로 가지고 나올 수는 없다고 했지."

중얼거리는 미즈키를 앞에 두고 어쩐지 미안한 마음이 들었다. 내가 설명을 제대로 잘했다면 일기 내용이 충분히 전달되었을 텐데.

"내 설명만으로는 일기 내용이 전달되지 않지?"

미안한 마음에 결국 물어보자 미즈키는 놀란 얼굴을 하고 손을 저었다.

"그런 게 아냐. 유리코의 설명은 정확해. 다만 모든 문학 작품이 그렇듯이 다른 사람에게 내용을 전해 듣는 거랑 스스로 읽는 것은 이해하는 정도가 천지 차이가 나잖아. 글자를 직접 접하지 않으면 모르는 것이 있는 이상 그 부분은 어쩔 수 없어."

그렇게 말해줘서 고마웠다. 미즈키는 남에게 상처를 주지 않는 말을 고르는 능력이 뛰어나다.

"그러니 어떻게든 초대 유리코 님의 일기를 직접 보고 싶은데, 뭔가 방법이 없을까?"

다시 말해 미즈키가 일기를 읽지 못하는 이상 사건은 해결되지 않는 것이다.

"아아, 하늘이라도 날아서 창문으로 화학 준비실에 들어갈 수 있으면 좋을 텐데."

한숨을 섞어 판타지 같은 말을 하고 말았다. 말한 후에 스스로 바보 같다는 생각에 부끄러워졌다. 그런데 미즈키는 내 말을 듣고 눈을 끄게 떴다.

"그래, 바로 그거야."

"응? 뭐가?"

내가 당황하자 미즈키는 내 어깨를 힘껏 잡았다.

"화학 준비실 창문은 늘 열려 있잖아. 하늘을 날아서 그 창문으로 들어가면 된다고."

미즈키가 이상해졌다는 생각에 나는 쓴웃음을 지을 수밖에 없었다.

하지만 미즈키는 아주 진지한 얼굴로 말을 이었다. "물론 정말로 하늘을 난다는 게 아니야. 범인이 마쓰자와를 죽였을 때 한 방법을 따라 하는 거지. 옥상에서 로프나 다른 뭔가를 늘어뜨려 타고 내려가서 창문으로 화학 준비실에 들어가면 돼."

뭐라고? 놀란 목소리가 튀어 나왔다.

"겨우 일기를 위해 그렇게나 큰 위험을 무릅쓰다니 그러지 않아도……."

"아니, 일기는 사건을 해결하는 열쇠가 될 거야. 그 정도 위험은 무릅쓸 가치가 있어."

미즈키는 혼자 흥분했다. 뭐라도 해서 말려야겠다는 생각이 들어 나는 미즈키의 어깨를 붙잡았다.

"옥상에서 로프를 내리려고 해도 특별동 옥상은 지금 출입 금지잖아. 문은 통자물쇠로 엄중하게 잠겨 있다고 들었어."

하지만 미즈키는 불온한 웃음을 지었다. "그것도 어떻게 될 거야. 옥상은 경찰이 수사를 하려고 하루에도 몇 번인가 열었다 닫았다 해."

그래서 어떻다는 건가 싶었지만 미즈키는 그 의문을 봉쇄하려는 듯 미소 지었다.

"괜찮아. 잘할 거야. 걱정하지 마."

미즈키가 웃는 모습을 보고 있으니 어쩐지 안심이 되었다. 나는 이 시점에서 미즈키는 분명 잘할 것이라고 확신할 수 있었다.

방과 후. 4층 계단에서 화학 준비실 쪽을 지켜보고 있으려니 흰 백합 모임의 유리코와 유리, 그리고 다카미자와가 나왔다. 몸집이 작은 두 학생과 키가 큰 선생님이 함께 있는 모습은 변함없이 언밸런스해 보였다. 문을 단단히 잠그고 세 사람은 계단을 내려갔다. 다카미자와의 오른손과 왼쪽 다리에는 붕대가 감겨 있어 교통사고가 할퀴고 간 상처를 애처롭게 보여주고 있었다. 나는 옥상으로 가는 계단에 몸을 숨기고 있다가 세 사람이 지나쳐가는 걸 본 후 옥상으로 통하는 문 앞에 대기하고 있던 미즈키에게 고개를 끄덕여 보였다.

"그러면 작전 개시야."

미즈키는 문에 걸려 있는 통자물쇠를 손에 쥐었다. 4층에는 연결 복도가 없고, 복도 한쪽에만 계단이 있어서 그 계단만 망을 보고 있으면 충분했다. 나는 미즈키를 도우려고 망을 보는 역할을 자청했다.

과연 어떤 트릭을 써서 옥상으로 나갈 생각일까? 기대하며 망을 보고 있을 때 생각보다 빠르게 철컥하고 통자물쇠가 열렸다.

"어? 어떻게 한 거야?"

당황한 나를 내버려두고 미즈키는 옥상으로 나갔다. 펜스가 부서진 곳의 반대쪽, 다시 말해 특별동 뒤편으로 미즈키는 체육관에서 빌려온 굵은 로프를 들고 걸어갔다.

"설명은 나중에 할게. 지금은 아무튼 화학 준비실에 들어가는 게 가장 중요하니까."

미즈키는 로프를 재빠르게 펜스의 기둥에 묶고는 옥상 끝에 섰다.

"유리코, 로프가 풀리면 구해줘."

그 말만 남기고 미즈키는 천천히 로프를 아래로 내리고 건물 벽을 차면서 아래층으로 내려갔다.

"미즈키……."

나는 쿵쾅거리는 심장 박동을 느끼며 지켜봤다. 옥상은 특별동의 뒤편 방향으로 튀어나와 있어서 각도상 바로 아래 있는 화학 준비실의 창문은 보이지 않았다. 만약 로프가 끊어진다면, 기둥이 꺾인다면, 이런 상상을 할 때마다 미즈키가 사라진다면 더 이상 살아갈 수 없을 거라는 생각까지 들었다.

하지만 미즈키는 눈 깜짝할 사이에 화학 준비실의 창문까지 도달한 모양이었다. 창문에서 안으로 들어가는 데는 조금 고생했나 보지만 그래도 잠시 있으니 준비실 안으로 착지하는 듯한 소리가 들려왔다. 그리고 '성공'이라고 문자가 왔다.

나는 안도감에 무릎이 꺾일 것 같은 기분이 들면서도 지시받은 대로 4층으로 돌아가 화학 준비실 문 앞에 섰다.

"순조로웠어."

안쪽에서 잠긴 문이 열리고 미즈키가 모습을 드러냈다. 나는 나도 모르게 눈물을 글썽이며 미즈키를 끌어안았다.

"미즈키…… 엉뚱한 짓 좀 하지 마."

울면서 호소하자 미즈키는 다정하게 내 머리를 쓰다듬어주었다.

"걱정 끼쳐서 미안, 하지만 이제 정말 미스터리를 풀 수 있을지도 몰라."

미즈키는 내게서 몸을 떼고 창가의 목재 선반으로 향했다. 거기에 초대 유리코 님의 일기가 있었다.

"이거지? 읽어볼게."

미즈키는 민첩하게 일기를 꺼내 눈동자를 굴리며 읽기 시작했다.

"역시 느낌이 달라. 이 일기 뭔가를 명확하게 쓰지 않고 얼버무리고 있어."

미즈키는 재빠르게 페이지를 넘기면서 일기를 읽었다. 미즈키가 말했던 '위화감'이 지금 머릿속으로 빠르게 흡수되고 있을 것이다.

"뭔가가, 뭔가가 이상해. 하지만 대체 뭐지?"

미즈키는 중얼거리면서 엄청난 속도로 페이지를 넘겼다. 통자물쇠는 어떻게 열었는지 도저히 물어볼 분위기가 아니었다.

그렇게 30분 정도 지났을까. 해가 저물어가고 귀가를 재촉하는 교내 방송이 흘러 나올 무렵 미즈키의 입에서 옅은 한숨이 새어나왔다.

"그렇구나. 그랬던 거구나."

크게 놀라는 미즈키의 모습에는 진상을 꿰뚫어본 충격이 느껴졌다. 미즈키는 천천히 내 쪽으로 몸을 돌렸다.

"역시 이번에 일어난 모든 사건은 살아 있는 인간이 저지른 일이야. 유리코 님에게 놀아난 한 애처로운 인간이 모든 범행을 저질렀어."

모든 미스터리가 풀린 걸까. 역시 미즈키는 대단하다.

"이렇게 되었으니 범인을 한시라도 빨리 밝혀내야겠지. 하지만 증거가 없어."

미즈키는 다시 자신의 세계로 들어가 중얼거렸다. 이대로라면 혼자 남겨질 것 같아 나는 미즈키에게 물었다.

"미즈키, 누가 범인이야? 그 범인은 갈아입을 옷을 준비해둔 거야? 그리고 옥상의 통자물쇠는 어떻게 열었어?"

속사포처럼 이어지는 질문에 미즈키는 깜짝 놀란 얼굴을 하고 쓴웃음을 지었다.

"아, 미안. 유리코에게 설명하는 걸 잊고 있었네."

미즈키는 사과를 하고는 내게 설명을 해주었다.

"우선 통자물쇠 말인데, 그건 지극히 단순한 트릭이야. 열쇠를 가지고 있는 누군가가 원래 걸려 있던 통자물쇠 A를 열고 열린 통자물쇠를 걸어둔 채로 안으로 들어갔다고 해보자. 그때 통자물쇠 A를 몰래 자신의 통자물쇠 B로 바꿔치기하는 거야. 그러면 안에 들어갔던 사람은 바뀐 통자물쇠 B를 잠그고 자리를 뜨겠지. 그렇게 되면 그 후엔 통자물쇠 B의 열쇠를 가지고 있으면, 원래라면 통자물쇠 A로 잠겨 있었을 문을 열 수 있는 거지."

깜짝 놀랐다. 그야말로 감쪽같은 수법이었다. 자물쇠를 잠글 때는 열쇠가 필요하지 않은 통자물쇠의 특성을 잘 이용한 것이었다.

"마지막으로 처음에 빼놓은 통자물쇠 A를 다시 걸어서 잠그면 나중에 자물쇠가 바뀌었던 사실이 발각되지도 않아. 재미있는 방법이지?"

감복하고 말았다. 이런 발상을 떠올린 미즈키는 역시 대단하다는 생각밖에 들지 않았다.

"사실 나는 경찰이 수사하느라 통자물쇠를 걸어둔 채로 옥상에 가 있을 때를 노려 몰래 통자물쇠를 바꿔치기했어. 무엇보다 문에 달린 잠금 장치를 잠그지 않은 것도 행운이었어. 학교 측의 실책이라고 할 수 있지. 열쇠 두 개를 사용하기가 귀찮았겠지."

운도 같은 편이 되어주었다. 운도 실력이라고 생각해보면 역시 미즈키는 대단했다.

"그래서 가장 중요한 사건의 범인은?"

하지만 미즈키는 여기서 씁쓸한 표정을 지었다.

"그건 조금 더 기다려줄 수 있을까?"

"뭐, 왜?"

불만의 목소리를 내자 미즈키는 팔짱을 끼고 신음을 뱉었다.

"아직 물증이 없어. 내가 생각하는 인물이 범인이라는 결정적인 증거. 그게 없는 한 그 인물을 범인이라 할 수 없어."

신중히 일을 진행하려나 보다. 미즈키다운 판단이었다.

"알았어. 지금은 말해주지 않아도 괜찮아."

"고마워."

우리는 눈을 맞추고 미소를 주고받았다.

"그렇게 정했으니 여기서 나가자. 오래 있을 필요 없어."

미즈키는 일기를 선반에 꽂고 내 손을 끌어당겨 복도로 나왔다. 만약 흰 백합 모임의 부원이 돌아오기라도 하면 큰일이다.

"으아아악."

그런데 복도로 나온 순간 아래쪽에서 커다란 비명이 울렸다. 공포에 질린 듯한 유난히 날카로운 목소리. 그와 동시에 뭔가 단단한 것이 부딪히는 소리가 들렸다.

잠깐의 정적. 그 후 웅성거리는 소리가 멀리서부터 들려왔다.

복도 창문으로 내다보니 현관 근처에 사람들이 모여 있었다. 웅성거리는 소리, 긴박한 소란이 일어난 것이 여기까지 전해졌다.

설마 또……. 평형 감각이 사라지면서 발밑이 빙글 흔들렸다.

미즈키와 함께 현관으로 달려가보니 수많은 학생과 선

생님이 모여 있었다. 대규모 개미 무리처럼 모여 있는 학생들을 선생님들이 쫓아내고 있었다.

"보면 안 돼. 가까이 오지 마."

선생님이 소리쳤지만 자리를 뜨는 사람은 없었다. 스마트폰으로 동영상을 찍는 겁 없는 사람까지 나타났다.

"누가 쓰러져 있는 모양이야."

미즈키가 중얼거리는 소리를 듣고 소란이 일어난 원인을 짐작해보았다. 까치발을 하고 살펴보니 무리 한가운데, 현관 바로 앞 부근에 여학생 한 명이 위를 보고 쓰러져 있었다. 사지는 축 늘어져 있고 몸 아래에는 검붉은 피 웅덩이가 퍼지고 있었다.

"쟤 1학년 6반 니시지마 유리코 아니야?"

목을 길게 빼고 보던 미즈키의 지적에 깜짝 놀랐다. 니시지마 유리코, 유리코라는 이름을 가진 유리코 님 후보 중 한 명이다.

세 번째 유리코 님 후보에게 불행이 내려왔단 말인가. 세상이 일그러지며 무너져 내렸다. 종말을 보는 듯한 절박한 기분을 느꼈다.

"저기, 구급차가 왔어."

다른 선생님이 현관으로 달려왔다. 그와 동시에 구급차의 사이렌이 들리고 구급대원이 들것을 메고 달려왔다.

"옮깁니다. 하나, 둘, 셋."

구급대원은 노련하게 니시지마 유리코를 들것에 싣고 구급차로 향했다.

대체 무슨 일이 있었던 걸까? 여전히 흥분이 가라앉지 않은 군중 속에서 목을 길게 빼고 살펴보니 니시지마 유리코가 쓰러져 있던 부근에 뭔가 둥근 게 떨어져 있음을 발견했다. 금속 재질의 무거워 보이는 그것은······.

"미즈키, 저거 포환던지기 할 때 쓰는 포환 아니야?"

내가 가리키는 곳을 보고 미즈키도 알게 된 모양이었다. 미즈키는 턱에 손을 대고 생각에 잠겼다.

"저게 위에서 떨어졌나 봐."

미즈키가 한 말을 듣고 위장을 쥐어짜는 듯한 통증이 느껴졌다. 저렇게 무거워 보이는 물체가 머리 위로 떨어졌다고 상상하는 것만으로 속이 울렁거렸다. 목숨을 부지하기가 힘들 것이다.

"완전히 죽이려고 했던 거야." 스스로에게 다짐하듯 미즈키가 심각한 표정을 지으며 말했다. "어떻게든 물증을 손에 넣어야 해. 다음 희생자가 나오겠어."

"역시 그랬어."

정신이 나간 상태인 듯한 목소리가 들려 뒤를 돌아보자 새하얗게 질린 얼굴로 쓰쓰미가 서 있었다.

"초대 유리코 님이 화가 나셨어. 유리코 님 후보를 죽음으로 도태시킬 작정이야."

변함없이 붉은 셔츠를 입고 양 갈래로 땋은 머리를 한 쓰쓰미는 얼굴이 하얗게 질려 벽에 손을 기대고 있었다. 그 눈빛은 궁지에 몰린 먹잇감 같으면서도 동시에 사냥꾼 같은 날카로운 눈빛을 뿜어내고 있었다.

"다음은 내가 아니면 야사카겠네. 살아남은 쪽이 진짜 유리코 님이 될 테니까 도태는 그걸로 끝나겠지."

머릿속 깊은 곳에서 종이 울리는 소리가 들리는 것 같았다. 50퍼센트의 확률로 나에게 죽음이 찾아온다.

"나는 절대로 살아남을 거야. 유리코 님으로 계속 살아가는 것이 내가 사는 의미니까."

쓰쓰미는 허둥지둥 그 자리를 떠났다.

"신경 쓰지 마. 범인은 살아 있는 인간이니까 조심하면 괜찮을 거야."

미즈키의 말은 든든했다. 하지만 그 반면 나는 아무리 해도 인간의 영역을 넘어선 힘을 느낄 수밖에 없었다. 이 세상을 전부 송두리째 바꿔버릴 힘을 가진 유리코 님. 그 존재가 나의 머릿속에 껌딱지처럼 들러붙어 도무지 떨어지지 않았다.

니시지마 유리코는 즉사했다고 한다. 건물에서 나오는

타이밍에 누군가가 2층에서 떨어뜨린 포환에 직격으로 맞아 두개골이 함몰된 것이다. 치료할 것도 없이 죽은 걸 알 수 있을 정도의 참상이었다.

당연히 학교는 임시 휴교에 들어갔다. 이틀이 더 지나서야 수업이 재개되었지만 그마저도 4교시까지 수업을 단축했다. 경찰 관계자가 정신없이 학교를 드나들고 언론이 교문 앞에 진을 쳤다. 평상심을 되돌릴 수 있는 학생은 아무도 없었고 모두가 눈에 보이게 동요하고 있었다.

그런데도 풍파를 일으키지 않으려는 학생들 사이에 암묵의 합의가 기능했다. 울면서 슬퍼하거나 두려워하는 학생은 없었다. 그러기는커녕 사건을 언급하는 학생도 거의 없었고 마치 사건 같은 건 처음부터 일어나지 않았던 것처럼 지냈다.

모두가 동요하면서도 표면상으로는 평정을 위장했다. 웃으면서 축제를 준비했다. 연극 연습을 하고, 가판대를 만들고, 전시물을 준비했다. 명백하게 어색한 일상이 학교를 지배했다.

"이번에도 초대 유리코 님의 일기를 따라 했어."

방과 후, 정원 벤치.

각본이 완성되어 시간 여유가 생긴 미즈키가 말했다. "일기 속에서 세 번째 불행은 머리 위로 화분이 떨어지는 거였어. 이번에는 포환이 떨어졌지. 비슷해."

들고 보니 그랬다. 떨어진 물건은 다르지만 상황은 비슷했다.

"포환을 선택한 건 살상력을 높이기 위해서겠지. 초대 유리코 님과는 달리 이번 범인은 살인에 주안점을 두고 있어."

미즈키가 알아낸 범인. 그 정체에 대해서는 듣지 못했다. 아직 물증을 찾지 못한 모양이다.

"미즈키, 범인에 대해서 경찰에 이야기하는 게 좋지 않아? 경찰이 마음먹고 조사하면 물증 하나둘쯤은 찾아낼 것 같은데."

하지만 미즈키는 고개를 저었다. "고등학생이 하는 말을 경찰이 들어줄 리 없어. 게다가 범인으로 지목하는 근거가 초대 유리코 님의 일기라고 설명하면 절대로 받아들여지지 않을 거야. 경찰은 유리코 님 전설에 대해서는 전혀 믿고 있지 않으니까."

그랬다. 경찰이 유리코 님 전설을 믿어주기만 한다면 방법이 있을 텐데.

"이렇게 된 이상 도박을 걸 수밖에 없겠어."

미즈키가 결의에 찬 목소리로 말하고는 날카로운 눈빛으로 주먹을 꽉 쥐었다.

"도박이라니?"

미즈키는 시선을 앞으로 향한 채 대답했다. "곧 축제가 시작돼. 전교생이 지켜보는 가운데 범인의 정체를 밝혀 보이겠어."

미즈키의 눈동자는 불꽃이 타는 것 같았다. 마음을 정한 듯 빛났다.

"이제 슬슬 끝내자. 유리코 님을 둘러싼 사건들을."

그렇게 말하는 미즈키의 아름다운 옆모습에 결의가 넘쳐흘렀다.

제7장
축제의 시작

6월 말 화창하게 갠 어느 날. 드디어 축제가 시작되었다.

사람이 죽었기 때문에 축제를 중단하는 걸 고려했지만 학생회와 교사들의 협의 결과 관계자 한정으로 초대하여 실시하는 방향으로 정리되었다.

"이어서 3학년 3반의 일본 무용을 보시겠습니다."

전교생과 교사, 학교 관계자들만 객석에 앉은 체육관에서 공연이 진행되었다. 현재 무대에 있는 3학년 3반 다음은 우리 1학년 4반과 5반 순서다. 나는 대사가 한마디밖에 없는 단역이지만 그래도 틀리지 않고 말할 수 있을지 긴장되었다.

반면 각본 담당인 미즈키는 무대 위에 나갈 순서도 없이 한쪽에서 지켜볼 뿐이었지만 나와는 다른 이유로 긴장하고 있었다. 게다가 무슨 이유에서인지 수첩 같은 걸 보며 중얼거리고 있었다. 대사도 없을 텐데 뭐하는 건가 싶어 고개를 갸웃거릴 수밖에 없었다.

"이상 3학년 3반의 일본 무용을 보셨습니다."

이상하다고 생각하는 사이에 앞 순서인 3학년의 무대가 끝났다. 상기된 얼굴로 무대에서 내려오는 상급생을 배웅하고 나자 드디어 우리 차례라는 흥분이 끓어올랐다.

"다음은 1학년 4반과 5반의 합동 연극입니다. 제목은 '유리코 님 전설의 탄생'입니다."

방송이 흐르자 체육관이 술렁거렸다. 설마 이 상황에서 유리코 님을 다루는 연극을 할 것이라고는 생각도 하지 않은 것이다.

그래도 우리 연극은 시작되었다. 조명이 꺼진 무대 위에 스포트라이트를 받으며 내레이션을 담당한 여학생이 혼자 서서 연극의 도입부를 이야기했다.

"여러분, 유리코 님 전설을 알고 계신가요? 우리 유리가 하라 고등학교에 대대로 전해지는 전설로 유리코라는 이름을 가진 여학생에게 신비한 힘이 생긴다는 전설입니다."

술렁거림이 채 가시지 않은 가운데 여학생은 간결하게 유리코 님 전설을 설명했다. 이미 알고 있는 학생들은 무서

위하면서도 흥미를 보이고, 모르는 관계자들은 놀란 듯 귓속말을 주고받았다.

"……이렇게 하여 매년 전교생 중 한 명, 유리코 님이 탄생합니다. 하지만 여기서 궁금하지 않으십니까? 이 유리코 님 전설은 대체 어떻게 시작되었을까요?"

여기서 조명이 꺼지고 무대가 암전되었다. 여학생은 무대 옆으로 내려가면서 마지막 말을 했다.

"이야기는 48년 전에 시작되었습니다. 한 소녀를 둘러싸고 일어난 일이 전설을 만들어낸 것입니다."

조명이 일제히 켜졌다. 무대 위에는 책상과 의자를 몇 개 놓아 교실을 연출했다. 여학생 몇 명이 그 의자에 앉아 담소를 나누고 있었다.

"학교 끝나고 어디 갈래?"

"역 앞에 새로 생긴 카페에 가자. 케이크가 맛있다고 하더라."

"와, 케이크 좋아. 나도 가고 싶어."

특별할 것 없는 대화가 잠시 이어졌다. 하지만 그 평온한 분위기를 깨듯이 한 여학생이 교실로 들어왔다. 순간 담소를 나누던 그룹의 안색이 어두워졌다.

"아, 유리코가 왔어."

"기분 나빠. 가까이 오지 않았으면 좋겠는데."

머리를 양 갈래로 땋은 유리코는 고개를 숙이고는 자기 자리로 갔다. 아무도 그녀에게 다가가지 않고 어쩐지 피하는 듯한 태도를 취했다.

　"유리코 같은 애는 우리 반에서 사라졌으면 좋겠어."

　모여 있던 여학생 중 한 명이 목소리를 높였다. 유리코에게도 분명하게 들릴 정도였다. 유리코는 더욱더 아래로 고개를 푹 숙이고는 분한 듯이 입술을 깨물었다.

　여기서 무대가 암전되었다가 곧 조명이 켜졌다. 이런 식으로 시간의 경과를 표현한 것이다.

　"어제 카페에서 먹은 케이크 맛있었어."

　"다음에 또 가자."

　어제 있었던 일을 이야기하는 여학생들, 하지만 어제와 비교해서 한 명이 적다. 아직 등교하지 않은 여학생이 있는 모양이다. 그 사실을 눈치챘는지 차츰 여학생들의 안색이 어두워졌다.

　"마유미가 늦네. 지각인가?"

　"별일이네."

　아침, 교실에 함께 다니던 친구 한 명이 아직 오지 않은 설정이다. 유리코가 사라졌으면 좋겠다고 말한 여학생이다. 학생들이 대체 무슨 일일까 궁금해하며 기다리고 있을 때 선생님 역을 맡은 여학생이 등장했다.

"선생님, 마유미가 아직 오지 않았어요."

한 여학생이 선생님께 다가가자 선생님 역을 맡은 여학생은 괴로운 표정을 지었다.

"마유미는 도서관 옥상에서 누군가에게 밀려 떨어졌어요. 고등학생으로 보이는 남자가 도망치는 것이 목격되었다고 합니다."

여학생들이 술렁거렸다. 괜찮은 거야? 모두가 속닥속닥 이야기를 주고받는 가운데 갑자기 조명이 작아지면서 자리에 앉아 있는 유리코만을 비추었다. 유리코는 고개를 푹 숙이고 쿡쿡 웃고 있다.

이것이 미즈키의 해석. 유리코 자신이 불행한 일을 일으키는 데 관여하고 있다는 생각이었다.

그 후에도 불행이 차례차례 일어나고 같은 반 여학생들은 유리코에게 다가가지 않게 되었다. 평온을 얻은 유리코는 안심하지만 거기서 일기에도 나온 와타베 선생님이 등장한다. 남학생이 연기하는 와타베는 유리코와 연애 관계에 빠지지만 그 사실이 들켜 전근을 가게 된다. 비운의 이별을 슬퍼하는 유리코는 자살을 하려고 하는데, 그때 내가 "자살 같은 건 그만둬"라고 한마디 외친다.

"나는 죽을 거야. 하지만 나는 이 학교에서 계속 살아갈 거야. 유리코라는 이름의 학생과 함께 언제까지고 전설이되어 살아남을 거야."

유리코가 마지막 대사를 뱉었다. 그리고 옥상에서 떨어져 내리는 연기를 하면서 무대는 암전되었다. 이것으로 이야기는 끝이었다. 관중의 박수와 함께 유리코 님 전설의 이야기는 마지막을 맞이했다.

역시 미즈키의 각본은 대단했다. 지금까지 나는 연습을 계속 빠졌기 때문에 몰랐지만 정말로 좋은 각본이었다. 견고한 구성에 과감한 연출이 들어가 안정감과 동시에 긴장감을 느낄 수 있었다. 이렇게 수준 높은 각본을 쓸 수 있는 사람은 이 학교에서는 미즈키뿐일 것이다.

감탄하여 나도 박수를 쳤다. 불행의 정체는 밝히지 않은 채 끝났지만 그래도 만족스러웠다. 정말로 뛰어난 각본이었다.

"여러분, 이걸로 괜찮으신가요?"

그런데 갑자기 마이크를 통해 목소리가 들려왔다. 목소리의 주인은 분명 미즈키였다.

"이렇게 이도저도 아닌 결말로 끝나도 정말 괜찮으십니까?"

무대가 암전된 상태에서 미즈키의 목소리만이 울렸다. 예정에는 없던 일이었다.

"유리코 님 전설의 탄생에 숨겨진 진실을 알고 싶지는 않습니까? 그것은 어쩌면 귀를 막고 싶은 이야기일지도 모르겠지만, 그래도 알고 싶다고 생각하지 않으십니까?"

객석이 술렁거렸다. 학생들만이 아니라 교사와 관계자도 모두 서로 속삭이고 있었다.

"이번에 우리 학교에서 일어난 사망 사건들을 여러분은 알고 계실 것입니다. 그 사건을 밝히기 위해서라도 유리코 님 전설이 탄생한 진상을 아는 데 의미가 있습니다."

미즈키가 이어서 한 말에 떠들썩한 소리가 일렁였다.

"알고 싶으십니까? 알고 싶으시다면 이야기해드리죠. 하지만 알고 싶지 않으시다면 저는 여기서 이야기를 끝내겠습니다."

객석이 조용해졌다. 아무도 말을 하지 못한 채 팽팽한 침묵이 내려앉았다.

"안 돼!"

들어본 적 있는 목소리가 그 침묵을 깼다. 쓰쓰미가 객석에서 일어나 외치고 있었다.

"안 돼. 안 돼. 절대로 안 돼. 초대 유리코 님이 화를 내실 거야!"

쓰쓰미는 새된 목소리로 호소했다. 절대로 허락하지 않겠다는 강한 의지가 느껴졌다.

"유리코 님 전설을 무대에 올린 것만으로도 큰일인데 그 정체를 밝힌다니, 네가 무슨 일을 벌이고 있는지 알고 있는 거야?"

비탄이 담긴 말투였다. 하지만 바들바들 떨리는 쓰쓰미의 목소리는 명백하게 공포에 질려 있었다.

다른 학생 대부분도 쓰쓰미와 비슷하게 두려운 표정이었다. 미즈키는 예상했다는 듯 아무렇지 않은 모습이었지만 나는 안절부절못했다.

"저는…… 알고 싶어요."

그러던 중에 1학년 학생이 앉아 있는 쪽에서 목소리가 들렸다. 몸집이 작은 한 여학생이 머뭇거리기는 했지만 손을 들었다.

모두가 주목하는 가운데 그 여학생은 조심조심 입을 열었다. "저는 처음 옥상에서 떨어져 죽은 마쓰자와 유리코의 친구예요. 친구의 죽음에 대한 진실을 계속 알고 싶다고 생각했지만 학교에서는 사건에 대해 언급하지 말라는 무언의 압력이 있어서 계속 말하지 못하고 참아왔어요. 하지만 이제 한계예요. 유리코의 죽음에 대한 진실을 알고 싶어요. 이째서 유리코가 죽어야만 했는지, 친구로서 알고 싶어요."

정적이 찾아왔다.

"나도 알고 싶어."

또 다른 자리에서 목소리가 튀어나오며 정적을 깼다. 그 소리를 시작으로 또 다른 자리에서도 목소리가 들려오더니 결국 커다란 울부짖음 같은 소리가 체육관 안을 가득 채웠다.

"사실은 슬프고 분해. 큰 소리로 외치고 싶었어. 이제 더 이상 다른 사람들 눈치를 보며 침묵하고 싶지 않아. 이젠 싫어. 진실을 알려줘."

커다란 술렁임 속에서 모두의 마음을 대변하는 말들이 날아왔다. 쓰쓰미는 할 말을 잃고 주변의 말을 듣고 있었다.

"알겠습니다." 미즈키는 그 광경을 곱씹는 듯한 말투로 정리했다. "여러분이 원하신다면 진상을 명확하게 밝히도록 하겠습니다."

다음 순간 갑자기 조명이 켜졌다. 조명을 받으면서 단상 위에 주연 배우처럼 당당하게 미즈키가 서 있었다. 조명 담당과는 사전에 이야기를 맞춰둔 모양이었다.

"안 돼! 그런 짓을 해서는 안 된다고."

쓰쓰미가 날카로운 목소리로 말했지만 주변 분위기는 그 말을 받아들이지 않았다.

"나는 알고 싶어. 이제 유리코 님의 저주를 받을까 두려워하며 떠는 건 지겨워."

"유리코 님 전설 같은 건 이제 끝내."

다양한 목소리가 튀어나왔다. 흐트러진 머리카락은 이마에 달라붙어 있고 창백하게 질린 모습으로 쓰쓰미는 우두커니 서 있었다.

"전부 밝혀줘. 유리코 님의 정체를 알고 싶어."

여러 학생의 목소리가 신음이 되어 체육관 안으로 퍼져갔다. 거기에 압도된 듯 쓰쓰미의 목소리는 차츰 작아졌다.

"아, 안 돼. 그런 짓을 했다간 모두에게 불행, 이……."

쓰쓰미 선배의 몸이 흔들 하고 기울어졌다. 의자에 손을 대고 필사적으로 몸을 지탱하고 있었다.

"유리코 님에 대해서 파헤쳐서는 안 돼! 안 된다고."

마지막으로 단말마의 소리를 외치고 쓰쓰미는 그대로 눈이 뒤집히며 뒤로 쓰러져버렸다.

"들것, 들것을 가지고 와."

선생님이 허둥지둥 지시를 내렸다. 체육관 안은 혼란스러워졌고 흥분이 끓어오르며 속이 안 좋아진 학생도 생겼다.

"중지, 중지. 발표는 여기서 끝내."

선생님의 화난 목소리가 날아들었다. 하지만 미즈키는 포기하지 않았다.

"아니요, 계속하겠습니다. 이 학교를 옭아매고 있는 유리코 님이라는 악한 전설을 끝내지 않는 한 우리 학교에 평화는 돌아오지 않습니다."

선생님은 "뭐?" 하고 분노를 담아 소리쳤지만 학생들 대부분이 일어서서 거기에 항의했다.

"계속하게 해줘요."

"나는 마지막까지 보고 싶어."

"아무것도 모르는 어른은 입 다물고 있어."

다양한 말이 쏟아지자 선생님은 꼬리를 내렸다. 체육관 안이 하나의 생물이 된 것 같은 소란은 선생님들도 저지하지 못했다.

"저기, 발표회 시간은 이미 초과했는데요."

사회를 보는 학생이 분위기 파악도 못 하고 마이크 너머로 한마디 하자 모두 일제히 노려봤다. 그 학생은 바로 움츠러들며 더 이상 아무 말도 하지 않았다.

쓰쓰미가 들것에 실려 나가고 속이 안 좋아진 학생들을 내보낸 후에도 체육관은 진정되지 않았다. 술렁거리는 소란 속에서 미즈키가 이야기를 시작했다.

"그러면 지금부터 여러분에게 한 일기의 복사본을 보여 드리겠습니다. 그 일기는 초대 유리코 님, 말하자면 유리코 님 전설의 시작이 된 학생이 써서 남긴 것입니다. 이번 연극의 각본을 쓰는 데 참고 자료가 되었던 일기입니다."

다시 한 번 웅성거리는 소리가 일었다. 모두가 옆에 앉은 사람과 이야기를 나누는 사이에 단상 스크린이 내려왔다. 그리고 거기에 프로젝터로 문자가 비쳤다. 미즈키는 프로젝터 조작 담당자와도 사전에 준비를 해둔 모양이었다.

"이것이 초대 유리코 님이 쓴 일기의 첫 문장입니다."

스크린에는 나도 본 적이 있는 문장이 크게 비쳤다. 이렇게 마음대로 공개해도 되는 것인가 싶어 나는 가슴이 두근두근거렸다.

1970년 유리코 일기

6월 1일 월

나는 유리코. 유리가하라 고등학교 1학년이다.

오늘부터 짧은 일기를 쓰기 시작한다. 내 마음 같지 않은 세상이지만 적어도 일기를 쓸 때만큼은 행복을 찾고 싶다. 그래서 행복했던 일은 아무리 사소한 거라도 기록할 생각이다.

"사실 지금 보시는 문장에는 중대한 거짓이 두 가지 있습니다."

미즈키가 갑자기 지적으로 시작했다. 이야기를 놓치지 않으려고 객석이 한순간 조용해졌다.

"그 거짓이 나중에 커다란 오해를 낳게 됩니다. 일기를 쓴 당사자가 속일 의도로 쓴 거짓이기 때문에 이는 일종의 반칙이라고 봐야 할 겁니다."

의미를 잘 모르겠지만 아무튼 계속 들어봐야 했다. 나는 귀를 쫑긋 세웠다.

"아무튼 이 거짓에 대해서는 나중에 말씀드리죠. 우선은 다음 문장을 봐주십시오."

스크린의 영상이 바뀌며 다음 문장이 비쳤다.

6월 2일 화
집으로 돌아오는 길에 아름다운 수국을 발견했다. 귀엽고 사랑스러웠다. 한참을 가만히 보고 있었더니 지나가던 사람들이 웃었다. 그렇게 웃지 않아도 될 텐데.

"이 문장을 보고 여러분은 위화감을 못 느끼셨습니까?"

미즈키가 묘한 질문을 던졌다. 특별히 문제는 없어 보이는데.

"일기를 쓴 사람은 유리코입니다. 여고생이 길가에 핀 수국을 가만히 바라보는 모습을 보고 이상하게 웃는 사람이 있을까요? 보통은 흐뭇한 광경일 텐데요."

그렇기는 하지만 일기를 쓴 유리코가 실제로 들은 말이

니 어쩔 수 없는 일 아닌가. 너무 열중해서 보는 바람에 몸을 앞으로 많이 기울이고 있었다면 자세가 이상하게 보일 수도 있을 테고.

"그러면 다음 문장입니다."

화면이 바뀌었다. 그다음 날의 일기다.

6월 3일 수

같은 반 여자애가 머리를 귀엽게 묶고 있어서 눈길을 빼앗기고 말았다. 그랬더니 그 아이가 기분 나빠 했다. 내가 그렇게 이상한 걸까?

"이번에는 기분 나쁘다는 소리를 듣습니다. 하지만 머리를 귀엽게 묶은 걸 같은 반 여학생이 본다고 기분 나빠 할까요? 예쁘게 봐주면 오히려 기쁘지 않을까요?"

그 말은 그럴 것도 같았지만 상대가 평소에 불쾌하게 여겼던 학생이라면 기분 나쁘게 느낄 수도 있다. 특별히 이상한 표현이라는 생각은 들지 않았다.

"다음 문장을 보겠습니다."

화면이 또 바뀌었다.

6월 4일 목

나는 예쁜 여자아이가 되고 싶다. 길고 검은 머리카락을 휘날리며 산들바람 같은 미소를 짓고 싶다. 하지만 실제로는 그렇지 않다. 그 사실이 슬프다.

"이날의 일기는 의미가 깊습니다. 표면상으로는 자신이 예쁘지 않다고 생각하는 것처럼 보이지만 다른 해석을 할 수도 있습니다."

미즈키는 또 의미를 알 수 없는 말을 했다. 내가 고민하고 있는 사이에 미즈키가 계속해서 말을 이었다.

"이번에는 날짜를 조금 더 넘겨보겠습니다."

화면이 바뀌고 6월 8일의 일기가 나왔다.

6월 8일 월

쉬는 시간에 몰래 『빨강머리 앤』을 읽고 있었는데 반 친구에게 들켰다. 같은 반 아이들 모두 큰 소리로 웃었다. 나와는 어울리지 않는다면서. 괴로워서 조금 눈물이 흘렀다. 모두가 울보라며 비웃었다.

"『빨강머리 앤』이 어울리지 않는다고 비웃음을 당했습니다. 예쁘지 않은 것을 지적한다고 생각하기 쉽지만 앤은 원래 수수한 외모로 특별히 아름답지 않은 여자아이입니다. 예쁘지 않은 여학생을 향해 어울리지 않는다고 말하는 건 어딘가 해석이 들어맞지 않는 느낌이 듭니다."

이것도 역시 미즈키가 말하는 위화감인 것일까. 나는 전혀 이해하지 못했다.

"다음은 이틀분을 동시에 보겠습니다."

내가 당황하고 있는 사이에 다시 화면이 바뀌었다.

> 6월 9일 화
>
> 어제의 분한 마음이 아직 남아 있지만 이것도 하나의 계기라고 생각하여 긍정적으로 여기기로 했다. 좋아하는 것이 알려진 이상 더 숨길 필요가 없는 것이다. 내일은 모두가 입을 다물 정도로 앤같이 예쁜 모습으로 학교에 가야지.

> 6월 10일 수
>
> 정성을 다해 꾸미고 학교에 갔다. 앤을 모티브로 한 귀엽고 아름다운 모습이다. 하지만 모두의 비웃음을 사고 선생님에게도 몸단장을 제대로 하라며 야단맞았다. 예쁘고 싶었을 뿐인데. 슬프다. 눈물이 흘렀다.

"이번에는 예쁘게 꾸며서 선생님께 주의를 받았다고 합

니다. 엄청나게 화려한 차림을 했다고 생각할지 모르겠지만, 앤은 작품 속에서 그렇게 화려한 모습은 하지 않습니다. 그 모습을 따라 한 정도의 차림으로 웃음거리가 되고 몸단장을 똑바로 하라는 지시를 받는 것은 지나치다고 생각하지 않나요? 다만 교복을 입지 않았기 때문에 그런 지적을 받았다고 생각할 수는 있겠지만요."

당연히 교복을 입지 않았기 때문이겠지. 교칙이 엄한 유리가하라 고등학교다. 사복으로 등교한다니 히가시다가 보기라도 한다면 분명히 격노할 것이다.

"또 조금 더 날짜를 넘겨보겠습니다."

내 생각이 여전히 정리가 되지 않는 사이에 영상이 바뀌었다.

6월 19일 금

결국 괴롭힘이 다시 시작되었다. 반에서 기가 센 여자애가 『빨강머리 앤』을 여자 화장실 변기에 버린 것이다. 나는 당황하며 주우러 갔지만 불결하다며 여자애들이 비웃었다. 『빨강머리 앤』은 말려서 괜찮아졌지만 나는 화를 억누를 수 없었다. 죽여버리고 싶다.

"변기에 떨어져 있던 책을 주웠기 때문에 '불결'하다, 이런 해석도 할 수 있겠죠. 다만 '불결'이라는 단어에는 또 다른 의미도 있지 않을까요?"

불결의 의미? 너무나 세세한 부분이라 사건의 진상과 관계가 없는 느낌이 들었다. 미즈키는 대체 무엇을 생각하고 있는 걸까?

"다음도 조금 넘겨보겠습니다."

또 영상이 바뀌었다.

> 6월 25일 목
> 나를 괴롭히는 그 여자애의 행동은 멈추지 않는다. 오늘은 발밑에 물을 뒤집어쓰는 바람에 교복이 흠뻑 젖어서 고생했다. 어째서 이렇게까지 하는 걸까? 내가 그렇게 미운 걸까?

"발밑에 물을 뒤집어썼다, 그래서 교복이 흠뻑 젖었다. 이것도 잘 생각해보면 아주 위화감이 느껴지죠."

어디에서 위화감을 느끼는 걸까? 나는 역시나 모르겠다.

"그다음도 날짜를 건너뛰겠습니다. 이번에는 이틀분을 한 번에 보시죠."

> 7월 7일 화

와타베 선생님이 나를 유혹의 눈빛으로 본다는 소문이
돌고 있다. 여학생들은 징그럽다고 자기들끼리 속닥거
리며 나와 선생님을 경멸하는 눈으로 바라봤다. 그래도
나는 선생님과 이야기를 나눴다.

7월 8일 수
선생님과 이야기할 때 손이 스쳤다. 재빨리 피했지만 얼
굴이 붉어지는 건 어쩔 수 없었다. 하지만 올려다본 선
생님의 얼굴도 붉어져 있었다. 어쩌면 선생님도…… 기
대하게 된다. 주위 사람들은 기분 나쁘다고 말하겠지만
점점 끌리는 마음을 멈출 수가 없다.

"이 부분은 교사와 금단의 사랑을 이야기하는 장면입니
다만, 뭔가 이상하죠? 학생 시점에서 교사와의 연애가 '징
그럽다'고 느낀다? 나이 차이가 나는 걸 징그럽다고 느끼
는 사람도 있겠지만 그것뿐일까요? 저는 어딘가 의미가 어
긋난 표현으로 느껴집니다."

뭘까? 이 일기의 해석에 의미가 있는 걸까? 단어 하나하
나를 세세하게 지적하기만 하고 전혀 앞으로 나아가고 있
지 않은 느낌이다.

"그럼 이 정도만 보면 충분하겠죠. 이제 제 생각을 말씀

드리겠습니다. 여러분은 대전제부터 틀리지 않았습니까? 그 전제로 생각하기 때문에 일기의 문장에서 위화감을 느끼는 것입니다."

그리고 다음 미즈키가 한 말에 나는 눈이 번쩍 뜨였다.

"이 일기를 쓴 사람이 정말로 여학생일까요?"

객석이 술렁거렸다. 나도 어안이 벙벙하고 한순간 세계가 반전된 것 같은 감각을 느꼈다.

"그러면 일기를 쓴 사람이 남자라는 건가요?"

객석에 앉은 한 여학생이 말하자 미즈키는 고개를 크게 끄덕였다.

오늘 느낀 것 중 가장 큰 충격을 느꼈다. 설마 그럴 리가. 모두의 얼굴에 놀라움이 가득 찼다.

"그럴 리 있나요? 일기를 쓴 사람은 유리코라고 자신을 밝히고 있잖아요?"

다른 여학생이 외쳤지만 미즈키는 냉정하게 화면을 바꿔 일기의 제일 처음 문장을 보여줬다.

"'나는 유리코'. 제가 앞에서 말했던 '거짓'의 첫 번째가 이것입니다. 남녀 성별 판단을 잘못 인식시키기 위한 이 가명은 말하자면 반칙입니다. 쓰는 사람이 읽는 사람을 속이기 위해 만들어놓은 최초이자 최대의 덫입니다."

유리코라는 이름을 들으면 누구라도 여자라고 생각해버

린다. 미즈키가 반칙이라고 말하듯 이 이름은 절대적인 효과가 있다.

"일기를 쓴 유리코는 몸은 남자지만 마음은 여자였을 겁니다. 그래서 자신의 이름을 유리코라고 해서 자신을 여자라고 착각하게 만들었습니다. 의도적으로 읽는 사람이 오해를 하게 만들기 위한 속임수입니다."

이중 덫이었다. 우리는 보기 좋게 그 덫에 걸려버렸다.

"이 두 가지는 솔직히 일기를 읽은 사람을 향한 반칙에 가까운 속임수입니다. 하지만 마음이 여자인 유리코는 분명 남자가 아닌 여자로 살아가고 싶었을 것입니다. 그 마음이 이런 반칙을 만들어냈겠죠. 다만 반칙은 반칙이므로 그 이외의 부분을 자세히 본다면 그 거짓도 쉽게 간파할 수 있도록 만들어져 있습니다."

미즈키는 다시 스크린의 문장을 바꿨다.

"예를 들어 수국을 한참 바라보고 있다가 비웃음을 사거나 다른 여학생의 헤어스타일을 바라보다 기분 나쁘다는 말을 듣는 장면, 이는 이 글을 쓴 사람이 남자이기 때문에 일어난 사태입니다. 남자 고등학생이 수국을 한참 바라보거나 여학생의 머리를 계속 바라보는 광경은 안타깝지만 아직도 위화감을 느끼는 사람이 많으니까요.

'나는 예쁜 여자아이가 되고 싶다', 조금 뒤에 '하지만 실제로는 그렇지 않다' 이 표현에도 숨겨진 이야기가 있습니다. '그렇지 않다'는 '예쁘지 않다'는 의미가 아니라 '여자아이가 아니다'라는 의미였던 것입니다.

『빨강머리 앤』을 읽는 모습을 보고 반 아이들이 '어울리지 않는다'고 말하는 장면도 남자에게는 어울리지 않는다는 의미입니다. 『빨강머리 앤』은 아직 일반적으로는 여자아이들이 읽는 책이라는 인상이 있으니까요. 『빨강머리 앤』이 여자 화장실 변기에 버려져서 그것을 가지러 간 것에 '불결'하다는 말을 듣는 장면도 한번 보시죠. 여기서 말하는 '불결'이라는 것은 단순히 변기에 닿아서 불결한 것이 아니라 남자가 여자 화장실에 들어간 걸 비난하여 '기분 나쁘다'와 비슷한 의미로 사용한 '불결'인 것입니다."

세세한 표현. 하지만 거기에 깃든 위화감을 놓치지 않은 미즈키가 대단했다. 그저 감탄밖에 나오지 않았다.

"발밑에 물을 뒤집어쓰는 바람에 교복이 흠뻑 젖었다, 라는 표현도 그렇습니다. 스커트 길이라면 '발밑에' 물을 뒤집어쓴다고 해도 젖는 부분은 스커트 끝부분과 양말, 실내화 정도일 것입니다. '교복이 흠뻑 젖었다'는 표현을 할 리 없습니다. 이것은 교복이 남학생용인 바지이고 길이가 발목까지 오기 때문에 일어난 사태입니다."

이것 또한 세세한 표현에 힌트가 숨겨져 있었다. 미즈키는 내 설명과 아주 잠깐 일기를 본 것만으로 여기까지 꿰뚫어보았다. 훌륭한 관찰안이다.

"교사와 학생 사이의 금단의 사랑을 '징그럽다'고 말하는 주위 사람들이나 그 후에 나오는 '금단의 사랑'과 '윤리와 도덕'이라는 말에도 위화감이 있습니다. 보통은 '허락되지 않는 일이다'라거나 '부도덕하다'라고 표현하는 쪽이 더 맞을 겁니다. 이것은 교사와 학생이라는 관계성 이전에 남자와 남자라는 관계성이 클로즈업된 결과였던 것입니다. 물론 남자가 여자의 마음을 가지는 것도 동성 간에 연애를 하는 것도 자유이지만 남성 간의 연애를 징그럽다고 생각하는 사람은 이 일기가 쓰인 당시에는 지금보다 더 많았을 테니까요."

그렇구나, 와타베 선생님과 자칭 유리코의 관계는 남자와 남자의 연애였다. 일기를 처음 읽었을 때와 인상이 완전히 바뀌어버렸다.

"여기까지 제 설명을 듣고, 여러분은 분명 한 가지 의문이 생겼을 것입니다. 애초에 남자가 있다는 것 자체가 문제가 되지 않는가, 라고."

앗, 그러고 보니 그렇다. 남학생이 있다는 건 이상하다.

"유리코 님이 탄생한 48년 전, 우리 학교는 여학교였습니다."

객석의 여학생이 목소리를 높였다. 그래, 여학교에 남학생이 있을 리 없다.

"그렇습니다. 이 또한 중대한 문제입니다. 다만 한 가지를 생각해보면 쉽게 답이 나옵니다. 7월 20일 일기를 살펴볼까요?"

미즈키가 지시를 하자 화면이 변했다.

7월 20일 월
오늘은 휴일이라 학교에 가지 않는다. 선생님과 만나지 못하는 만큼 감정이 깊어진다. 하지만 내일 학교에 갔을 때 모든 것이 들통 나 있으면 어떻게 하지. 선생님은 해고, 나는 퇴학당하는 걸까?

"그러면 여기에서 문제를 하나 내겠습니다. 이 문장에서 말하는 '휴일'이란 대체 무슨 날일까요?"

갑자기 문제가 나오자 체육관이 술렁거렸다. 한동안 와자지껄한 후 객석에서 누군가가 손을 들었다. 언제나 그렇듯 여학생이다.

"7월의 세 번째 월요일이기 때문에 바다의 날이에요."

"그렇습니다. 바다의 날. 그렇다면 바다의 날은 언제 생겼을까요? 아시는 분?"

다시 체육관이 술렁거렸지만 이번에는 금방 손을 드는 사람이 있었다. 이번에는 관계자석이었다. 쉰 살 정도의 품위 있는 느낌을 풍기는 여성이었다.

"바다의 날이 제정된 것은 1995년으로 다음 해인 1996년부터 시행되었어요."

"정답입니다. 자세히 알고 계시네요."

"뭐, 그러면 일기를 쓴 때가 1996년 이후라는 건가요?"

객석에서 또 다른 목소리가 들렸다. 내가 생각하는 것과 완전히 같은 내용의 발언이었다.

"그렇습니다. 더욱 자세히 따져보면 이 일기를 쓴 때는 우리 학교가 남녀 공학으로 바뀐 20년 전인 1998년 이후라고 생각됩니다."

의외로 최근이잖아. 아주 옛날을 상상하던 나는 마음이 어두워졌다.

"공학이 된 후라면 남학생이 있어도 아무런 문제는 없습니다. 아주 옛날엔 여학교였으니까 남학생은 없다는 색안경을 벗으면 진실은 쉽게 보입니다. 생각해보면 군이 일기에 같은 반 친구를 여학생이라고 표현하는 부분도 어색하죠. 여학생이라는 표현은 남학생이 있을 때 대응하는 표현입니다. 여학생만 있는 여학교라면 군이 일일이 여학생이라고 언급할 필요도 없을 것입니다."

40년 전에 일어났던 일이라고 굳게 믿고 있었다. 선입견이 이렇게 무섭다.

다만 나는 커다란 의문을 안고 있었다. 그럴 리 없다고 생각한 것이다. 왜냐하면 일기의 제일 처음에⋯⋯.

"하지만 여기서 커다란 벽에 부딪힙니다. 일기 표지와 첫 부분에 '1970년'이라고 분명하게 연도가 표기되어 있습니다. 48년 전이라는 시간축이 설정되어 있음에도 이런 어긋남이 가리키는 사실은 하나뿐입니다."

미즈키는 연기하는 것 같은 과장된 몸짓으로 손을 들어 올려 객석 쪽을 가리켰다.

"바로 그 '1970년'이라는 기술 또한 쓴 사람이 자신의 이름을 유리코라고 한 것과 함께 허위 기술이었던 것입니다."

객석이 놀란 듯이 술렁거렸다. 유리코라는 이름이 거짓이었던 것에 이어 다시 이렇게 대담한 거짓이 숨겨져 있을 줄이야.

"이것이 제가 말한 중대한 거짓 중 두 번째 내용입니다. 아마도 의도적이었겠죠. 남자라는 걸 들키지 않기 위해 일기를 쓴 사람은 유리가하라 고등학교가 여고였던 시대를 설정한 것입니다."

놀라운 사실이었다. 다만 유리코라는 이름과 마찬가지로 일기를 읽고 찬찬히 해석했다면 알 수 있는 부분이었다.

"일기에는 남녀 공학이 된 후인데도 여학생만 등장하는 경향이 있습니다. 하지만 우리 학교가 지금도 여전히 여학생이 강한 풍조인 것을 생각해보면 자연스러운 묘사로 생각됩니다. 당시에는 공학이 된 후 그다지 시간이 지나지 않았을 무렵이므로 그 풍조는 더욱 강했겠죠."

여학생이 강한 풍토. 그것은 지금도 여전히 유리가하라 고등학교에 이어지고 있다.

"하지만 여기서 이상한 문장에 직면합니다. 토요일에 대한 일기입니다. 전부 보시겠습니다."

미즈키가 프로젝터를 조작하는 학생에게 눈으로 신호를 보내자 화면이 차례차례 바뀌었다.

6월 6일 토

이래서는 안 된다. 일기 내용이 점점 어두워지고 있다. 좀 더 행복한 일을 찾아 밝은 내용으로 채워야지. 그래, 오늘 집으로 돌아오는 길에 하늘에 무지개가 걸려 있었던 일이라든가. 무척 아름다웠다.

6월 13일 토

계속 일기 내용을 원망과 괴로움으로 채우게 된다. 이대로는 안 되겠다. 좀 더 밝은 것을 찾아야지. 소각로에서 우왕좌왕하는 나를 보고 웃던 여자애와 오늘 이야기를 할 수 있었던 건 수확이었다. 말다툼이 벌어지긴 했지만 분명 내 마음을 알았을 것이다.

6월 20일 토

『빨강머리 앤』을 화장실에 버린 기가 센 여자애와 이야기를 했다. 나는 보기 흉하게 고함을 치고 말았지만 결과적으로 그녀는 내 마음을 알아주었을 것이다.

6월 27일 토

나를 괴롭히는 여자애와 만나 이야기를 나눴다. 말다툼을 했지만 서로 이해하게 된 것 같다. 한 주가 시작되는 월요일이 기대된다.

7월 4일 토

와타베 선생님이 나를 편애한다는 소문이 돌고 있는 모양이다. 슬픈 일이다. 그중에 세 건의 사건은 나를 동정한 선생님이 벌인 일이라고 말하는 사람까지 있다. 어떻게 이런 일이 일어나는 걸까. 현장에서 도망친 사람은 고등학생으로 보이는 남자라고 하는데. 말도 안 되는 엉뚱한 소문에 너무 화가 났다.

7월 11일 토

행복하다. 이런 일이 생겨도 괜찮은 걸까? 와타베 선생님께 고백받았다.

망설이고 망설이다 약속 장소에 나갔더니 그 자리에서 좋아한다는 고백을 받았다. 기분 나쁘게 느껴지냐고 선생님이 물었지만 전혀 그렇지 않다고 대답했다. 나도 선생님을 좋아한다고 전하자 바로 안아주셨다. 선생님의 마른 몸. 하지만 따뜻했다.

학교에는 비밀로 하고 사귀기로 했다. 들키면 난리가 날 테니까. 감추는 건 속상했지만 선생님이 바란다면 어쩔 수 없다. 지금은 선생님과 함께 있을 수 있다는 것만으로 행복하니까.

7월 18일 토

큰일이다. 어제 키스 장면을 역시나 들킨 모양이다. 모두 겉으로는 말하지 않지만 소문이 퍼진 분위기가 느껴졌다. 선생님 귀에 들어가는 것도 시간문제일까. 불안하다.

7월 25일 토

목격한 여학생과 얘기를 나눴지만 평행선이다. 의견이 잘 맞지 않았다. 슬픈 기분이 점점 격해지고 있을 때 선생님한테서 같은 재단의 멀리 떨어진 학교로 전근 간다는 이야기를 들었다. 학교 측이 그냥 선생님을 봐두지 않는 모양이다. 게다가 나는 당연히 선생님이 나를 어디든 데려가줄 거라고 생각했는데, 선생님의 태도는 미적지근했다. 나는 버림받는 걸까.

"1998년 이후 주5일제가 도입되어 아무리 못해도 둘째 넷째 토요일은 휴일이었습니다. 그런데도 토요일은 마치 매주 학교 수업이 있는 것처럼 기술하고 있습니다. 이것은 모순입니다."

여기까지 와서 설마 논리가 깨지는 것인가. 나는 어이가 없어 입이 벌어졌다.

"하지만 이것도 쓴 사람이 읽는 사람을 속이기 위한 장치입니다." 미즈키는 강한 어조로 말했다.

이 모순을 해결하는 단서가 있는 모양이었다.

"6월 6일, 6월 20일, 7월 4일, 7월 18일은 문제가 없습니다. 1998년 무렵 주5일제 도입 단계라면 첫째, 셋째 토요일은 수업이 있었을 테니까요. 학교에 간 묘사가 있다고 해도 문제없습니다."

미즈키가 말한 대로다. 하지만 문제는 그 외의 날이다.

"그렇다면 그 외의 날은 어떨까요? 자세히 읽어보면 학교에 갔다는 기술은 전혀 나오지 않습니다. 다만, 동급생이나 선생님이라는 학교 관계자와 만났다고 했을 뿐입니다. 단지 만나기만 했다면 굳이 학교 안이 아닌 밖에서 만났다고 해도 상관없습니다. 쉬는 날이라도 상관없고요."

그랬다. 나도 모르게 동급생이나 선생님과는 학교 안에서만 만난다고 생각하고 있었다.

"즉, 일기 내용의 둘째, 넷째 토요일은 휴일이었다고 해도 모순은 발생하지 않습니다." 미즈키가 단언했다. "그리고 둘째, 넷째 토요일의 일기에서 중대한 사실이 드러납니다."

무엇일까? 무대 위에 온 신경이 집중되자 미즈키는 거만한 태도로 말했다.

"애초에 일기를 쓴 유리코는 내성적인 성격으로 친구도 거의 없습니다. 그런 학생이 쉬는 날마다 자신을 괴롭히는 반 친구와 굳이 만난다……? 어딘가 이상하지 않습니까?"

설마, 나는 지금 느낀 어떤 예감에 몸이 떨렸다. 그렇다면 자칭 유리코는…….

"토요일에 유리코가 만났던 동급생은 휴일이 지날 때마다 부상을 입습니다. 옥상에서 떨어지거나 계단에서 구르거나. 그리고 현장에서 고등학생으로 보이는 남자가 도망치는 모습이 목격되었죠. 이런 사실을 종합해보면 드러나는 진상은 한 가지입니다."

오랫동안 수수께끼였던 남자 고등학생, 그 존재가 겨우 이해되는 부분까지 떠올랐다.

"그렇습니다. 연이어 발생한 사건의 범인은 유리코 본인이었던 겁니다. 그는 토요일에 자신을 괴롭힌 여학생과 만나 화해하려고 하지만 일이 잘 풀리지 않자 여학생의 뒤를 따라가 범행을 저지른 것입니다. 얼굴을 보지 못했기 때문에 유리코를 범인으로 적발하지는 못했겠죠."

겨우 이해가 되었다. 피해자들은 유리코의 얼굴을 보지 못했다.

"이 문장도 유리코가 범인이라는 가설을 뒷받침해줍니다. 6월 15일, 최초의 사건이 발각된 부분을 보시죠."

미즈키의 지시로 화면이 바뀐다.

6월 15일 월

소각로 앞에서 나를 보고 비웃었던 여자애가 다쳐서 입원했다고 한다. 동네 도서관의 옥상에 있다가 누군가에게 밀려 떨어졌다는 듯했다. 범인은 젊은 남자로 고등학생으로 보였다고 한다. 다만 얼굴은 보지 못한 모양이다. 등줄기가 서늘해졌지만 친구의 이야기를 끝까지 듣고 안심했다.

"여기 마지막에 '등줄기가 서늘해졌지만'이라는 표현은 다친 사람을 걱정해서가 아니라 자신이 범인이라는 게 들킨 것 같아서입니다. 물론 '친구의 이야기를 끝까지 듣고 안심했다'는 부분도 범인의 정체가 밝혀지지 않을 것이라고 판단하여 안도했기 때문이죠."

사소한 부분이지만 힌트는 있었다. 거듭 말하는 것 같지만 미즈키는 이런 부분을 정말 잘도 발견했구나 싶었다.

"사건이 일어나기 직전에 피해자와 이야기를 했고 같은 또래에 비슷한 모습을 한 인물이 도망치는 것이 목격된 후 의심받지 않았을까 신기하게 생각될지도 모르겠지만, 그는 분명히 의심을 받고 있습니다. 이쪽을 보십시오."

미즈키가 손을 들자 이틀분의 일기가 화면에 나왔다.

6월 23일 화
두 번째 사건이 발생하자 모두 태도가 변하기 시작했다. 나와 얽히면 다친다고 생각한 모양이다. 덕분에 나를 향한 괴롭힘은 거의 사라졌다. 그저 기쁠 따름이다.

6월 24일 수
그런데도 괴롭히는 아이가 있다. 두 번의 사건이 내 탓이라고 여긴 여자애가 친구의 원수를 갚겠다며 나를 괴롭힌다. 들으라는 듯이 욕을 하거나 물건을 숨긴다. 내게 평온한 날은 아직 오지 않은 모양이다.

"'나와 얽히면 다친다고 생각한다', '두 번의 사건이 내 탓이라고 여긴다' 이 말은 유리코가 의심받고 있음을 나타내는 표현입니다. 손을 대면 저주를 받는다는 종류의 의심이 아니라 좀 더 직접적인 내용으로 그를 건드리면 다친다는 의심이었습니다."

주위 학생들은 어렴풋이 짐작하고 있었지만 무서워서 말을 꺼내지 못했던 것이다. 유리코가 범인이라는 사실은 이런 부분에서도 알아챌 수 있었다.

"다음은 7월 말의 일기입니다."

미즈키의 목소리를 따라 이번에는 사흘분의 일기가 나왔다.

7월 25일 토

목격한 여학생과 얘기를 나눴지만 평행선이다. 의견이 잘 맞지 않았다. 슬픈 기분이 점점 격해지고 있을 때 선생님한테서 같은 재단의 멀리 떨어진 학교로 전근 간다는 이야기를 들었다. 학교 측이 그냥 선생님을 놔두지 않는 모양이다. 게다가 나는 당연히 선생님이 나를 어디

든 데려가줄 거라고 생각했는데, 선생님의 태도는 미적
지근했다. 나는 버림받는 걸까.

7월 27일 월

충격이다. 선생님이 교장 선생님의 주선으로 선을 본다
고 한다. 선생님도 거절할 수 없는 듯했다. 이제 나는 아
무래도 상관없는 걸까. 우리를 목격한 여학생이 낭떠러
지에서 떨어져 다쳤다는 것 같지만 솔직히 어찌되든 상
관없다. 고등학생으로 보이는 남자가 있었다는 정보도
내 알 바 아니다. 선생님의 전근과 맞선만이 마음에 걸
린다.

7월 28일 화

이제 곧 여름방학이다. 방학이 시작되면 더더욱 선생님
과 만나기 힘들어진다. 그전에 이야기를 나눠서 확실히
해둬야 하는데. 하지만 선생님은 요즘 나를 피하신다.
쑥스러워서가 아니라 진심으로 피한다. 이건 중대한 사
태다.

　"7월 25일부터 7월 31일까지 살펴보면 마치 학교 수업이
아직 있는 것처럼 쓰고 있지만 이 무렵은 이미 여름방학에

들어간 때입니다. 고등학교의 여름방학은 보통 7월 마지막 주 전에 시작합니다. 마지막 주인 7월 25일 이후에 아직 여름방학이 시작되지 않았을 가능성은 낮습니다. 이런 허위 내용을 쓴 것은 분명 여름방학이 시작되었음에도 7월 25일에 동급생과 만난 걸 얼버무리기 위한 것으로 생각됩니다. 여름방학 기간 중에 사이가 좋지도 않은 동급생과 만나는 건 부자연스럽기 때문이죠. 그 동급생은 직후에 유리코의 계획에 따라 다치기 때문에 조금이라도 의심을 받지 않기 위해 이런 식으로 글을 쓴 것입니다."

여름방학 기간. 그런 부분을 나는 전혀 생각 못 했다.

"참고로 일기 이외의 유리코 님에 관련된 자료 중 20년 전보다 오래된 건 존재하지 않는데, 그것도 당연한 일이겠죠. 공학이 된 20년 전보다 더 옛날에 유리코 님은 존재하지 않았으니까요."

그래서 오래된 자료가 없었던 것인가. 공학이 되면서 오래된 자료는 버려졌다는 건 단순히 흰 백합 모임의 착각이었던 모양이다.

"또 이 일기의 원본은 상당히 낡아서 꽤 오랜 세월이 지난 것처럼 보이지만 그것은 햇볕에 오래 노출되어 있었기 때문입니다. 일기의 원본은 창가 선반에 놓여 있었습니다만, 햇볕이 잘 드는 곳으로 다른 곳보다 빠르게 색이 변할 겁니다."

햇볕이 잘 드는 장소에 둔 것은 일기가 오래된 경전처럼 보이도록 일부러 색을 바래게 하기 위한 작전이었는지도 모른다. 즉 흰 백합 모임에 대대로 전해지는 트릭이었던 것이다. 물론 20년 가까이 지난 후의 멤버인 유리코나 유리는 그런 목적 같은 건 몰랐겠지만.

"여기까지 이야기했지만, 결론적으로 가장 중요한 건 초대 유리코 님은 남자였다는 것입니다. 초대 유리코 님은 괴롭힘을 당한 요인을 자신이 여자의 마음을 가지고 있기 때문이라고 생각해 원한을 품었습니다. 그리고 복수를 하려고 괴롭히던 아이들에게 '불행'을 내렸습니다. 이건 이번에 일어난 세 건의 사망 사건과도 깊은 관련이 있습니다."

여기서 화제가 바뀌었다. 그렇다, 분명 유리코 님 탄생도 중요했지만 지금 일어난 사건이 훨씬 더 중요하다.

"이번 사건에서 제가 신경 쓰였던 부분은 불에 탄 교복과 셔츠입니다. 첫 번째, 두 번째 사건에서는 현장 근처에서 불에 탄 교복과 셔츠가 발견되었습니다. 탈출할 때 로프 대신 사용한 것과 혈흔이 묻은 것 때문에 처리할 수밖에 없어서였습니다."

여기서 미즈키는 교복 로프와 혈흔에 대한 것, 그리고 붉은 셔츠의 의미에 대해 비로소 자세히 설명하기 시작했다. 사정을 모르는 청중도 쉽게 이해하는 표정으로 들었다.

"이런 이유로 범인은 옷을 태웠습니다. 하지만 범인은 옷을 태우게 될 거라고 예상하지 못했을 테니 그렇게 되면 당연히 입을 옷이 없어집니다."

모두가 진지하게 고개를 끄덕였다. 미즈키의 이야기는 서서히 열기를 띠었다.

"하지만 범인은 실제 성공적으로 도망을 칩니다. 대체 어떻게 입을 옷도 없이 도망칠 수 있었을까? 그 답을 저는 겨우 찾아냈습니다." 미즈키는 그 어느 때보다도 열중한 모습으로 그 답을 말했다. "범인은 애초에 태운 옷 안에 다른 옷을 입고 있었던 겁니다."

나는 할 말을 잃었다. 그런 말도 안 되는 일이.

"저기, 범인은 사전에 옷을 못 입게 될 걸 예상하지 못했잖아. 그러면 미리 안에 다른 옷을 입어두는 일은 하지 않았을 것 같은데."

나도 모르게 질문을 했다. 미즈키가 하는 말은 앞뒤가 맞지 않았다.

"아니, 그렇지 않아. 범인이 안에 다른 옷을 입고 있었던 건 블라우스, 스커트, 셔츠를 애초에 바로 벗으려고 했기 때문이야."

객석에 앉은 모든 사람이 고개를 갸웃거렸다. 그것만으

로는 이해할 수 없다고 나는 마음속으로 미즈키에게 항의했다.

"범인은 사실 처음부터 태워버린 옷은 바로 벗을 생각이었습니다. 그러니까 안에 다른 옷을 입고 있었던 것입니다. 태우게 될 걸 미리 알았던 게 아니라 처음부터 벗으려고 했기 때문입니다."

"하지만 교복을 바로 벗으려고 했다는 건 무슨 이유 때문인가요?"

객석에서 여학생이 질문을 던졌다. 미즈키는 그 질문을 받고 이렇게 대답했다.

"간단히 말하자면 변장입니다. 블라우스와 스커트와 붉은 셔츠. 이것을 입고 변장했다면 무엇이 떠오릅니까?"

미즈키의 질문에 문득 깨달았다. 그렇구나, 범인이 변장하고 싶었던 모습은…….

"유리코 님이잖아. 범인은 유리코 님의 모습으로 변장해서 범행을 저지른 거야."

누군가의 목소리에 미즈키가 웃으며 고개를 끄덕였다.

"첫 번째와 두 번째 사건에서는 현장에서 사라지는 양 갈래로 땋은 머리, 붉은 셔츠, 블라우스와 스커트를 입은 모습의 인물이 목격되었습니다. 이것은 유리코 님으로 변장한 범인의 모습이라고 생각합니다."

유리코 님 모습을 따라 해서 범행을 저질렀다. 이 사실이 실마리가 되어 많은 것들이 이해되기 시작했다.

"범인은 유리코 님이 직접 벌을 내리는 것처럼 위장하여 천벌 혹은 저주라는 의미를 담고 싶었을 겁니다. 그런 이유로 변장을 했습니다."

이해가 될 것 같았지만 의문이 생겼다.

"응? 하지만 붉은 셔츠 말고는 교복이니까 입고 있던 그대로로 충분하지 않아? 교복 안에 또 교복을 입고 있지 않아도 괜찮을 텐데."

이런 의문을 말해보았지만 미즈키는 고개를 저었다.

"아니, 범인은 반드시 안에 옷을 입어야만 했어." 미즈키는 묵직한 말투로 답했다. "지금까지 일기를 보면서 어떤 이야기를 해왔는지 떠올려봐. 그러면 자연스럽게 범인이 안에 옷을 입고 있던 이유를 알 수 있어."

지금까지 이야기한 것. 고개를 갸웃거리며 생각하다 보니 한 가지 사실이 번쩍하고 떠올랐다.

"초대 유리코 님이 남자였다는 것……? 그, 그러면 이번 사건도?"

내가 말을 채 끝내지 못하자 미즈키가 이어서 말했다.

"네, 그렇습니다. 이번 사건도 범인은 남자입니다."

객석에서 비명에 가까운 소리가 터졌다. 드디어 진상에

가까워진 것이다.

"남자가 블라우스와 스커트를 입는 것은 사회에서는 일반적으로 이상하게 봅니다. 축제를 위해 변장한 것으로 꾸민다고 해도 누군가가 본다면 강한 인상이 남겠죠. 그래서 범인은 블라우스와 스커트 차림일 때 사람의 기척을 느끼면 바로 벗어 원래 모습으로 돌아갈 수 있도록 아래에 바지를 걷어 올려 입는 등 남자의 옷을 입고 있었습니다."

그래서 예상하지 못한 사태에 블라우스와 스커트, 셔츠를 태울 수밖에 없었지만 문제없었던 것이다. 범인은 여학생 교복과 붉은 셔츠를 벗어도 안에는 바지와 남성 셔츠를 입고 있으니까.

"안에 옷을 입고 있었기 때문에 범인은 블라우스 등을 사용하여 로프를 만들거나 피가 묻은 옷을 쉽게 버릴 수 있었습니다. 안에 남성용 옷을 입고 있었던 덕분에 나온 대담한 발상이었습니다."

안에 옷을 입고 있었던 것은 우연이었다. 하지만 범인은 그 우연을 잘 이용했다.

"교복을 태운 것도 첫 번째 범행에서는 로프로 묶은 부분을 없애기 위한 것이었지만, 두 번째 범행에서는 첫 번째 범행에서 옷을 태웠던 것에 대해 수상함을 느끼지 않게 하기 위한 공작이었습니다. 두 번 연달아 태운다면 로프 대신이라는 발상에서 눈을 돌릴 수 있기 때문이죠. 물론 혈흔 같은 흔적이나 모발 같은 증거를 태워버려 소유자를 특정할 수 없게 하기 위함이기도 할 것입니다."

깊이 생각한 끝에 나온 행동이었다는 것이다, 아무 의미 없이 태운 것이 아니라.

"범인의 변장은 완벽했습니다. 피해자 두 사람이 유리코 님에게 당했다고 말을 남길 정도로 확실하게 유리코 님으로 변장했으니까요. 붉은 셔츠와 양 갈래로 땋은 머리에 블라우스, 스커트를 입은 모습이라면 누구라도 유리코 님을 상상하겠죠. 아, 양 갈래로 땋은 머리는 물론 가발입니다. 또한 최초의 피해자인 마쓰자와의 행동을 생각해보면 범행 당시에 유리코 님의 이름으로 쓴 편지를 받고 불려나갔을 테니 피해자는 한층 더 착각에 빠져 있었을지도 모릅니다. 편지는 범행 당시에 범인이 회수했겠죠."

유리코 님에게 당했다는 것은 유리코 님의 모습을 한 사람에게 당했다는 것이었다.

"그러면 범인은 남자라는 사실이 판명되었습니다. 이렇게 되면 다음 문제는 그 남자의 정체입니다."

드디어 범인을 특정하는 단계로 들어갔다. 가슴이 격하게 뛰었다.

"여기에서 주목하고 싶은 건 두 번째 사건에서 범인의

목격 증언입니다. 범행 직후 블라우스, 스커트, 붉은 셔츠 차림에 양 갈래로 머리를 땋은 인물이 특별동 4층으로 계단을 올라갔다고 3층에 있던 학생이 증언했습니다. 별것 아닌 것 같지만 여기에는 커다란 문제가 있습니다."

어디에 문제가 있는 걸까, 의문을 느낄 때 미즈키가 그 부분을 지적했다.

"특별동 4층에는 연결 복도가 없고, 계단은 복도 한쪽에만 있습니다. 즉 통로가 계단 하나뿐인 막다른 길입니다. 게다가 위로 가려고 해도 옥상 문은 엄중하게 잠겨 있어 열 수 없습니다. 독 안에 든 쥐라는 표현에 딱 들어맞는 상태죠. 그런데도 어째서 범인은 정원이나 건물 뒤편으로 나갈 수 있는 복도와 계단이 있는 특별동 1층 쪽으로 도망가지 않았을까요? 어째서 막다른 곳인 특별동 4층을 향했을까요? 거기에는 의미가 있습니다."

어떤 의미가 있는 걸까? 객석에 앉은 다른 사람들도 모두 술렁거리며 각자 생각하는 모습이었다.

"저기, 특별동 1층으로 내려가면 다른 사람과 만날 가능성이 높기 때문에 위로 도망간 것이 아닌가요? 아래로 내려갈수록 현관에 가까워서 사람이 많을 테니까요."

객석에서 의견이 나왔다. 그렇구나, 싶었지만 미즈키는 고개를 저었다.

"다른 사람을 만나도 상관없었을 겁니다. 피가 묻은 옷옷을 벗으면 아래에는 범행의 흔적이 하나도 남아 있지 않은 남성용 옷을 입고 있을 테니까요."

"그렇다면 범인은 왜 막힌 길인 특별동 4층으로 올라갔나요?"

질문이 날아들었다. 미즈키는 자신만만한 표정으로 대답했다.

"특별동 3층에서 범인을 목격한 사람은 뒤를 쫓아갔지만 범인을 놓쳤다고 했었죠?"

느닷없이 지목을 받은 여학생은 당황했다. 그녀가 고민에 빠진 사이에 미즈키가 이야기를 이었다.

"특별동 4층으로 가는 통로는 하나밖에 없습니다. 그 계단을 올라가면 퇴로가 막힐 것이 분명한데 목격자가 범인을 놓쳤다는 건 원래라면 있을 수 없는 일입니다. 그렇다면 범인이 향한 장소를 좁힐 수 있습니다."

여학생은 여전히 곤혹스러워했지만 미즈키는 날카로운 음성으로 설명했다.

"목격자가 범인의 모습을 놓쳤다는 건 4층의 교실 어딘가로 들어갔다는 깃입니다. 안쪽에서 문이 잠겨 있으면 목격자가 교실 안을 들여다볼 수 없었을 테니까요."

힘이 들어간 발언이었지만 나를 포함한 그 누구도 그 의도를 이해하지 못했다. 모두가 어리둥절해하며 잠시 틈이 생겼다.

"저기, 특별동의 각 교실은 문이 잠겨 있어서 애초에 열 수 없었을 텐데요."

손을 든 여학생이 지적했지만 미즈키는 흔들리지 않고 대답했다.

"열쇠를 가지고 있다면 열 수 있습니다. 반대로 말하면 열쇠를 가지고 있지 않았다면 모습을 감출 수 없었다는 것이죠." 미즈키는 숨을 뱉고 이어지는 추리를 펼쳤다. "그 러면, 범인은 4층 교실 중 어딘가의 열쇠를 가지고 있었습 니다. 열쇠가 있으면 도망칠 장소가 있겠죠. 범인은 특별동 4층에 도망칠 장소가 있는 걸 알았기 때문에 굳이 막힌 길 인 특별동 4층으로 도망친 것입니다."

열쇠는 직원실에 있다. 어떻게 교사들의 눈을 피해 열쇠 를 가지고 갔을까?

"이 사실을 조합해서 한 가지 더 생각해보시길 바랍니다. 앞에서 설명한 교복으로 만든 로프를 사용한 탈출에 대한 것입니다. 전혀 생각도 못 하게 옥상에 갇힌 범인은 순간적 인 기지로 교복으로 로프를 만들어 탈출했습니다. 하지만 탈출 경로로 사용한 화학 준비실의 창문이 닫혀 있었다면 어떻게 할 생각이었을까요? 옥상에서 4층의 어느 창문이 열려 있는지는 각도상 확인하기 어렵습니다. 바로 아래의 창문이 열려 있길 바라며 로프를 붙잡고 뛰어내리는 일은 너무나도 무모한 일이라는 생각이 들지 않습니까?"

미즈키가 일기를 읽기 위해 로프로 뛰어내릴 때 분명 바로 아래 창문이 보이지 않았다.

"결론은 이제 한 가지입니다. 범인은 창문이 열려 있다는 걸 미리 알고 있었던 것입니다."

몸에 전류가 흐르는 것 같았다. 좀 전에 이야기한 열쇠에 대한 것과 겹쳐지며 전혀 보이지 않았던 범인의 모습이 순식간에 선명해졌다.

"유리코 미사키 선배, 계십니까?"

갑자기 미즈키가 흰 백합 모임의 유리코를 지명했다.

"계신다면 자리에서 일어서주십시오. 확인하고 싶은 것이 있습니다."

객석이 술렁거린 후에야 앞쪽 3학년 자리에 앉아 있던 유리코가 일어섰다. 기분 탓인지 깡마른 몸은 떨고 있는 것처럼 보였다.

"유리코 선배, 화학 준비실의 창문이 열려 있는 걸 아는 사람은 누구입니까?"

미즈키가 질문하자 유리코는 몸을 자신의 팔로 끌어안으며 대답했다.

"흰 백합 모임의 멤버인 저와 유리, 다카미자와 선생님, 그리고 저희 모임을 찾아온 야사카 유리코뿐이에요. 약품 냄새 때문에 열어둬야 한다고 다카미자와 선생님이 말씀하셨어요. 하지만 교칙상 창문을 계속 열어두면 안 되어서 다른 사람에게는 말하지 않도록 철저하게 단속했습니다."

"그렇군요. 그렇다면 범인은 창문이 열려 있는 걸 알고 있던 그 네 명 중 누군가가 되겠네요."

미즈키는 객석을 한 번 둘러보았다. 2학년 자리에 있는 유리, 직원 자리에 있는 다카미자와 쪽으로 시선을 보낸 것 같았다.

"열쇠 관리는 어떻게 하고 있나요? 범인은 두 번째 범행 후 열쇠를 사용해 화학 준비실로 도망친 것 같은데요."

"열쇠는 다카미자와 선생님이 관리하고 있어요. 하지만 저와 유리는 직원실에서 자유롭게 가지고 나올 수 있는 허가를 받았기 때문에 세 사람 모두 사용할 수 있습니다."

"그렇습니까. 그렇다면 열쇠를 사용했다는 점을 고려하면 범인은 유리코 선배, 유리 선배, 다카미자와 선생님 셋 중에 누군가로 좁혀지겠네요."

체육관에 팽팽한 긴장감이 퍼졌다. 드디어 범인이 밝혀진다는 긴박한 분위기가 무겁게 내려앉았다.

"블라우스와 스커트 안에 옷을 입고 있었다는 것으로

볼 때 범인은 남성입니다. 여성인 유리코 선배는 제외되겠죠. 그러면 남은 사람은 유리 선배와 다카미자와 선생님. 이 두 사람 중 누구인지를 판단하는 요소가 되는 것이 불에 탄 블라우스와 스커트입니다." 미즈키는 객석의 모습을 바라보면서 말을 이었다. "우선 교복을 손에 넣는 방법입니다만, 작년 겨울 유리코 님에게 반항했던 여학생의 교복이 체육 수업 중에 사라진 사건이 있었습니다. 분명 그 사건은 이번 범인이 훔친 것입니다. 자신이 입을 교복을 갖고 싶어도 남자라서 구입할 수 없는 범인은 여학생 교복을 훔쳐서 손에 넣었습니다."

그러고 보니 그런 사건도 있었다는 이야기를 들었다. 살인 사건이 이어지면서 기억이 옅어져 완전히 잊고 있었지만.

"여기서 주목해야 할 부분은 옷 사이즈입니다. 사이즈가 작으면 옷을 입을 수 없습니다. 여학생 교복을 훔친 것도 범인 자신이 입기 위해서였던 이상 사이즈도 확실히 확인했을 것입니다. 체육 수업 중에 교실에 있는 여러 벌의 교복 중에 선택해 훔친 거라서 사이즈는 마음대로 고를 수 있었겠죠. 그렇다면 도둑맞은 교복은 범인에게 딱 맞는 사이즈였을 것입니다."

교복의 사이즈…… 어쩐지 미궁의 출구가 보이기 시작한 느낌이 들었다.

"불에 탄 교복 사이즈를 저는 알고 있습니다. 첫 번째 사건이 일어났을 때 얻은 정보에 따르면 M 사이즈였습니다. 여학생 교복의 사이즈이므로 남학생 사이즈로 생각해보면 상당히 작은 S 사이즈에 가까울 것입니다."

역시 그렇다. 그러면 범인은 좁혀진다.

"남성 S 사이즈. 상당히 몸집이 작은 사람에게 맞는 사이즈죠. 그러면 여기서 범인 후보인 유리 선배와 다카미자와 선생님을 보시죠. 선생님은 키가 커서 아무래도 S 사이즈는 입을 수 없을 것 같지만 유리 선배는 작은 몸집이라 가능할 것 같네요."

체육관 안이 시끄러워졌다. 이것으로 범인은 한 명으로 좁혀진 것이다. 미즈키는 그를 가리켰다.

"그렇습니다, 도둑맞은 교복을 분명히 입을 수 있는 인물은 유리 코타로 선배뿐입니다."

객석의 시선이 얼굴에 여드름이 가득 난 유리가 있는 쪽으로 모였다. 나는 '설마' 하는 마음으로 할 말을 잃었다.

"내, 내가 범인이라고? 농담하지 마."

유리는 머리를 긁으면서 아무렇지 않은 듯 말했지만 미즈키는 가차 없었다.

"아니요, 범인은 유리 선배입니다. 창문이 열려 있다는 사실을 알고 있고, 열쇠를 자유롭게 사용할 수 있으면서 작은 사이즈의 옷을 입을 수 있는 남성. 모든 조건을 충족시키는 사람은 선배뿐입니다."

빈틈없는 지적에 유리는 자리를 박차고 일어섰다.

"말도 안 되는 소리 하지 마세요. 이건 분명한 명예 훼손입니다. 애초에 교복 사이즈 같은 건 아무 상관없잖아요."

"상관없지 않습니다. 큰 것은 작은 것 대신으로 사용할 수 있으니 L 사이즈같이 큰 사이즈라면 다카미자와 선생님도 유리 선배도 입을 수 있을지 모르지만, S 사이즈같이 작은 사이즈는 몸집이 작은 선배는 입을 수 있어도 키가 큰 다카미자와 선생님은 입을 수 없으니까요."

유리는 입을 딱 벌리고 할 말을 잃고 서 있었다. 모두가 그를 바라보았다.

"무엇보다 목격자가 범인은 작은 몸집이었다고 증언하고 있습니다. 그 시점에서 봐도 범인은 유리 선배밖에 없어요."

이제 유리가 범인이라는 생각을 모두가 하게 되었다. 비난이 담긴 날카로운 시선이 무수히 쏟아졌다.

"또한 이건 야사카 유리코의 목격 증언입니다만 첫 번째 사건 후 임시 휴교가 풀린 첫날 화학 준비실에 가보니 문이 잠겨 있지 않았다고 합니다. 안에는 아무도 없었고, 그 직후에 유리 선배가 열쇠를 갖고 나타났다고 하더군요."

그런 일도 분명 있었다. 별일 아닌 것처럼 미즈키에게 이야기했었지만 그것이 무슨 관계가 있다는 걸까?

"그게 어디가 이상하다는 거죠?"

아니나 다를까 유리는 싸울 기세로 말을 했다. 하지만 미즈키는 꿈쩍도 하지 않고 그대로 계속했다.

"이상하죠. 보통 문이 잠겨 있지 않다면 그것은 열쇠로 문을 연 후일 테고, 그 열쇠를 가진 사람은 방 안에 있어야 합니다. 등 뒤, 즉 밖에서 열쇠를 가지고 나타났다는 건 분명히 이상합니다."

"그럴까요. 확실하게 기억은 안 나지만 화장실에 가는 사이에 신경 써서 열쇠를 가지고 나갔다고도 생각할 수 있습니다."

"그렇게까지 주의를 기울인다면 문을 잠그고 갔겠죠."

유리는 말문이 막혔는지 입술을 바들바들 떨었다.

"열쇠를 가지고 있지 않았다면 그나마 변명할 거리가 있었겠지만, 열쇠를 가지고 있다는 시점에서 본다면 아무리 생각해봐도 이상합니다."

"그러면 왜 저는 그렇게 이상한 행동을 했을까요? 설명해보세요."

유리의 질문은 내 질문이기도 했다. 그는 왜 그런 행동을 했을까?

"제 생각으로 선배는 그때 화학 준비실에 막 도착했을

텐데요. 아닌가요? 막 도착해 안을 들여다봤을 때 먼저 온 유리코가 안에 있었던 겁니다."

그렇구나, 싶었지만 금세 아니, 다르다는 생각에 고개를 저었다.

"만약 제가 그때 도착한 거라면 문은 잠겨 있었을 겁니다. 야사카는 열쇠를 가지고 있지 않았습니다. 열쇠는 제가 가지고 있었어요."

유리의 반론은 타당했다. 하지만 미즈키는 냉정하게 되받아쳤다.

"문은 잠기지 않은 채로 열려 있었습니다. 첫 번째 사건이 있었던 저녁부터 말이죠."

어째서? 의문을 느꼈지만 미즈키가 바로 설명해주었다.

"범인은 예측하지 못한 사태로 옥상에서 교복을 로프로 사용하여 화학 준비실에 들어갔습니다. 그리고 안에서 잠긴 문을 열고 복도로 나옵니다. 하지만 열쇠를 가지고 있지 않았기 때문에 밖에서는 문을 잠그지 못했던 겁니다."

앗, 하고 놀랐다. 그랬다. 화학 준비실로 탈출하는 건 결코 예측하지 못했던 사태였기 때문에 범인은 열쇠를 가지고 있지 않았다고 해도 이상하지 않다.

"범인이 탈출한 직후에는 사건이 발각되어 많은 선생님들이 옥상에 가까운 4층에 있었습니다. 그 후로는 경찰이 수사에 들어갔죠. 열쇠를 가지고 문을 잠그러 돌아갈 수 없었을 겁니다. 그래서 범인은 휴교가 풀린 첫날에 문을 잠그러 갈 수밖에 없었습니다. 문이 잠기지 않은 화학 준비실에 야사카 유리코가 먼저 들어가 있던 것은 범인은 생각도 못 한 일이었겠죠."

그 순간에 그런 의미가 있었다고는 생각하지 못했다.

"물론 아무것도 모른 채로 열쇠를 가지고 준비실에 갔을 뿐이라고 반론할 수도 있겠죠. 다른 누군가 문을 열어놓은 화학 준비실에 우연히 자신이 열쇠를 가지고 갔을 뿐이라고. 하지만 그 경우는 문이 열려 있었던 부분을 왜 지적하지 않았는가 하는 의문에 답을 해주셔야만 합니다."

미즈키가 퇴로를 완전히 막았다. 유리는 도망칠 곳을 잃고 우왕좌왕했다.

"두 번째 사건을 저질렀을 때에는 처음부터 화학 준비실로 도망칠 생각으로 열쇠를 가지고 있었겠죠. 예측하지 못했던 사태가 있었던 첫 번째 사건과는 다릅니다. 하지만 어느 쪽이라고 하더라도 화학 준비실의 열쇠라는 핵심 아이템이 선배의 범행을 증명해주고 있어요."

미즈키의 매서운 추리에 유리는 몸을 떨었다. 서 있기도 힘들어 보였다.

"말도 안 돼. 저는 범인이 아니에요. 문이 잠겨 있지 않은 건 이상하다고 생각했지만 어쩌다 보니 이야기할 타이밍을 놓쳐서 그대로 잊어버렸을 뿐이에요."

유리는 적당히 웃어넘기려는 듯 말했지만 초조한 기색이 역력했다. 역시 그가 범인이 분명했다.

"그렇습니까? 만약 그랬다고 하더라도 범인은 유리 선배입니다."

"어째서 그렇죠?"

유리는 달려들 것처럼 말했지만 미즈키는 아무렇지 않게 물었다.

"초대 유리코 님의 일기를 관계자 이외에 보여준 적이 있습니까?"

느닷없는 질문이었다. 유리는 어이없는 표정을 지었다.

"거의 없습니다. 그 일기는 관계자 외에는 볼 수 없도록 하고 있으니까요. 유일한 예외가 유리코 님 후보인 야사카 유리코였어요."

"그렇습니까. 그러면 역시 범인은 선배입니다."

유리의 얼굴이 심하게 일그러졌다. 왜 그렇게 되는 거냐고 항의하려는 듯한 동요가 표정으로 드러났다.

"지금까지 세 건의 사망 사건에서 피해자가 죽은 방식을 여러분은 기억하고 있으십니까? 옥상에서 추락, 계단에서 굴러떨어짐, 머리 위로 물건이 떨어진 것이 원인이었습니다. 이것은 사실 초대 유리코 님의 일기에 나오는 상해 사건의 피해자가 다치는 방식과 완전히 똑같습니다."

체육관이 술렁였다. 유리의 창백한 얼굴이 바들바들 떨렸다.

"그래서 어떻다는 거죠? 유리코 님의 힘에 의한 것이라고 증명되었을 뿐이잖아요."

유리가 반항하는 아이처럼 울부짖으며 말했지만 미즈키는 바로 반박했다.

"아니요, 범인은 신봉하는 초대 유리코 님의 방식을 따라 살인해 유리코 님을 숭배하려고 했습니다. 그런 사상이 느껴져요. 하지만 그건 다시 말하면 범인이 일기를 읽었다는 것을 증명합니다. 일기를 읽은 사람은 선배 말에 따르면 흰 백합 모임의 멤버인 유리 선배, 유리코 선배, 다카미자와 선생님, 그리고 예외적으로 읽은 야사카 유리코뿐입니다. 그중에서 남자이면서 작은 사이즈의 옷을 입을 수 있는 사람은 유리 선배뿐이에요."

어떻게 따져봐도 유리가 범인이라는 결론이 나왔다. 그는 정신을 차리지 못하고 허둥거렸다.

"나는 아니야. 나는 하지 않았다고."

유리는 도움을 청하듯 주위를 둘러봤지만 모두 떼쓰는 아이를 떼어놓으려는 것처럼 모른 척할 뿐이었다. 순식간

304

에 유리의 주위가 텅 비었다.

"아냐. 오해야. ……그렇지, 지금 한 이야기는 억측일 뿐 물증은 없잖아."

번쩍 생각이 들었는지 유리가 큰 소리로 외쳤다. 물증이 없다는 건 미즈키도 고민하던 부분이라서 나는 걱정이 되었다. 미즈키는 유리를 추궁할 만한 물증을 찾아냈을까?

"물증 말이죠. 안타깝게도 그건 없습니다."

하지만 미즈키는 깔끔하게 인정했다.

뭐? 그러면 체포할 수 없잖아.

"뭐야, 물증도 없이 나를 의심했단 말야? 너무하는군. 여러분, 이것은 중대한 원죄입니다. 머리로 생각한 것만으로 제게 죄를 덮어씌우려고 했어요."

유리는 승리한 것처럼 가슴을 폈다. 곤란해졌네, 나는 입술을 깨물며 생각했다. 체육관 안에는 유리의 말을 듣고 원죄를 의심하는 표정으로 바뀐 사람도 있었다.

"그럼 죄를 뒤집어씌운 것에 대해 이 자리에서 사죄해주시죠."

이대로라면 이길 수 없을 거라는 걱정이 들었다. 미즈키가 틀릴 리 없으니까 범인은 틀림없이 유리일 텐데.

"물증이 없으면 죄를 묻지 못한다, 과연 그럴까요?"

미즈키의 중얼거림에 체육관이 술렁거렸다.

"물증과 비슷한 정도로 죄를 물을 때 중요시되는 것이 또 있습니다."

무슨 말이지? 모두가 고개를 갸웃거리고 있을 때 미즈키가 말을 이었다.

"자백입니다. 자백을 하면 우선 체포되고 재판에서도 중요한 증거로 다뤄집니다."

"내가 자백을? 할 리 없잖아? 내가 한 일이 아니니까."

예상한 대로 유리가 부정했다. 아, 이대로는 무리다.

"아니요, 선배는 자백할 것입니다. 제 한마디에 마음이 변할 테니까요."

그리고 다음 미즈키가 한 말 한마디에 유리의 표정은 굳었다.

"유리 선배, 저는 당신의 범행 동기를 완벽하게 이해하고 있습니다."

유리는 완전히 할 말을 잃었다. 붉은 기운이 되돌아왔던 얼굴이 다시 하얗게 질렸다.

"이 자리에서 이야기해도 저는 상관없어요. 도대체 왜 선배가 범행을 저지를 때 무리해서 여학생 교복을 입었는지. 오늘 이 자리에 모인 사람들에게 알려드릴까요?"

"그, 그만둬. 그것만은."

유리는 휘청거리며 괴로워했다. 갑작스러운 태도 변화에

나는 무슨 일이 일어나고 있는 것인지 도저히 이해할 수 없었다. 대체 미즈키가 알아낸 동기란 무엇일까?

"그러면 마지막으로 묻겠습니다. 선배는 이번 사망 사건 세 건의 범인이죠? 세 여학생을 일기에 나오는 방법 그대로 죽였잖습니까?" 미즈키가 묵직한 말투로 물었다.

유리는 몸을 아래를 향하고 바들바들 떨고 있었다.

"제, 가……."

쉰 목소리가 나왔다. 여전히 망설이는 표정으로 유리는 쓸쓸하게 말했다.

"제, 가, 세 여학생을, 죽였습니다……."

지금까지와는 비교가 안 되는 혼란으로 체육관 안이 술렁거렸다. 모두 충격에 눈을 크게 뜨고 옆에 있는 사람들과 소란을 피우며 이야기를 나눴다.

"지금 한 말, 틀림없죠?"

미즈키가 묻자 유리가 고개를 푹 떨구고 대답했다.

"틀림없습니다. 제가, 죽였습니다."

생각도 못 한 형태로 승부가 결정되었다. 중요한 동기에 대해서는 수수께끼로 남았지만 유리의 자백이라는 움직이기 힘든 증거가 생겼다. 게다가 그 말을 체육관에 있는 몇백 명이 들었다. 유리가 자백을 번복하려고 해도 이렇게 많은 증인이 있으면 부정하기는 어려울 것이다.

어쩌면 미즈키는 이것을 노려 축제라는 자리에서 유리를 추궁한 게 아닐까? 물증이 없어 고민하던 중 자백을 유도하고 그 말을 모두가 듣게 하는 대안을 떠올리고 실행했다, 그런 것일까?

자백만 있으면 경찰이 움직일 것이다. 경찰이 움직이면 우리가 찾아낼 수 없는 물증도 분명 찾아낼 것이다. 역시 미즈키는 대단했다. 나는 마음속으로 박수를 보냈다.

"그러면 유리 선배, 가실까요."

갑자기 미즈키가 단상에서 뛰어내렸다. 스커트를 휘날리며 착지한 미즈키는 그대로 유리가 있는 곳까지 걸어갔다.

"둘이서 이야기하죠."

미즈키는 유리의 팔을 잡고 웅성거리는 객석 사이를 헤치며 체육관 밖으로 나가려고 했다.

"잠, 잠깐만. 동기는?"

"아직 끝나지 않았잖아."

수많은 목소리를 뒤로하고 미즈키는 유리를 데리고 밖으로 나갔다. 나는 허둥거리면서도 마지막까지 지켜봐야만 한다는 의무감으로 두 사람의 뒤를 쫓아갔다.

미즈키는 유리를 데리고 체육관에서 특별동으로 건너가 계단을 올라 옥상으로 나갔다. 미즈키는 이번에도 미리 통자물쇠를 바꾸는 트릭을 사용했는지 미즈키가 가지고 있는 열쇠로 열렸다.

"여기라면 아무도 듣지 못할 거예요."

내가 옥상으로 나가자 미즈키가 말을 꺼냈다. 미즈키 앞에 선 유리는 부서진 펜스를 뒤에 두고 하얗게 질린 얼굴을 숙이고 있었다.

"동기에 대해서 이야기해주시겠습니까?" 미즈키가 단호한 말투로 요구했다.

"어째서 얘기해야 하지? 나는 이미 자백했어. 그걸로 이미 충분하잖아. 굳이 동기까지 밝히고 싶지 않아."

단호하게 거절했지만 미즈키는 강한 목소리로 말했다.

"아뇨, 필요합니다. 오히려 동기를 아는 게 이번 사건에서 가장 중요한 점이라고 할 수 있어요. 이번에 연쇄적으로 일어난 살인 사건의 범인이 누구인지 확실하게 하는 것도 물론 중요합니다. 하지만 그보다 중요한 건 더 이상 유리코 님의 이름을 빌린 인위적인 '불행'을 일으키지 않는 것입니다. 지금까지와는 다르게 사망 사건으로 발전한 유리코 님의 '불행'은 이대로라면 앞으로도 계속 일어날 수밖에 없어요. 동기를 밝혀야 범인이 왜 그런 일을 했는지 해석하고 원인을 따져서 미래의 희생자가 생기지 않을 겁니다."

어쩐지 스케일이 엄청나게 커져버린 느낌이 들었다.

"유리 선배, 선배는 학교 내에서 상상으로 부풀어 올라 거대해진 유리코 님이라는 존재에 현혹되었고, 그 이름을 빌린 범행을 저질렀어요. 이제 끝내야 해요. 실체가 없는 유리코 님의 망령에 계속 휘둘리는 건 어리석다고요."

미즈키는 심혈을 다해 유리 선배를 설득했다. 유리는 그 기세에 눌렸는지 입을 다물었다. 주먹을 꽉 쥐고 옥상에서 꼼짝도 하지 않고 서 있었다.

"……알겠습니다. 그러면 제가 직접 동기를 밝혀볼게요."

유리가 입을 열지 않을 것이라고 생각했는지 미즈키가 말을 시작했다. 바람이 불어와 미즈키의 머리카락이 흩날렸다.

"유리 선배, 선배는 초대 유리코 님과 같은 게 아닌가요?"

미즈키가 이 말을 한 순간 문득 바람이 약해졌다. 조용한 무풍 상태에서 유리의 어깨가 순간 떨렸다.

"무슨 의미지?"

그렇게 되물으면서도 유리는 모든 걸 이해했다는 얼굴을 하고 있었다. 미즈키가 전부 꿰뚫어봤음을 알아챈 것이다.

미즈키는 말을 이었다. "말 그대로예요. 여자의 마음을 가진 남자였던 초대 유리코 님, 그와 마찬가지로 유리 선배도 여자의 마음을 가지고 있는 게 아닌가요?"

나는 멍해졌다. 유리가 여자의 마음을 가지고 있다. 상상하지 못했던 일이라 당혹스러웠다.

"선배가 유리코 님을 신봉한 건 자신이 같은 처지이기 때문이에요. 일기를 읽고 위화감의 정체를 알아챈 선배는 초대 유리코 님의 마음을 알고 깊은 동정과 존경의 마음을 품게 됩니다. 이전에 말했던 괴롭히는 학생에게 불행을 내렸기 때문이라는 존경의 이유도 진심이 아니었습니다. 분명 괴롭히는 학생에게 불행을 내린 것이 신봉하기 시작한 이유일지 모르지만 마음에 깊이 두게 된 것은 역시 초대 유리코 님의 본심을 알았기 때문입니다."

유리는 변함없이 창백한 얼굴이었다. 여드름이 가득한 턱에는 구슬 같은 땀방울이 매달려 있었다.

"선배는 유리코 님을 존경하고 신봉했습니다. 우러러 숭상할 정도의 깊은 존경은 결국은 자신도 그 존재와 동화하고 싶다는 소망으로 변해 언젠가부터 이렇게 생각하게 되었겠죠. 자신도 유리코 님이 되고 싶다고."

유리의 어깨가 바들바들 떨렸다. 그런 일이 있으리라 상상도 못 했던 나는 너무나 놀랐다.

"선배는 유리코 님이 되고 싶었죠. 하지만 유리코 님은 유리코라는 이름을 가진 여학생만이 될 수 있습니다. 선배는 마음이 혼란스러웠을 겁니다. 원래 초대 유리코 님은 남자이고 이름도 유리코가 아니었을 거라고 생각했을 테니까요. 원통한 마음이 분노로 변하고 결국에는 증오로 변모했습니다. 증오의 대상은 유리코 님 후보자들이었죠?"

이제 이야기는 이번 연쇄 살인 사건으로 이어졌다. 유리코 님 후보가 연달아 죽은 이 사건의 동기가 드디어 분명해지고 있었다.

"자기와 같은 사람의 고뇌를 모르면서 그저 이름만으로 유리코 님 후보에 오른 자들. 간절히 원하지만 결코 유리코 님이 될 수 없는 선배에게 그런 후보자들의 모습은 견딜 수 없을 정도로 마음에 들지 않았겠죠. 자연스레 죽이고 싶다는 생각이 떠올랐을 겁니다."

유리의 어두워진 눈동자가 흔들렸다. 감추기 힘들 만큼 비틀어진 마음이 새어나오고 있었다.

"선배 자신이 유리코 님이 되고 싶었지만 후보자들이 방해가 되었을 거예요. 후보자가 있는 한 유리코의 이름을 갖지 못하는 남자인 선배는 절대 유리코 님이 될 수 없습니다. 후보자를 전부 죽여 빈자리가 된 유리코 님 자리에 앉는 것만이 선배의 소망을 성취하는 방법이었겠죠."

방해가 되니까 죽인다니, 너무나 극단적인 발상이었다. 그런 발상이 떠올랐을 때 유리의 정신은 건강하지 않았을 것이다.

"후보자가 한 명도 남지 않은 일은 지금까지 없었습니

다. 그리고 그렇게 되었을 때의 규칙은 존재하지 않습니다. 규칙이 없다, 다르게 말하면 새로운 규칙을 만들 수 있다는 것입니다. 선배는 후보자를 전부 제거하고 그 후 규칙을 독자적으로 바꿔 남자도 유리코 님이 될 수 있게 만들 생각이었습니다."

유리의 뺨에 땀이 흘렀다. 멀리 떨어져 있는 내 눈에도 그 땀방울이 크게 비쳤다.

"후보자들에 대한 증오와 후보자를 전멸시킬 필요성, 그 두 가지가 선배의 범행 동기입니다. 자연히 떨어져나갈 가능성에 맡겨두지 못한 건 그저 증오 때문이겠죠. 자신의 손으로 벌을 주는 것에 의미를 찾고 있었던 것입니다."

힘을 꽉 쥔 유리의 주먹이 경련을 일으킨 것처럼 바르르 떨렸다.

"선배는 마음이 여자라는 특성 때문에 자신이 상당히 괴로운 상황에 처해 있다고 생각하고 있지는 않은가요? 괴롭힘을 당하는 것도 전부 마음이 여자이기 때문이라고 생각하는 거잖아요……. 자신의 성정체성이 흔히 말하는 사회의 일반 '상식'과 다르다는 건 어떤 의미에서는 죽는 것보다 괴로운 일이겠죠."

미즈키는 동정을 보이는 듯 살짝 다정한 말투로 변했지만 곧 다시 눈빛이 엄해졌다.

"그럴 때 만난 구세주가 유리코 님이었습니다. 선배를 향한 이유 없는 괴롭힘, 괴롭히는 학생에게 불행을 내려 자신을 지켜주는 유리코 님. 그 존재에 관심이 생긴 선배는 흰 백합 모임을 알게 되고 방문합니다. 우연히도 이름 덕분에 가입이 허용되어 일기를 읽습니다. 그리고 일기의 문장을 통해 초대 유리코 님이 자신과 같은 여자의 마음을 가진 남자였다는 걸 알고는 순식간에 빠져들었습니다. 유리코 님이 되면 나를 이상한 시선으로 바라보는 자들을 전부 불행하게 만들어 입을 다물게 할 수 있다, 이 세계에서 자신의 모습 그대로 살아갈 수 있다고 생각한 선배는 살인이라는 허락되지 않는 방법을 선택한 것입니다."

원인을 밝히자면 초대 유리코 님이 내린 '불행'도 그가 가진 여자의 마음을 무시한 자들에 대한 복수였다. 그런 의미에서는 이번 사건은 초대 유리코 님이 일으킨 사건과 전혀 다르지 않았다.

"어떤가요, 여기까지 설명해도 여전히 틀렸다고 하실 건가요?"

미즈키가 유리를 강하게 압박했다. 유리는 창백해진 얼굴로 푹 숙인 고개를 절레절레 저었다.

"아, 아니야. 그런 동기 같은 건 없어."

"아니요, 있어요. 그것 말고는 생각할 수 없어요. 선배의 동기는 그것 이외에는 있을 수 없어요."

"나는, 나는……."

유리는 쓰러지듯 옥상 바닥에 주저앉아 거의 기는 자세로 미즈키 앞에서 도망치려고 했다.

"나는, 아니야. 여자의 마음 같은 건, 가지고 있지 않아."

다른 사람에게 알려지는 것이 얼마나 싫었을까. 안타까운 마음이 들었지만 그런 유리에게 미즈키는 엄한 말투로 경고했다.

"선배 탓에 초대 유리코 님이 멸시받아도 괜찮아요?"

유리가 순간 움직임을 멈췄다. 바닥을 기어가는 자세에서 상반신을 일으켰다.

"초대 유리코 님이 멸시받는다니…… 무슨 말이지?"

어리둥절해진 유리에게 미즈키는 타이르듯 말했다. "초대 유리코 님과 선배는 같은 상황이에요. 하지만 초대 유리코 님은 다른 사람을 다치게 했지만 살인을 하지는 않았어요. 그것은 절대로 넘어서는 안 되는 선이라는 걸 초대 유리코 님은 알고 있었기 때문이에요. 그런 균형 감각을 학생들은 모두 내심 존경하며 따르고 있었죠. 그렇지 않았다면 이렇게 오랫동안 전설이 이어져왔을 리 없어요."

분명히 불행이 무서워서 어쩔 수 없이 믿은 면도 있었지만 마음 어딘가 우리는 유리코 님을 영웅화하고 있었는지도 모른다. 유리코 님은 남을 괴롭히는 인간을 따끔하게 혼내줘서 그 행동을 그만두게 만들었기 때문이다.

"하지만 선배는 넘어서는 안 되는 선을 넘었습니다. 생명을 셋이나 빼앗은 거예요. 그 일은 전교 학생들에게 공포를 느끼게 했고, 존경하는 마음을 빼앗았습니다. 유리코 님에 대한 신뢰가 무너진 건 틀림없겠죠. 선배가 택한 살인이라는 경솔한 행동이 20년에 가까운 세월 동안 쌓아왔던 유리코 님에 대한 신뢰와 존경을 한순간에 지워버린 것입니다."

"그런……."

유리의 안색이 더욱 나빠졌다. 상반신만 일으킨 자세에서 그는 다시 쓰러질 것 같았다.

"선배 탓에 사람들은 초대 유리코 님도 선배와 동일하게 생각할 거예요. 극악무도하고 인정사정없는 살인마, 라고요. 모든 것은 선배 탓이에요. 본인 스스로 그토록 존경하던 초대 유리코 님을 사람들이 멸시할 거예요."

유리는 바들바들 몸을 떨었다. 창백해져 민달팽이 같아진 입술이 희미하게 움직였다.

"그래서는 안 돼. 초대 유리코 님이 멸시받는다니 그런 일은 일어나면 안 돼."

유리에게 초대 유리코 님은 절대적인 존재였다. 그런 존재가 멸시받는다고 하니 동요하는 것도 무리가 아니었다.

"어떻게 하면 되지? 어떻게 하면 초대 유리코 님의 신뢰를 되돌릴 수 있을까?"

흔들거리면서 일어선 유리가 물었다. 그러자 미즈키는 날카로운 목소리로 말했다.

"모든 것을 솔직히 이야기하세요. 그 방법밖에 없어요."

유리는 깜짝 놀라 얼굴빛이 달라졌다.

"지금 이대로라면 선배는 단지 냉혹한 살인마일 뿐이에요. 초대 유리코 님도 동일하게 보이겠죠. 하지만 선배가 자신의 고민을 토로하고 그동안 얼마만큼 괴로운 고민을 안고 살아왔는지에 대해 주변의 많은 사람들에게 알리면 초대 유리코 님을 보는 시각도 달라질 거예요. 그 역시 다른 사람과 마찬가지로 고뇌하는 한 사람이었다는 걸 많은 사람들이 알게 되면 초대 유리코 님도 불길한 속박에서 벗어날 수 있을 거예요. 남자이면서 여자의 마음을 가지고 태어난 고뇌, 그게 얼마나 괴로웠는지를 밝히면 선배는 초대 유리코 님을 구할 수 있어요."

유리의 얼굴에 붉은빛이 살짝 돌았다. 여드름이 가득한 얼굴에 혈색이 돌아온 것이다.

"그러니 선배는 동기를 말해야만 해요. 초대 유리코 님도 역시 인간이었다는 사실을 알리지 않는 한 초대 유리코 님은 영원히 저주스러운 존재로 남을 수밖에 없어요."
미즈키가 최후통첩을 하듯 말했다.

유리는 할 말을 잃고는 우두커니 서서 팔을 축 늘어뜨
렸다.

"나는…… 나는, 유리코 님과 마찬가지야. 남자이면서
여자의 마음을 갖고 있지. 남자로 태어난 것이 괴로워 어떻
게 해서라도 유리코 님이 되고 싶어서 살인을 저질렀어."

드디어 자백을 이끌어냈다. 견딜 수 없을 만큼 슬픈 자
백이었다.

"경찰에도 같은 이야기를 해주세요. 그러면 유리코 님에
대한 존경과 신뢰도 돌아올 거예요."

가까이 다가온 미즈키가 유리의 어깨를 다정하게 두드
렸다. 유리의 표정이 일그러졌다.

"선배도 괴로우셨죠. 단지 여자의 마음을 가지고 있는
것만으로는 그렇게까지 궁지에 몰리지 않았을지도 모르
죠. 이해하지 못하는 주변 사람들, 하다못해 옷도 성별에
따라 단추를 다른 방향으로 잠그잖아요. 그런 불행이 쌓이
고 쌓여서 선배를 구석으로 몰아넣었겠죠."

미즈키의 위로에 유리는 어깨를 떨었다. 지금까지 그가
견디며 억눌러왔던 것이 흘러나오는 모양이었다.

"처음 내 마음을 자각한 건 중학생 때였어. 축제에서 반

전체가 여장을 했을 때 굉장히 마음이 편안했던 것이 계기였지. 아, 나는 이런 존재였구나. 그걸 깨닫자 더 이상 이전으로는 돌아갈 수 없었어. 남자인 자신을 받아들일 수 없어서 나를 남자로 보는 모든 인간이 혐오의 대상이 되었어. 가족과 반 친구들에게 날이 서기 시작했고, 결국 야단을 맞거나 따돌림을 당했어. 스트레스로 얼굴에는 여드름이 심각하게 나서 이렇게 끔찍한 자신에 대한 혐오가 더욱더 아름다운 여성을 동경하게 만들었지. 고독했어. 아무에게도 말하지 못했지만 '여성'인 자신이 점점 커졌으니까. 고등학생이 된 무렵에는 다른 사람과 웃으며 이야기를 나누는 것도 어려워졌어. 깜깜한 어둠 속에 있는 기분이었지. 나는 다만 모두가 나를 여자로 봐주길 바랐을 뿐인데……."

울먹이던 유리가 결국 눈물을 터뜨렸다. 오열이 계속 쏟아져 나왔다.

이것으로 끝났다. 나는 그렇게 생각했다. 이 유리가하라 고등학교를 소란스럽게 했던 연쇄 살인 사건. 그 종언을 내 눈으로 직접 보았다.

그 마지막은 괴롭고 안타까웠다. 적어도 세상을 떠난 세 사람이 편안하게 잠들길, 범인인 유리에게도 구원이 찾아오길, 나는 마음 깊이 기도할 수밖에 없었다.

"역시 그랬어."

그때 화난 목소리가 날아왔다. 뒤를 돌아보니 계단실 문 앞에 쓰쓰미가 서 있었다. 평소와 같은 양 갈래로 땋은 머리에 타오르는 듯한 붉은 셔츠를 입고 있었다.

어째서 여기에? 분명 체육관에서 이야기가 끝나기 전에 정신을 잃고 들것에 실려 갔었는데. 이런 생각을 하고 있을 때 쓰쓰미는 똑바로 나를 향해 걸어왔다.

"유리코 님 후보 세 명을 죽인 살인범과 함께 옥상에 갔다는 말은 사실이었구나?"

나는 이유도 모른 채 멱살을 잡혀 당황스러웠다.

"야사카, 네가 이 남자에게 명령해서 유리코 님 후보를 죽인 거지?"

혼란스러운 상태로 보이는 쓰쓰미를 앞에 두고 나는 말문이 막혔다.

"어떤 방법을 써서라도 유리코 님이 되고 싶은 거야? 다음 차례는 나인가? 나를 죽이는 방법을 지금 여기서 이야기하고 있었어?"

쓰쓰미의 눈이 새빨갛게 충혈되어 있었다. 확실히 정상적인 모습은 아니었다.

"날 죽이게 둘 것 같아? 내가 먼저 널 죽일 거야."

쓰쓰미는 나를 펜스로 밀어붙였다. 바로 옆에는 부서져 구멍이 뚫린 부분이 있었다. 쓰쓰미는 부서진 펜스 쪽으로 내 몸을 틀었다.

"그만둬! 유리코는 아무 짓도 하지 않았어."

미즈키가 외쳤지만 쓰쓰미는 멈추려고 하지 않았다. 내 몸은 점점 구멍 쪽으로 끌려갔다.

"나는 네 죽음을 끝으로 유리코 님이 될 거야. 유리코 님의 자리는 넘기지 않겠어."

손가락 끝이 부서진 펜스 끝에 닿았다. 날카로운 통증이 느껴지며 손가락에 따뜻한 뭔가가 느껴졌다. 피다. 죽은 유리코 님 후보 세 사람이 흘린 피가 떠올랐다. 나도 똑같이 되는 걸까?

생각해보면 일기 내용에서 나온 네 번째 불행도 벼랑이라는 높은 곳에서 떨어진 사건이었다. 나도 마찬가지로 옥상이라는 높은 곳에서 떨어져 죽는 걸까?

몸이 펜스에 뚫린 구멍으로 빨려 들어갈 듯이 움직였다. 쓰쓰미의 무서울 정도로 놀라운 힘에 밀려 내 몸은 펜스 틈으로……

"유리코!"

그대로 거꾸로 떨어지겠다 싶은 순간에 미즈키가 나를 끌어올렸다. 몸의 절반이 펜스 밖으로 나가 있어서 조금만 늦었다면 위험할 뻔했다.

다행이다. 이렇게 안도하자마자 바로 날카로운 비명이

들렸다.

미즈키가 떨어지려던 나를 끌어올릴 때 밀어뜨릴 대상을 잃은 쓰쓰미가 스스로 뛰어내리는 꼴로 펜스 틈으로 몸을 내밀어버린 것이다.

"아앗." 미즈키가 하얗게 질려 입을 틀어막았다.

쓰쓰미는 벽도 없는 옥상 끝에서 비명을 지르며 바닥으로 떨어졌다.

"쓰쓰미 선배!"

당황하여 펜스 너머로 내려다보자 저 멀리 아래에서 쓰쓰미는 사지를 펼치고 위를 바라보며 쓰러져 있었다. 축 늘어진 양다리는 서로 다른 방향으로 꺾여 있고 머리에서는 피가 흐르고 있었다.

"어째서 이런……."

결국 유리코 님의 '불행'은 현실이 되었다. 유리의 범행만으로는 설명이 되지 않는 이 사태에 나는 유리코 님의 무서운 힘을 통렬히 절감했다.

제8장
숨겨진 진실

나는 결국 유리코 님이 되었다.

후보자 중 세 명이 죽고, 쓰쓰미는 양쪽 다리에 복합 골절이라는 중상을 입었다. 쓰쓰미는 생명에는 이상이 없었지만 회복에 시간이 걸린다고 했다. 그리고 회복 후에는 전학을 간다는 이야기도 들렸다.

결국 학교에 유리코라는 이름을 가진 학생은 나 혼자가 되었고, 정식으로 나는 유리코 님 자리에 올랐다. 하지만 마음은 개운하지 않았다. 많은 사람이 죽거나 다치고 그 범인인 유리도 검찰에 구속되었다. 행복하다고 말할 수 있는 일은 무엇 하나 일어나지 않았다. 그런 불행한 일을 겪었으니 유리코 님이 되었다고 한들 조금도 기쁘지 않았다.

3일 동안 임시 휴교를 한 후 다시 수업이 시작되었다. 교장 선생님이 생명의 소중함을 강조하며 심리 상담사를 늘리는 한편, 학생들은 축제 날 있었던 일의 영향으로 유리코 님에 대한 신봉이 깊어졌다. 유리코 님은 절대적이라는 분위기가 부풀어 올랐다. 축제에서 유리코 님 전설의 와해를 노린 미즈키의 생각과는 전혀 다르게.

반면 나는 유리코 님이 되어 전교 학생들로부터 존경과 두려움의 눈길을 받게 되었다. 괴롭힘은 사라졌지만 반대로 미즈키 외에는 가까이 다가오는 학생도 없었다. 있다고 해도 유리코 님의 권위에서 뭔가를 얻으려는 학생회 정도였다. 나는 쓸쓸했다.

"하아, 어쩐지 허무해."

점심시간, 나는 정원에서 양팔을 쭉 뻗으며 중얼거렸다. 옆에 앉은 미즈키가 고개를 갸웃거렸다.

"유리코, 왜 그래? 요즘 기운이 없어 보여."

미즈키의 다정한 말에 마음이 놓였지만 그렇다고 해서 고민이 해결되는 것도 아니다.

"어쩐지 유리코 님이 되지 않는 편이 좋았지 않았을까 싶어. 미즈키 말고는 아무도 나를 있는 그대로 대해주지 않아."

한숨을 쉬자 미즈키가 가볍게 내 등을 토닥였다. "괜찮

아. 누가 뭐래도 나는 유리코 편이니까."

든든한 위로였지만 가장 중요한 부분은 조금 어긋나 있는 느낌이 들었다.

"게다가 이제 완전히 끝날 거야." 미즈키가 갑자기 진지한 표정으로 말했다.

뭐라고? 이미 다 마무리된 것 아니었나?

"진짜 유리코 님과 끝을 내러 가자."

미즈키는 힘 있는 말투로 말했지만 나는 그 의도를 전혀 읽어낼 수 없었다.

"다만 그전에 가야 할 곳이 있어."

미즈키는 의미심장한 시선을 보내고는 앞서 걸어갔다. 나는 당황하면서 미즈키를 따라갔다. 미즈키를 따라가서 잘못된 적은 없었다.

미즈키가 찾아간 곳은 우리 반 교실이었다. 안으로 들어가자마자 많은 시선이 내게로 쏟아졌다. 미즈키를 앞에 두고 부끄러운 기분도 들었지만 나는 유리코 님으로서 당당하게 가슴을 폈다.

미즈키는 거침없이 발걸음을 옮겼다. 그러고는 나를 무서워하며 교실 구석으로 이동한 여학생 무리 가운데 들어가 그중 한 명에게 말을 걸었다.

"네가 미쓰노야?"

미즈키가 말을 건 사람은 미쓰노였다. 여학생 그룹의 리더이고 내 자전거에 못된 짓을 한 후 자신의 자전거에도 문제가 생기는 바람에 다쳤던 바로 그 친구였다.

"시마쿠라? 무슨 일이야?"

완전히 나은 미쓰노는 강한 척 힘껏 목소리를 냈다. 하지만 미즈키는 그 태도는 전혀 개의치 않고 질문을 던졌다.

"유리코의 자전거에 손댄 사람이 바로 너지?"

미쓰노는 단도직입적인 질문에 조금 당혹스러워했다. 유리코 님인 나의 힘이 확고해진 이상 두려워하는 것도 당연했다. 미쓰노는 변명도 유리코 님에 대한 반역에 해당된다고 생각했는지 솔직히 대답했다.

"아, 응, 그래. 그때 충동적으로 브레이크 와이어를 잘랐어. 정말로 우발적으로 저지른 행동이었어. 특별히 다치게 한다거나 위협할 의도는 없었는데."

변명하듯 말했지만 미즈키는 그런 건 신경도 쓰지 않고 말을 이었다.

"그러면 그때 사용했던 공구는 어디서 난 거야?"

공구의 출처. 미즈키가 묘한 걸 물었다. 그리고 그게 대체 무슨 의미가 있는 걸까?

"자전거 주차장에 떨어져 있었어."

예상치 않게도 수상한 대답이 돌아왔다. 공구가 학교 자전거 주차장에 떨어져 있다니 이상하다.

"정말이야. 내 자전거 옆에 펜치가 떨어져 있었어, 끝이 가늘게 생긴. 그걸 발견하고 순간적으로 야사카의 자전거에 장난을 쳐야겠다는 생각이 들었던 거야."

"역시, 그랬던 거였군."

미즈키는 확신에 찬 목소리로 말했다. 크게 뜬 눈에 새까만 눈동자가 미세하게 떨리고 있었다.

"그 펜치 혹시 지저분하거나 부서져 있지 않았어?"

"응, 피가 묻어 있고 날 끝부분의 이가 나가 있었는데."

더욱 수상한 증언이 나왔다. 펜치에 피가 묻어 있고 날의 이가 나가 있었다고? 그렇다면 누군가가 미쓰노보다 먼저 펜치를 사용해서 상처를 입기라도 했단 말인가?

"그럼 마지막으로 하나만 더. 그때 펜치는 어떻게 했어?"

생각에 잠긴 내 옆에서 미즈키는 목소리에 힘을 담아 물었다. 미쓰노는 압도당한 듯이 뒷걸음질 치면서 우물우물 대답했다.

"소각로에 버렸어. 지금은 사용하지 않는 특별동 뒤편에 있는 소각로. 누가 발견하면 귀찮아질 것 같아서, 그렇다고 학교 밖으로 가지고 나가는 것도 무섭고."

미즈키는 만족스럽게 끄덕였다. "미쓰노, 잘했어."

그 말만 하고는 미즈키는 발을 돌려 뛰어나갔다. 나는

멍해진 미쓰노와 마주 보는 상태가 되었지만 다시 정신을 차리고 미즈키를 쫓아갔다. 미즈키가 뭔가를 발견한 모양이었다. 나도 마지막까지 지켜봐야만 했다.

소각로 앞에 가자 미즈키는 옆에 있던 집게를 들고 소각로 안을 휘젓고 있었다. 오랫동안 사용하지 않은 소각로에서 이상한 냄새가 나고 정체 모를 그을음이 피어올라 나도 모르게 기침이 났다. 이렇게까지 해서 미즈키는 무엇을 하려는 걸까?

"찾았다."

갑자기 미즈키가 외쳤다. 집게를 천천히 꺼내자 그 끝에 펜치가 따라 나왔다. 미쓰노가 말한 대로 끝이 가는 롱노즈 플라이어였다.

"날이 나갔지? 피도 묻어 있어."

집게를 내려두고 미즈키는 손수건으로 펜치를 감쌌다. 정말로 날이 나가고 검붉은 혈흔이 묻어 있었다.

미쓰노의 증언과 일치했다. 하지만 이런 게 무슨 도움이 되는 걸까? 영문을 알 수 없었지만 펜치의 손잡이를 보고 문득 기억이 떠올랐다. 거기에는 매직으로 커다랗게 글씨가 적혀 있었다.

……화학 준비실.

어째서 이런 곳에? 나는 깜짝 놀라 움직이지 못하고 굳어버렸다.

"만나자는 약속은 이미 해뒀어."

다음 날 방과 후 미즈키는 나를 데리고 특별동 4층으로 향했다. 이쪽이라면 목적지는 그 장소일 것이라 상상하는 사이 예상대로 미즈키는 화학 준비실 앞에서 발걸음을 멈췄다.

미즈키가 문을 밀자 문은 저항 없이 스르륵 열렸다. 잠겨 있지 않았던 것이다.

"안녕하세요."

안에는 사람이 있었다. 그 사람은 창가에 서서 등을 굽히고 초대 유리코 님의 일기를 열중해서 읽고 있었다. 미즈키는 스틸 선반 앞으로 이동하더니 몸을 기댔다.

"당신이 뒤에서 조종하고 있었죠? 세 건의 살인 사건은 전부 유리 선배가 저지른 일이에요. 하지만 유리코 님 전설 자체는 전부 당신이 만들었습니다."

그 사람은 일기에서 고개를 들어 이쪽을 바라봤다. 무표정에 얼어붙은 듯한 눈이 우리를 노려봤다.

"생각해보면 이번에도 유리 선배가 한 일이 아닌 '불행'이 몇 가지 있었어요. 3학년 아사카 주리의 자살 미수 사건, 미쓰노의 자전거 브레이크 와이어 절단 사건, 쓰쓰미 유리코를 두려움에 떨게 만든 몇 번의 '불행' 사건. 언뜻 보면 유리코 님의 저주처럼 보이겠죠. 하지만 정말로 그런 초자연적인 힘이 존재할까요?" 미즈키는 날카롭게 그 사람을 노려보며 강한 말투로 설명을 이었다. "아사카 주리는 입시 스트레스였어요. 유서에는 이렇게 적혀 있었죠. '선생님의 기대에 미치지 못할 바에는 지금 죽는 편이 낫다.' 이 글은 선생님에게 받는 기대가 지나치게 크다는 걸 보여주고 있어요. 다른 의미로 생각해본다면 지나친 기대로 학생에게 부담을 준 선생님이 자살 미수의 원인이라고 할 수 있겠죠. 그렇다면 여기서 말하는 '선생님'은 누구를 가리키는 걸까요? 아마도 담임 선생님일 거예요. 아사카 주리는 3학년 5반이니까 3학년 5반 담임 선생님을 찾으면 되는 거죠."

여기서 미즈키는 일부러 잠깐 시간을 두고 그 사람을 손가락으로 가리켰다.

"다카미자와 선생님, 선생님은 분명히 3학년 5반 담임입니다."

미즈키가 가리킨 사람…… 흰 백합 모임의 고문, 다카미자와 유리오는 우리를 향해 냉철한 눈빛을 보냈다.

"선생님이라면 가능한 일이었어요. 학생에게 일부러 과한 부담을 주는 것도, 마음이 불안정한 입시생을 자살로 몰아넣는 것도. 그런 위험하고 대담한 방법을 쓸 수 있었을 거예요."

다카미자와가 아사카 주리를 자살하도록 유도했다고? 믿을 수 없는 이야기였다.

"무슨 말도 안 되는 소리를, 무엇보다 대체 왜 내가 그런 짓을 하지?"

다카미자와는 표정을 풀면서 웃었지만 미즈키는 매서운 표정 그대로 몰아붙였다.

"물론 유리코 님 전설을 확고하게 만들기 위해서예요. 아사카 주리가 쓰쓰미 유리코의 심기를 건드린 모양이니까 그런 아사카에게 불행을 내려서 유리코 님의 힘은 실존한다고 모두에게 보여주기 위해서겠죠. 브레이크 와이어를 자른 건 유리코가 머리를 양 갈래로 땋고 붉은 셔츠를 입기 시작했으니까 그 효과를 보여주기 위해서 유리코를 괴롭히는 학생에게 위해를 가한 거죠. 등 뒤에서 도로로 밀어내는 등 쓰쓰미 선배에게 여러 번 덮친 불행도 전부 선생님이 한 일일 거예요."

다카미자와는 잠깐 진지한 표정을 지었다. 하지만 금세 이상하다는 듯 웃었다.

"내가 그런 짓을 할 이유가 뭐지? 유리코 님 전설을 확고하게 한다고? 나는 그렇게까지 유리코 님을 신봉하지 않아."

그랬다. 다카미자와가 그렇게까지 유리코 님을 숭배할

이유가 없었다. 그렇게 생각하며 미즈키를 바라보자 미즈키는 스틸 선반에 기대어 여유롭게 자신 있는 미소를 짓고 있었다.

"그럴까요? 저는 선생님이야말로 최대의 유리코 님 신봉자라고 생각해요."

어째서? 하지만 미즈키는 바로 그 놀라운 답을 이야기했다.

"왜냐하면 선생님이 바로 초대 유리코 님이니까요."

뭐라고? 떨리는 목소리가 새어나왔다. 미즈키가 지금 뭐라고 했지?

"그것 말고는 생각할 수 없어요. 20년 전에 괴롭힘을 당하고 실연에 괴로워하다 학교 옥상에서 뛰어내린 여자의 마음을 가진 남학생은 바로 다카미자와 선생님이었어요."

할 말을 잃고 멍해졌다. 지금 눈앞에 있는 선생님이 초대 유리코 님이라고?

그런데 그렇다고 해도 어째서 미즈키는 '20년 전'이라고 단언할 수 있는 걸까? 초대 유리코 님 사건의 시기를 그렇게까지 확실하게는 몰랐을 텐데.

"일기에서 유리코라는 이름을 사용한 것도 자신의 유리오라는 이름에서 살짝 바꾼 것이겠죠. 여자가 되고 싶다고 간절히 원하던 당신은 그 이름에 자신의 소망을 담은 거예요."

"초대 유리코 님은 학교 옥상에서 뛰어내려 죽었을 텐데?"

다카미자와가 중요한 부분을 지적했지만 미즈키는 준비실 한가운데에 있는 책상으로 가 걸터앉은 후 되받아쳤다.

"죽지 않았어요. 다치긴 했지만 목숨은 건졌죠. 옥상에서 떨어진다고 해도 반드시 죽는 건 아니니까요."

모두 초대 유리코 님은 죽었다고 믿고 있었지만 그건 잘못된 선입견이었다.

"유리가하라 고등학교는 20년 전에 남녀 공학이 되었으니까 유리코 님 전설은 틀림없이 그 이후에 생긴 거예요. 유리코 님의 불행에 관련된 자료는 20년 전부터 남아 있어요. 그렇다면 유리코 님이 옥상에서 뛰어내려 전설이 생긴 것은 딱 20년 전이에요. 그 사실을 확인하기 위해 저는 20년 전 지방 신문을 하나하나 조사했어요. 그리고 유리가하라 고등학교 옥상에서 학생이 추락했다는 기사를 찾았어요. 하지만 그 추락한 학생은 남학생으로 중상이라는 기사는 있었지만 사망했다는 내용은 없었어요. 그 후 몇 개월의 기사를 다 살펴보아도 마찬가지였어요. 추락한 남학생은 죽지 않았던 거예요."

그랬다, 살아 있었던 것이다. 여자로 죽음을 맞이하기 위해 여학생 교복을 입고 학교 옥상에서 뛰어내린 다카미자와 유리오는 자신의 의지와는 다르게 죽음을 맞이하지 못했다.

설마 그럴 리 없다는 생각이 드는 반면 어쩐지 이해가 되었다. 일기가 작성된 때는 20년 전. 그렇다면 당시 다카미자와는 고등학생 정도 됐을 것이다.

"일기의 연대로 설정된 1970년이라는 거짓 연도와 실제로 일기를 쓴 20년 전인 1998년은 요일이 완전히 일치해요. 물론 이것은 우연이 아니라 요일이 같은 연도를 찾아서 설정한 거죠. 누가 보더라도 날짜와 요일로 거짓이 들통나지 않게 하기 위해서 말이죠."

연도 설정에 그런 연유가 있는 줄은 몰랐다. 나는 아무 말도 나오지 않았다.

"초대 유리코 님이면서 유리코 님의 신봉자. 그런 당신은 유리코 님이 일으키는 불행을 연출했어요. 유리코 님인 여학생을 거스르는 자를 감시하여 직접 손을 쓰고, 때로는 유리코 님 후보 학생을 자연히 떨어져나가게 배제하여 인간의 영역을 넘어선 유리코 님의 힘을 학생들에게 각인시켰어요."

다카미자와는 음침한 얼굴에 웃음을 띠고는 "그렇구나, 그렇구나"라고 말하며 고개를 끄덕였다. 기분 나쁠 정도로 여유를 부리는 모습이었다.

"유리코 님의 불행에 관한 자료가 20년 전부터 18년 전, 13년 전부터 현재에 이르는 것밖에 없다는 것도 당신이 그 시기에만 불행을 연출할 수 있었기 때문이라고 생각해보면 이해할 수 있습니다. 그 기간은 당신이 이 학교에 있으면서 불행을 연출할 수 있었던 기간입니다. 20년 전, 고등학교 1학년이었던 당신은 옥상에서 떨어져 전설을 만들었습니다. 그때부터 3년 동안 학생으로, 13년 전부터 현재까지는 이 학교의 선생님으로 당신은 유리코 님을 거스르는 자들과 유리코 님 후보자에게 불행을 내렸습니다. 중간에 비어 있는 17년 전부터 14년 전까지는 당신이 이 학교를 졸업하고 대학을 다니던 무렵이죠."

"그렇군. 앞뒤를 잘 맞춘 이야기군."

미즈키가 장황하게 추론을 말하는 동안 다카미자와는 여유작작한 태도로 조금의 흔들림도 보이지 않았다. 이걸 무너뜨리기는 쉽지 않을 것 같았다.

"이번 연쇄 살인도 당신이 뒤에서 조종하고 있었습니다. 유리 선배가 범행을 저지르도록 다양한 술책을 부린 거죠."

살인도 다카미자와가 유도한 것이라고? 놀라운 발언이 날아왔다.

"당신은 분명 최근 유리코 님을 믿는 풍조가 조금씩 무너지는 걸 매우 불쾌하게 여기고 있었을 겁니다. 유리코가 붉은 셔츠를 입은 걸 옹호해준 것도 그 때문이죠. 모두에게 유리코 님에 대해 강한 믿음을 심어주고 싶다, 그 생각 하나로 살인이라는 과격한 수단을 사용해서라도 전교생에게 다시 유리코 님의 위대함을 각인시키려고 했습니다. 하지만 당신이 직접 살인을 저지르기에는 위험이 너무나 컸어요. 그래서 누군가를 이용하기로 합니다. 그 방법에 사용할 꼭두각시로 고른 사람이 유리 선배였습니다. 당신과 마찬가지로 마음이 여성인 유리 선배는 조종하기 쉬워서 꼭두각시로 사용하기에 안성맞춤이었겠죠."

미즈키는 노려보는 눈빛으로 설명을 이었다.

"당신은 유리 선배의 성정체성을 눈치챈 후 스리슬쩍 일기에 숨겨진 힌트를 주었습니다. 애초에 그 일기는 자신과 같은 입장의 사람을 꼬드기려는 의도를 담은 표현을 골라 쓴 것이라서 힌트만 던져주면 나머지 일은 쉽게 흘러가겠죠. 쓴 사람이 여자의 마음을 가진 남자라는 사실을 알아채도록 교묘하게 유도하여 유리 선배가 유리코 님에 대한 친근감과 후보자들에 대한 살의를 품도록 했습니다. 그 후에는 아사카 주리를 자살 미수로 몰아넣어 유리 선배의 어두운 부분을 폭발시켜 범행을 저지르도록 한 깃입니나."

유리는 늘어뜨린 실에 조종당한 가여운 꼭두각시에 불과했던 것이다. 진짜 범인은 다카미자와 유리오였다.

"쓰쓰미 선배에게 여러 가지 불행을 내린 것도 당신의 계획 중 하나였습니다. 그렇게 해서 압박을 주면 그 불행이 유리코 님 후보 중 누군가의 범행이라고 생각하게 되어 가령 유리 선배가 잡히더라도 쓰쓰미 선배의 손으로 후보자를 죽여 살인이 이어지도록 한 것입니다."

모든 것이 계산된 일이었다. 두려울 정도로 잔혹하여 등골이 오싹해졌다.

"그렇구나. 너는 그렇게 생각했구나."

미즈키가 일단 이야기를 멈췄을 때 다카미자와가 조용히 입을 열었다. 어디까지나 온화한 말투였다.

"내가 초대 유리코 님이고 지금까지 유리코 님의 불행을 전부 연출해왔다, 재미있는 생각이군. 하지만 내가 유리코 님의 불행을 연출한 이유가 유리코 님을 신봉하고 있기 때문이라는 근거는 조금 약하지 않나? 아무리 신봉한다고 해도 그 이유만으로 사람을 다치게 하는 일을 몇 번이고 반복할까? 게다가 내가 유리코 님이라면 자신을 신봉한다는 건 너무 자기애가 강한 것 같은데."

"그 점에 대해서도 설명할 수 있어요." 미즈키는 자신 넘치는 목소리로 대답했다. "다카미자와 선생님, 당신이 유리코 님의 불행을 연출한 건 스스로가 만들어내고 사랑받아야만 하는 유리코 님 전설의 존재를 인상에 남기기 위해서 일 테지만, 그것만이 아니었어요. 당신이 정말로 노렸던 일은 유리코 님의 존재를 각인시켜 학교에 여성 우위의 풍조를 남기기 위해서예요."

다카미자와의 얼굴에 희미한 동요가 비쳤다. 미즈키는 건드려서는 안 되는 깊은 부분까지 들어간 모양이었다.

"여성 우위 풍조를 남긴다? 무슨 말이지?"

살짝 떨리는 목소리로 다카미자와가 물어보자 미즈키는 당당하게 대답했다.

"유리코 님 전설이 있는 한 우리 학교에는 여학교 시절 때부터 이어진 여성 우위 풍조가 지속될 겁니다. 당신은 그 분위기를 남기고 싶어서 수많은 불행을 연출해온 거예요."

"말도 안 되는 소리, 어째서 내가 그런 짓을 하지?"

"선생님이 여자의 마음을 가지고 있기 때문이죠."

잠깐의 틈도 두지 않고 돌아오는 말에 다카미자와는 기가 죽었다. 입술을 깨물고 입을 다물어버렸다.

"선생님은 사실 남자들보다 여자들 사이에 있고 싶었을 거예요. 여자가 많은 곳에 들어가 자신도 그들과 같다는 안심을 느끼고 싶었습니다. 그래서 중학생 시절의 당신은 여학교에서 남녀 공학으로 막 바뀐 유리가하라 고등학교에 입학했습니다. 남자라도 입학할 수 있으면서 상급생은 여학생만 있어 여성 우위의 풍조가 남아 있는 이 학교에."

다카미자와는 입을 다물고 이야기를 듣고 있었다. 미즈키는 한숨 돌린 후 다시 이야기를 시작했다.

"고등학생 때는 일기에 나온 것 같은 괴롭힘과 자살 미수도 있었지만, 선생님은 계속해서 여성 우위의 풍조를 칭송해왔습니다. 선생님이 뒤에서 유리코 님의 불행을 만들어내는 방식으로 유리코 님 자리에 앉은 여학생을 학교 내 최고의 힘을 가진 자로 만들어 여학교 시절부터 이어오는 여성 우위의 풍조를 지켰습니다. 선생님은 졸업 후 대학에 진학했지만 유리가하라 고등학교의 분위기를 잊을 수 없었겠죠. 유리코 님이 있는 여인 천하로 돌아가기 위해 교원 자격증을 따고 교사로서 유리가하라 고등학교에 돌아왔습니다. 선생님은 거기서 다시 유리코 님의 불행을 만들어 선생님이 없는 사이에 조금씩 무너져가던 여성 우위의 풍조를 재건축한 것입니다."

모든 것은 여성 우위라는 자신이 편안하게 느끼는 분위기를 만들기 위해서였다. 그것을 위해 다카미자와는 여러 사람을 다치게 했다.

"선생님의 고통을 모르지는 않습니다. 신체의 성별과 마음의 성별이 다른 건 분명 괴로운 일이겠죠. 안타깝게도 그런 개인의 존재를 받아들이지 못하는 사람도 사회에는 적지 않습니다."

340

미즈키는 위로하는 말투로 말하고는 다시 태도를 바꿔 엄하게 타일렀다.

"하지만 선생님이 한 일은 선을 지나치게 넘었습니다. 다른 사람에게 상처를 주면서 자신의 마음을 지키려는 일은 용서받을 수 없는 행위입니다. 선생님이 해온 일은 그저 범죄일 뿐이에요."

다카미자와의 얼굴이 심하게 일그러졌다. 음침한 표정 속에 감추기 어려운 분노가 떠올랐다.

"그렇구나, 그래. 그것이 사실이라면 분명 나는 회개해야만 하겠군."

다카미자와가 차분히 고개를 끄덕였다. 설마 인정한 건가? 하지만 바로 반격이 날아왔다.

"하지만 안타깝게도 증거가 없어. 지금 한 이야기는 전부 네 공상에 불과해."

냉정한 반박이었다. 확실히 증거는 없었다. 20년이나 지난 옛날 일에 증거가 남아 있을 리 없다.

"증거가 없는 한 나는 인정하지 못해. 아무리 머리를 굴려봐야 소용없어."

다카미자와는 득의양양하게 밀했다. 결코 인정하지 않겠다는 꿋꿋한 자세였다.

"증거 말인가요. 그러면 이건 어떤가요? 유리코에게 듣기로는 분명……."

미즈키는 책상에서 일어난 후 창가 책장으로 다가가 거기에서 유리코 님의 자료를 하나 꺼내들었다.

"있네요. 이거예요. 유리코 님이 일으킨 불행을 하나하나 기록한 이 노트에서 2008년 페이지를 봐주세요."

미즈키가 내민 노트를 나와 다카미자와가 들여다보았다. 거기에는 이렇게 기록되어 있었다.

2008년

4월 7일 입학식. 올해 신입생 중 이름이 유리코인 학생은 3명. 현재 유리코 님인 유리코 A와 자리 쟁탈전을 하게 될 것이다.

4월 8일 유리코 A, 양 갈래로 땋은 머리와 붉은 셔츠 차림으로 등교.

5월 7일 유리코 A를 험담한 여학생, 동아리 활동 중에 다리를 접질리다.

5월 10일 유리코 A가 싫어하던 교사, 식중독으로 결근.

5월 16일 유리코 A를 험담한 남학생, 넘어져 다리 골절.

5월 23일 유리코 A에게 끈질기게 말을 걸어오던 사무직원, 복통으로 보건실행.

5월 30일 1학년 사이에 유리코 님에 대한 소문이 퍼지기 시작.

보기에 단순한 유리코 님이 일으킨 불행의 나열이었다.

"주목할 부분은 5월 10일과 5월 23일입니다. 여기에는 유리코 A에게 해를 가하려던 교사와 사무 직원이 배탈이 났다고 기록되어 있습니다."

"그게 뭐 어떻다는 거지?"

다카미자와가 조롱하는 말투로 이야기했지만 미즈키는 흔들리지 않고 설명했다.

"이 기록은 교사가 범인이라는 것을 보여줍니다. 보통 복통은 식사나 음료에 뭔가 좋지 않은 것이 들어갔을 때 생기죠. 하지만 학생이라면 교사는 물론 사무 직원이 먹는 음식이나 음료에 그렇게 간단히 다가갈 수는 없습니다. 범행을 실행하기 쉬운 사람은 분명히 교사일 것입니다."

다카미자와는 조금 당황했는지, 서두르는 듯한 빠른 말투로 반론했다.

"아니, 사무 직원이 범인이라고 생각할 수도 있지. 사무 직원이라면 교사와 사무 직원에게 간단히 접근할 수 있을 테니까."

"아니요, 범인은 교사입니다."

그래도 미즈키는 단호한 자세로 되받아쳤다. 근거가 있

는 모양이었다.

"다시 한 번 기록을 봐주세요. 교사, 사무 직원 외에도 학생 두 명이 피해를 입었습니다. 즉, 범인은 학생에게도 의심받지 않고 접근할 수 있었다는 것입니다. 사무 직원과 교사, 의심받지 않고 학생에게 다가갈 수 있는 사람은 어느 쪽일까요? 누가 봐도 교사입니다."

다카미자와가 하얗게 질렸다. 그 말대로였다. 사무 직원은 평소에 학생을 대면하지 않기 때문에 복도나 운동장을 걷는 것만으로도 상당히 눈에 띈다.

"하지만 교사라고 해도 수없이 많아. 그 사람이 나라고 한정할 수는 없어."

"아니요, 당신입니다. 최근 일어난 유리코 님에 의한 불행, 예를 들어 도로로 떠밀린 쓰쓰미 선배의 불행을 경찰이 검증해보면 당신의 범행이라는 것은 쉽게 판명되겠죠. 경찰은 무능하지 않아요. 선생님이 관여했다는 것이 드러나면 철저하게 증거를 찾아 수사를 하겠죠."

다카미자와는 얼굴이 창백해지고 눈동자가 심하게 흔들렸다.

"다행히도 흰 백합 모임은 유리코 님이 일으킨 불행에 대해 하나하나 기록해왔습니다. 그걸 세세하게 검증해가면 증거는 반드시 나올 겁니다."

미즈키는 명탐정처럼 준비실을 한 바퀴 빙글 돌아 다카미자와를 추궁하듯이 얼굴을 바싹 들이댔다.

"어떻습니까, 선생님. 이래도 끝까지 아니라고 시치미를 떼실 건가요?"

얼굴이 가까이 다가오자 다카미자와는 압도된 모습이었지만 기력을 쥐어짜내듯이 말을 꺼냈다.

"유리코 님이 일으킨 불행은 사소한 일뿐이야. 경찰이 증거품을 관리하고 있는 것도 아니고 큰 물증은 남아 있지 않아. 내가 범인이라고 입증하는 건 불가능해."

"아니요, 물증이라면 있습니다." 미즈키는 당당하게 주장했다.

다카미자와는 살짝 낭패감을 드러냈다. "말도 안 돼. 증거 같은 게 남아 있을 리 없어. 나는, 나는……."

"완벽하게 했다, 고 생각하세요? 안타깝게도 선생님은 실수를 저질렀어요."

미즈키가 날카로운 시선을 보내며 다카미자와를 노려보았다.

"자전거 브레이크 와이어 절단 사건, 알고 계시죠? 유리코의 반 친구가 다친 사건입니다. 그 사건에 내해 마음에 걸리는 증언이 있었어요. 피해자인 미쓰노는 자신이 다치기 전에 유리코의 자전거에 손을 댔는데, 그때 사용한 펜치가 자전거 주차장에 떨어져 있던 거라고 했습니다."

미즈키는 냉정한 말투로 이야기를 이어갔다. 그 목소리에는 막힘이 없어 다카미자와를 압도했다.

"자전거 주차장에 왜, 펜치가 떨어져 있었을까? 그 이유는 미쓰노보다 먼저 누군가가 똑같이 브레이크 와이어를 절단했기 때문이 아닐까요?"

다카미자와가 침을 꿀꺽 삼켰다. 그의 뺨에서 땀이 한 방울 흘러내렸다.

"물론 브레이크 와이어가 절단된 자전거는 미쓰노의 자전거입니다. 그날 유리코의 자전거 외에 브레이크 와이어가 잘린 자전거는 미쓰노 것밖에 없었으니까요. 미쓰노는 자신의 자전거를 조작한 증거인 줄도 모르고 그걸 사용해 다른 사람의 자전거 브레이크 와이어를 잘랐어요."

다카미자와의 얼굴이 더욱 하얘졌다. 엄청난 땀이 흘러내려 얼굴은 땀투성이가 되었다.

"그렇군. 재미있는 추리야. 하지만 가령 그렇다고 해도 내가 했다고 단정 지을 수는 없어."

다카미자와도 그렇게 쉽게 당하지는 않았다. 어떻게든 의혹에서 벗어나려고 했다.

"아니요, 그렇지 않습니다. 자전거 브레이크 와이어를 자른 사람은 분명 다카미자와 선생님입니다."

미즈키는 당황하는 기색도 없이 다카미자와의 반론을
하나씩 부정했다.

"떨어져 있던 펜치에는 특징이 있었습니다. 파손되고 피
가 묻어 있었어요. 브레이크 와이어의 절단과 파손, 그리고
피. 전용 공구가 아닌 일반 펜치로 브레이크 와이어를 절
단하기는 보통 힘든 일이 아니니까요. 그런 사실에서 한 가
지 상상을 할 수 있습니다. 즉 범인은 미쓰노의 자전거 브
레이크 와이어를 절단하던 도중 실수로 펜치가 부서졌고
떨어져나간 파편에 상처를 입은 겁니다."

절단할 때 사고가 일어났다. 범인은 스스로의 행위에 벌
을 받는 것처럼 상처를 입었다.

"처음에는 미쓰노가 상처를 입은 거라고 생각했습니다.
유리코의 자전거 와이어를 자른 후 미쓰노의 손에는 피가
묻어 있었으니까요. 하지만 미쓰노가 말하길 그 피는 처
음부터 펜치에 묻어 있었다고 하더군요. 그 말인즉 상처를
입은 사람은 미쓰노가 아니라 그전에 절단을 한 인물이라
는 말입니다."

나도 처음에 미쓰노가 다친 거라고 의심했다. 하지만 사
실은 전혀 달랐다. 그 피는 범인의 피였던 것이다.

"그러면 그 인물은 누구인가. 그 답은 논리적으로 이끌
어낼 수 있습니다. 우선 중요한 건 사용된 펜치가 있던 장

소입니다. 유리코가 말하길 브레이크 와이어의 사고 직후 화학 준비실에서 실제로 펜치가 사라졌다고 하더군요. 유리 선배가 스틸 선반을 고정한 철사를 자르기 위해 찾고 있었다고요. 그러면 펜치를 훔칠 수 있었던 인물은 한정됩니다. 어차피 화학 준비실에 드나들 수 있는 사람은 열쇠를 자유롭게 사용할 수 있는 유리 선배, 유리코 선배, 다카미자와 선생님, 그리고 입실을 허가받은 유리코 정도뿐이니까요."

화학 준비실에 드나들 수 있었던 인물이 문제가 된다. 여기서 다시 흰 백합 모임이 얽혀 있는 것에 깜짝 놀랐다.

"당연히 미쓰노의 브레이크 와이어를 펜치로 절단한 사람은 그 네 명 중 하나입니다. 문제가 되는 점은 브레이크 와이어를 절단한 범인은 파손된 펜치의 파편에 다쳤다는 겁니다. 펜치에 피가 묻을 정도였으니 상처를 입은 부분은 살이 드러난 부분이겠죠. 그렇게 생각해보면 한 명 있었죠. 미쓰노의 사고와 같은 날에 다친 인물이."

그 말을 듣고 기억이 떠올랐다. 눈앞에 있는 다카미자와, 그의 손에는……

"그러고 보니 다카미자와 선생님도 다치셨죠. 브레이크 와이어 절단 사건이 있었던 날에 교통사고를 당했다고 했었죠."

다카미자와의 손에는 흰 붕대가 감겨 있었다. 그 흰 붕대는 감추기 힘든 애처로움을 동반하고 있었다.

"교통사고를 당했다는 것은 말하자면 위장 공작입니다. 눈에 띄는 상처를 숨기기 위해 일부러 자동차에 가볍게 접촉하여 전신 부상을 입은 것입니다. 나무는 숲 속에 숨긴다는 발상과 같군요. 상처가 눈에 띈다면 다른 상처를 더하면 된다는 생각이었겠죠."

그렇다면 나를 옹호해서 다카미자와가 유리코 님의 불행을 만났다는 건 착각이었단 말인가. 아무도 없는데 등을 떠밀렸다는 선생님의 증언도 거짓, 책략에 보기 좋게 걸려든 기분이었다.

"아마도 롱노즈 플라이어의 가는 끝부분으로 브레이크 와이어를 절단하려고 힘을 주었을 때 끝이 부러져버렸겠죠. 그 파편이 튀어 손을 다쳤을 겁니다."

"그렇군. 앞뒤가 맞는 추리야. 하지만…… 내가 실제로 사고를 당했다는 걸 부정할 수 있는 추리는 아니야. 그리고 펜치도 화학 준비실에 있던 게 아니라 다른 걸 사용했을지도 모르잖아. 변함없이 공상에 불과하고 물증은 하나도 없어."

"결정적인 물증이 있다고 하면요?"

강인하게 밀어붙이는 미즈키의 모습에 다카미자와의 표

정이 기묘하게 떨렸다.

"말도 안 돼. 물증 같은 게 있을 리 없어."

"아니요, 그 물증이 있습니다. 어제 교내에 경찰 감식반이 왔던 일은 알고 계신가요?"

"아, 뒤뜰 쪽을 조사하는 것 같던데…… 그게 나와 무슨 상관이지?"

다카미자와는 자세한 내용은 모르는 모양이었다. 그렇다면, 이라고 말하듯 미즈키는 결정적인 말을 꽂았다.

"소각로에서 손잡이에 '화학 준비실'이라고 매직으로 크게 적힌 펜치를 발견했습니다. 당신의 피가 분명하게 묻어 있는 것이 말이죠. 미쓰노가 사용한 펜치를 뒤뜰의 사용하지 않는 소각로에 버렸다고 하더군요."

다카미자와는 눈을 크게 떴다. 그 눈 안에서 눈동자가 심하게 흔들렸다.

"선생님은 당황하셨을 거예요. 브레이크 와이어를 절단할 때 다친 데다 그대로 있다가는 범행이 들킬 거란 생각에 일단 자리를 피했습니다. 그런데 그사이에 펜치가 사라져버렸으니까요. 사용 후에는 바로 돌려놓을 생각이었기 때문에, 잠깐 없어도 티가 나지 않는 '화학 준비실'의 펜치를 사용했지만 그것이 범인을 특정하는 근거가 되어버렸습니다. 게다가 피가 묻어 있는 것도 결정적인 물증이 됩니다. 선생님은 계속 그걸 두려워하고 있었겠죠. 그래서 교통사고를 가장했습니다. 하지만 입원 중에도 펜치는 발견되지 않았으니 이제 괜찮을 거라고 가볍게 생각하고 그렇게까지 철저하게 찾지는 않았습니다. 그것이 파멸을 가지고 왔네요."

다카미자와는 무릎이 꺾이며 그 자리에서 무너져 내렸다.

"펜치는 제가 경찰에 전달했습니다. 선생님의 피, 지문, 미쓰노의 자전거 브레이크 와이어의 성분, 선생님의 상처와 합치하는 파손 부분…… 등등 많은 증거가 나오겠죠. 이것으로 선생님의 범행은 입증되었습니다."

그럴 수가, 다카미자와의 목구멍에서 소리가 새어나왔다. 양손을 바닥에 붙이고 있는 그의 어깨가 떨렸다.

"선생님은 아시겠지만 지금 입증된 건 선생님이 지금까지 일으킨 수많은 '불행' 중 극히 일부예요. 하지만 학생을 의도적으로 다치게 한 교사에 대해 사회도 학교도 관대한 태도를 취하지는 않을 것입니다. 선생님은 아마도 해고되고 어쩌면 상해죄 등으로 구속되겠죠."

다카미자와는 고개를 들어 놀란 표정을 지었다. 그리고 간절히 애원하는 태도로 말했다.

"부탁해. 이 학교에 있는 것만이 내가 살아 있는 의미야. 해고는 도저히 받아들일 수 없어. 제발 이번 건은 비밀로

해주면 안 될까."

비참한 모습이었다. 울먹이는 그 목소리는 애처롭기까지 했다.

"모든 불행을 내가 연출한 건 아니야. 아무것도 하지 않았는데도 종종 불행이 일어났어. 역시 특별한 힘을 가진 유리코 님은 실존해."

유리코 님이 실존한다고? 초대 유리코 님은 다카미자와 자신이니까 망령도 존재하지 않을 것이다. 그렇지 않으면 그와는 관계없는 곳에서 어떤 인간의 영역을 넘어선 존재인 '유리코 님'이 탄생한 것일까? 등줄기가 서늘해졌다. 하지만 그런 다카미자와를 내려다보면서 미즈키가 조용히 말했다.

"특별한 힘을 가진 유리코 님이 실존하는지 여부는 아무 상관이 없어요. 이제 선생님은 지금까지 해온 일에 대한 벌을 받아야 합니다. 선생님 때문에 괴로워했던 학생들만큼 선생님도 괴로워하세요."

다카미자와는 순간 동작을 멈췄다가 큰 소리를 내며 울기 시작했다. 그 소리는 화학 준비실을 지나 학교 전체에 울려 퍼질 것 같았다.

"협조해주서서 감사합니다."

급히 출동한 나다 경찰서 소속 한도와 사토나카에게 다카미자와를 인도하자 두 형사는 고개를 깊이 숙이며 인사했다. 미즈키가 밝혀낸 진상에 대한 이야기는 이미 경찰에게도 한 모양이었다. 경찰 내부에서도 미즈키에 대한 소문이 퍼졌는지 천재 소녀가 나타났다며 유명해졌다고 했다. 다만 정작 당사자인 미즈키는 언론에 자신의 존재를 드러내거나 필요 이상으로 소란이 일지 않도록 해달라고 못을 박으며 대단히 소극적인 것 같았지만.

"다카미자와 선생님이 유리가하라 고등학교에 입학한 건 모친의 영향이 있었기 때문이래."

오렌지 빛 아름다운 석양이 비치는 귀갓길. 미즈키와 함께 자전거를 밀면서 나는 학교 안에 퍼진 소문을 이야기했다.

"다카미자와 선생님의 어머니는 오래전에 유리가하라 고등학교를 다녔다나 봐. 학교를 자랑스럽게 이야기하는 어머니를 보고 자란 다카미자와 선생님은 언제부터인가 유리가하라 고등학교를 동경하며 입학하고 싶다고 생각했대. 그런데 우연히도 남녀 공학이 되는 타이밍에 입학할 수 있었으니 마치 누군가가 입학할 수 있도록 이끌어준 것 같다고 느꼈겠지."

그야말로 특별한 힘을 가진 유리코 님과 같은 존재에게

이끌린 것처럼…… 그런 생각이 들었지만 입 밖으로 꺼내지는 않았다. 미즈키는 분명히 바보 같은 이야기라며 웃어 넘길 테니까.

"하지만 결국 특별한 힘을 지닌 유리코 님이 정말로 있었던 걸까?"

그래도 나는 미즈키에게 물어봤다. 어쩐지 있었을지도 모른다는 모호한 결론을 남긴 채 끝날 것 같았기 때문에 나는 답답한 기분이 남아 있었다.

"특별한 힘을 지닌 유리코 님? 그런 게 있을 리 없어. 유리코 님은 미신이라고 처음부터 이야기했잖아."

미즈키는 일관된 주장을 했지만…… 나는 여전히 석연치 않았다.

"하지만 불행을 연출한 다카미자와 선생님이 자신이 하지 않은 불행이 마음대로 일어났다고 말했어. 역시 특별한 힘을 지닌 유리코 님은 존재하는 것 아닐까……."

"누군가가 했을 거야. 유리코 님을 믿는 누군가가."

미즈키는 유리코 님을 인정하지 않았다. 어디까지나 인간이 한 일이라고 주장했다.

"다카미자와 선생님이 말하는 자신과 상관없이 일어났던 불행이라는 건 유리코 님의 힘을 방패삼아 자신이 싫어하는 사람을 해치고 싶었던 제삼자가 한 일이야. 유리코 님을 핑계로 마침 잘됐다고 생각하며 짓궂은 일을 한 거지. 그렇지 않았으면 다카미자와 선생님 혼자서는 유리코 님 전설은 유지되지 않았을 거야."

누군가의 악의가 유리코 님 전설을 열심히 지탱해온 것이다. 무수한 악의가 학교 안에서 꿈틀거리며 유리코 님이라는 실체가 없는 존재를 만들어냈다고 생각하니 오싹했다.

"말하자면 유리코 님은 이 학교 전체의 악의라고 할 수 있겠지. 눈에 보이지 않는 악의가 모여 유리코 님이라는 허상을 만들어낸 거야."

이 학교 전체 여론이 유리코 님을 탄생시키고 지금까지 키워왔다는 말이었다.

"어쩐지 무서워." 나는 떨리는 목소리로 말했다.

유리코 님은 무수한 악의를 등에 업고 학교의 암묵적인 일인자가 되어야 했다. 악의를 상징하는 존재여야만 했다.

"유리코, 괜찮아."

어깨에 살짝 손이 닿았다. 미즈키의 다정한 손이다.

"내가 지켜줄게. 무슨 일이 있어도 지켜줄 거야. 유리코는 나의 소중한 친구니까."

든든한 말이었다. 미즈키가 함께 있어준다면…… 나는 안심했다.

다시 자전거를 밀며 걷기 시작했다. 저물어가는 새빨간

석양이 우리를 비췄다. 마치 축복이라도 내리는 듯이.

　나는 유리코 님이 되어 학교에서 외톨이가 되었다. 하지만 그래도 미즈키만은 곁에 있어주니 정말 고마운 일이었다. 미즈키만 있으면 된다. 미즈키를 믿고 앞으로도 학교생활을 잘 보내야지. 그렇게 결심하고 나는 나란히 자전거를 밀고 있는 미즈키의 옆모습을 살짝 곁눈질했다.

　내 시선을 느끼고 미즈키는 다정한 미소를 지었다.

　그것만으로 충분했다. 다른 건 아무것도 필요 없었다.

"네가 시마쿠라 미즈키지?"

방과 후 연극부 동아리실에 가려고 할 때 등 뒤에서 누군가가 말을 걸었다. 뒤돌아보니 거기에는 흰 백합 모임의 유리코 미사키가 있었다. 마른 체형과는 다르게 커다란 눈을 부라리며 박력 있는 눈빛으로 나를 빤히 바라보고 있었다.

"그런데요, 무슨 일이시죠?"

내가 물어보자 유리코 미사키는 내게서 등을 돌리고 걸음을 옮겼다. 서기, 내가 불러 세우려고 할 때 그녀가 한마디 툭 내뱉었다.

"유리코 님, 야사카 유리코 님이 널 부르셔."

그녀는 그대로 성큼성큼 걸어갔다. 유리코가 부른다면 가는 수밖에 없지만 다른 사람을 통해 불러내다니 무슨 일이지? 당황스러웠지만 나는 그녀를 따라갔다.

연결 복도를 지나 특별동으로. 계단을 올라 4층에 도착했다. 특별동 4층이라고 하면······.

"여기야, 유리코 님은 여기에 계셔."

생각했던 대로 유리코 미사키는 흰 백합 모임의 동아리실 앞까지 나를 데려왔다. 그리고 안으로 들어가라고 재촉했다.

"저, 흰 백합 모임은 관계자 이외에는 출입을 엄중히 제한하고 있지 않나요?"

"이제 상관없어. 유리도 다카미자와 선생님도 없고 나만 남았으니까. 내가 괜찮다면 괜찮은 거야."

오랫동안 이어온 규칙인데 그렇게 간단한 걸까? 문득 유리코 미사키의 옆모습을 보고 나는 생각을 고쳤다. 그녀의 옆모습은 무척 쓸쓸해 보였다.

분명 유리와 다카미자와라는 동지를 잃고 마음이 아픈 것이다. 그녀는 원래 괴롭힘을 당하고 있었다고 했다. 친구나 신뢰할 수 있는 어른이 거의 없을 것이다. 어쩔 수 없이 유리코와 나를 불러 상심한 마음을 위로받고 싶었는지도 모른다.

"알겠습니다. 그러면 실례하겠습니다."

나는 안으로 들어갔다. 화학 준비실답게 방 안에는 좌우에 약품이 들어 있는 병과 실험 도구가 정돈된 선반이 있었다. 안에는 흰색 가운이 걸려 있고 약품 냄새가 살짝 코를 찔렀다.

하지만 유리코는 거기에 없었다. 아무도 없는 방 안에 열려 있는 창문으로 바람이 불어 들어와 커튼이 펄럭펄럭 휘날리고 있을 뿐이었다.

"저기, 유리코는……."

뒤돌아서 물어보자 유리코 미사키는 이상한 듯이 고개를 갸웃했다.

"이상하네. 좀 전까지 계셨는데. 화장실에 가셨나?"

그런 말을 하면서 그녀는 어디선가 주전자를 꺼내 종이컵에 홍차를 부었다. 약품 냄새 사이로 기분을 상쾌하게 하기 위한 청량제처럼 향기로운 홍차 향이 떠돌았다.

"뭐, 이거라도 마시면서 기다리고 있어. 금방 돌아오실 테니까."

종이컵을 건네받았다. 향이 좋았지만 주위의 약품 냄새가 거슬렸다. 티타임에 이렇게 안 어울리는 장소도 없을 것이다. 그래도 애써 준비해준 걸 거절하는 것도 예의가 아니니 의자에 앉아 약품 냄새를 참으며 홍차를 마셨다. 기분 탓인지 약품의 쓴맛이 나는 것 같았다.

"그나저나 유리코 님의 일은 정말 잘됐어."

유리코 미사키가 마른 뺨을 부드럽게 풀며 미소 지었다. 야사카 유리코가 유리코 님이 된 길 축복하는 것이다. 하지만 나는 솔직하게 대답하지 않았다.

"잘된 일일까요? 많은 사람이 상처 입고 그중에는 목숨을 잃은 사람도 나왔는데요. 제게는 그렇게 기쁜 일이 아니에요."

어색하게 웃어 보였지만 거기서 유리코 미사키는 갑자기 웃음을 거뒀다.

"그럴까? 야사카가 유리코 님이 되어서 가장 기쁜 사람은 시마쿠라, 너일 것 같은데."

살짝 뺨이 떨렸다. 순간 어쩌면, 하는 직감이 움직였다.

"제가 기뻐한다고요? 그럴 리 없잖아요."

"그럴까? 잘 생각해보면 네 행동은 이상한 부분이 있어."

유리코 미사키는 커다란 눈을 휘둥그레 뜨고는 나를 노려봤다.

"유리코 님 전설을 와해시키기 위해서라고 말해놓고 축제에서는 수많은 사람들 앞에서 유리코 님 전설을 연극으로 보여줘서 강한 인상을 남겼어. 그래서는 유리코 님 전설이 오히려 강고해지는 것도 당연해. 게다가 가장 중요한 부분인 유리의 동기에 대해서는 사람들 앞에서 이야기하지 않고 유리코 님의 인상이 강한 부분만 소문으로 흘려보냈어. 다카미자와 선생님의 일에 대해서도 결국은 설명하지 않았지. 정말로 유리코 님 전설의 와해를 노렸다면 모든 것을 축제 무대 위에서 이야기했어야 한다고 생각하지 않아?"

긴장감이 높아졌다. 직감은 더욱 확실해졌다.

"게다가 결국 네가 쓰쓰미를 옥상에서 밀어 떨어뜨렸지? 다투던 도중에 일어난 사고라는 형태로 무마한 모양이지만, 실제로는 의도적으로 밀어 떨어뜨린 거 아냐?"

모든 것을 간파하고 있었다. 등에서 땀이 한줄기 흘러내렸다. 얼음처럼 차가운 땀이다.

유리코가 나를 불렀다는 건 거짓말이었다. 나도 참, 단순한 덫에 걸리다니. 모든 것을 끝내고 방심했다고는 해도 경솔했다. 초조함이 온몸을 타고 흘렀다. 나는 두뇌를 최대한 회전시켜 말을 골랐다.

"그럴까요? 가령 그렇다고 하더라도 제가 그런 일을 할 동기가 있나요? 유리코 님 전설을 강고하게 만들고 쓰쓰미 선배를 밀어 떨어뜨린다, 그런 엄청난 일을 할 이유가 말이죠?"

아무리 그래도 이것까지는 모르겠지 싶었지만 내 생각과는 달리 유리코 미사키는 바로 대답했다.

"네가 뒤에서 야사카 유리코를 조종해 자신이 유리가하

라 고등학교를 지배하기 위해서야."

생각이 순간 정지했다. 동기까지도 꿰뚫어보고 있었다. 언제나 민첩하게 대처했던 내가 말문이 막히고 시선은 갈 곳을 잃고 허공을 헤맸다.

그런 나를 곁눈질하며 유리코 미사키는 창가에 있는 선반 쪽을 향했다. 그녀는 거기에서 역대 유리코 님 후보자 정보가 기록된 파일을 꺼냈다.

"시마쿠라, 어디선가 들어본 이름이라고 생각했어. 시마쿠라, 네 어머니는 18년 전 유리코 님 후보 중 한 명이었지?"

그 말을 듣고 전신이 떨렸다. 그것만은 누구에게도 알리고 싶지 않은 비밀이었다.

"시마쿠라 유리코(嶋倉優梨子). 18년 전에 유리코 님 후보였지만 도중에 퇴학, 마지막까지 유리코 님 자리를 두고 싸웠지만 결국은 패배했어."

유리코 님이 되는 길에서 좌절한 어머니는 전학 간 학교에서 알게 된 남학생과 친해져서 졸업 후에 바로 임신했다. 그게 나였다.

"어머니 이름이 유리코이니 딸 이름을 유리코라고 붙이는 건 어려웠을 거야. 분명 어머니는 무리해서라도 그 이름을 붙이려고 했겠지만 아버지나 친척의 반대로 이루지 못했어. 그래서 어머니가 생각한 것이 자신의 딸과 유리코라는 소녀를 친하게 지내게 해서 그 유리코를 뒤에서 조종해 유리코 님으로 만들고 딸에게는 뒤에서 유리가하라 고등학교를 지배시키는 계획을 세운 거야."

유리가하라 고등학교, 한층 더 나아가 유리코 님 전설에 집착해온 어머니의 모습이 머릿속에 떠올랐다. 어렸을 적부터 숨은 유리코 님이 되라며 잠들기 전에 전설을 계속 들려준 어머니. 유리가하라 고등학교 입시에 떨어진다면 함께 죽자고 할 정도로 집착했던 어머니. 입시 합격을 누구보다도 기뻐했던 어머니.

어머니에게 인생의 목적은 자신의 아이가 숨은 유리코 님의 자리를 탐내도록 하는 것이었다. 그것은 딸이 불행해지는 것도 마다하지 않는 이상한 발상이었다. 어머니는 아마도 유리코 님에 대한 동경이 지나쳐 정상적인 마음을 잃어버린 것이다.

"분명 넌 어머니의 명령에 따라 유리코라는 이름을 가진 친구를 찾았어. 그리고 야사카 유리코에게 접근해 친해졌지. 모든 것은 쉽게 조종할 수 있는 유리코를 만들어내기 위해서였어. 그 작전이 성공해 야사카 유리코는 네게 완전히 마음을 빼앗겼어. 그렇게 된 이상 넌 유리코에게 유리가하라 고등학교에 시험을 볼 거라는 말만 하면 돼. 야사카 유리코는 널 따라와서 자연스럽게 유리코 님 자리 쟁탈전에 참여하게 될 테니까. 그렇게 되었을 때 네가 그녀를 지켜주면 모든 것은 잘 풀리리란 계획이었겠지."

머리가 멍해졌다. 10여 년에 걸쳐 쌓아온 계획을 간파당하자 앞으로 어떤 일이 벌어질지 생각이 쫓아가지 못했다.

"정신이 아찔해질 법한 방대한 계획이야. 하지만 너는 훌륭하게 성공해냈어. 어쩌면 유리나 다카미자와 선생님에 대해서도 사전에 알아챘을지 모르겠네. 알면서도 범행을 저지르도록 그냥 뒀다가 마지막에 범죄를 폭로했어. 야사카 유리코가 유리코 님이 되었을 때 특히 다카미자와 선생님은 야사카 유리코를 이해해주는 좋은 사람으로 사이가 가까워질 위험이 있었으니까. 어떻게든 야사카 유리코를 외톨이로 만들어두고 거기에 네가 손을 뻗어 뒤에서 컨트롤할 계획이었던 거 아니야?"

처음부터 끝까지 틀린 부분이 없었다. 말 그대로 정신이 아찔해질 것 같았다. 기분 탓인지 유리코 미사키의 얼굴이 뿌옇게 보이기 시작했다.

아니, 이것은 기분 탓이 아니었다. 정말로 머리가 멍해지고 있었다.

뭔가 약을 넣은 걸까. 그러자 좀 전에 마신 홍차에 생각이 미쳤다. 실제로 약품의 쓴맛이 났던 것이다. 홍차 안에 수면제를…….

그대로 힘을 잃고 의자에서 떨어져 바닥에 굴렀다.

"괜찮아. 곧 모든 것이 끝날 거니까."

유리코 미사키는 의미 불명의 말을 중얼거리며 내 몸을 끌고 가기 시작했다.

정신을 차리자 옥상까지 끌려와 있었다. 나는 펜스에 걸쳐져 있었다. 힘이 들어가지 않는 고개를 겨우 들어보니 눈앞에는 땀투성이가 된 유리코 미사키가 있었다.

"어머, 정신이 들었어? 고통 없이 죽여주려고 했더니."

가슴이 덜컥 내려앉을 법한 말이었다. 나를 죽일 생각이었던 건가. 문득 시선을 옆으로 돌려보니 나는 펜스가 부서진 부분 바로 옆에 있었다.

여기로 나를 밀어 떨어뜨릴 생각이구나. 멍한 머릿속에 긴박한 느낌이 가득 찼다.

"왜 나를…… 죽이려는 거야?"

"신성한 유리코 님을 뒤에서 조종하고, 유리코 님의 이름을 더럽히려고 했기 때문이지."

유리코 미사키는 눈알이 떨어지지 않을까 싶을 정도로 눈을 크게 뜨고 외쳤다.

"내가 경애하는 유리코 님을 우습게 만들다니…… 용서할 수 없어. 죽어줘야겠어."

등줄기가 얼어붙었다. 눈 아래에 펼쳐진 곳은 아무것도 없는 땅바닥이었다. 이런 곳에서 떨어지면 분명히 죽을 것이다.

유리코 미사키가 내 몸을 어깨에 걸치고 펜스가 부서진 쪽으로 끌고 갔다. 이렇게 마른 몸 어디에서 이런 힘이 나올까 싶을 정도의 괴력으로 그녀는 나를 펜스가 부서진 곳 앞에 앉혔다. 등을 밀면 거꾸로 추락할 것이다.

"아, 유리코 님. 저는 당신을 위해 이 무례한 여자를 죽입니다. 그리고 경찰에 자수하여 이 학교를 떠날 테지만 당신은 저를 계속 기억해주시겠죠."

황홀해하는 유리코 미사키의 얼굴을 본 다음 순간이었다. 등이 툭 밀리며 나는 아무것도 없는 허공으로 몸이 기울어졌다.

나는 허공에 던져졌다. 중력에서 자유로워지고 온몸이 가벼워졌다. 동시에 많은 것에서 해방된 기분이 들었다.

어머니의 가르침, 유리코와의 관계, 유리코 님이라는 저주. 더 이상 뭔가에 얽매일 필요가 없었다. 시시한 규칙도, 논리도, 도덕도.

생각해보면 나는 다양한 것에 얽매여 있었는지도 모른다. 자신이 하고 싶은 걸 억압해 없애고 저주를 위해 살아왔다. 그것이 괴로웠다. 슬펐다.

하지만 이제 그런 것에 얽매일 필요가 없었다. 나는 죽는 것이다. 보이지 않는 쇠사슬에 얽매여 있던 인생은 이제 끝난다.

나는 자유다.

큰 소리로 외치고 싶은 충동이, 내 가슴에 밀어닥쳤다.

하지만 이런 꿈같은 시간도 결국엔 끝을 맞이했다. 갑자기 시야가 또렷해지고 풍경이 만화경처럼 빙글빙글 돌아지면이 커지면서 눈앞으로 다가왔다. 지금까지 들리지 않았던 구경꾼들의 비명이, 바람 소리가, 귀 끝에서 높은 음으로 재생되었다. 내 고막이 불쾌하게 떨리며 현실감이 돌아왔다.

아, 죽는구나. 기묘한 체념과 함께 나는 각오를 다졌다. 눈을 감고 덮쳐오는 충격에 몸을 굳혔다.

아주 잠깐, 잠깐만 참으면 된다.

온몸에 힘을 넣었다. 주먹을 꽉 쥐고 다리에 힘을 줬다.

갑자기 강렬한 충격이 온몸을 타고 흐르며 몸속 뼈가 가루가 되는 듯한 극심한 통증이 느껴졌다. 나도 모르게 기침이 나더니 입안에서 따뜻한 뭔가가 흘러나왔다. 쇠맛, 피였다.

견디기 힘든 통증에 뇌가 비명을 질렀다. 전신은 경련하듯 떨리고 목구멍에서는 의미도 없는 소리가 새어나왔다.

의식은 희미해져갔다. 내 머릿속에 떠오른 건 어째서인지 유리코의 불안한 얼굴이었다. 어렸을 적부터 내 목적만을 위해 이용해온 유리코. 하지만 그녀와의 관계가 모두 과연 계획을 위한 것에 지나지 않았을까? 이용되고 있다는 사실도 눈치채지 못하는 멍청한 아이라고 생각했지만 아주 짧은 순간 함께 즐겁게 웃고 서로를 인정했던 건 아닐까.

갑자기 유리코가 가엾게 느껴졌다. 내가 사라지면 유리코는 외톨이가 된다. 그렇게 마음 약한 울보 유리코가 혼자서 살아갈 수 있을까.

……

유……

유리……

나는 외치고 싶어졌다. 내게 소중한 존재. 그 이름을 어떻게라도 불러보고 싶어졌다.

나는 피를 토하면서 신음하듯 말을 뱉었다.

◇

……유리코!

문득 미즈키가 부르는 듯한 기분이 들었다. 나는 라켓으로 떨어져 있는 공을 모으던 손을 멈추고 주위를 둘러보았다. 하지만 미즈키는 없었다.

기분 탓일까? 나는 다시 라켓으로 공을 튀겼다. 방과 후 미즈키와 맛있는 크레이프를 먹으러 가기로 약속했기 때문에 그런 환청이 들렸는지도 모르겠다.

석양을 바라보며 나는 상쾌한 기분을 느꼈다.

그리고, 유리코는 혼자가 되었다.

백합과 유리코, 그리고 비현실적인 전설

사람은 기댈 곳이 없거나 어떤 희망도 느낄 수 없을 때 신을 찾는다. 자신의 힘으로는 도저히 문제를 해결할 수 없고 도움을 요청할 곳도 없을 때 사람은 초현실적인 존재에게라도 의지하고 싶어진다. 현실에서는 있을 수 없는 일이라는 걸 알면서도 어떤 기적 같은 일이 일어나길 기대하는 것이다.

『그리고, 유리코는 혼자가 되었다』의 무대는 효고 현의 명문 고등학교 유리가하라 고등학교이다. 이 학교에는 오래전부터 전해 내려오는 전설이 있다. 그 내용은 우리가 흔히 접하던 학교 전설과는 전혀 다르다. 학교에 유리코라는 이름을 가진 학생이 단 한 명 남아 유리코 님이 되고, 유리코 님이 원하는 일이라면 그 누가 됐든 따를 수밖에 없게 된다는 전설이다. 언뜻 보면 비현실적으로 느껴지는 전설이 이 학교에서 오래도록 이어 내려올 수 있었던 이유는 무엇일까? 학교 전설을 둘러싸고 일어나는 사건 사고의 배경에는 인간의 영역을 넘어선 존재에 의지할 수밖에 없는 절망적인 상황이 있다. 집단 따돌림, 입시 스트레스, 차별과 편견 등 학교가 접하는 세상이 전부나 마찬가지인 학생들이 느끼는 어떤 절망이 거기에 있는 것이다.

기도 소타는 『그리고, 유리코는 혼자가 되었다』로 제18회 '이 미스터리가 대단하다!' 대상 U-NEXT·간테레상을 수상하며 데뷔했다. '이 미스터리가 대단하다'는 새로운 시대의 미스터리&엔터테인먼트 작가를 발굴하고 육성하겠다는 목적으로 2002년에 시작되었으며, U-NEXT·간테레상은 영상화 제작을 전제로 17회부터 추가된 상이다. 동명의 드라마는 2020년 다마시로 티나와 오카모토 나쓰미 주연으로 제작, 방영되었으며, 일본 내에서 큰 호평을 받으며 드라마와 소설 모두 이목을 끌었다.

기도 소타는 어렸을 때 어머니가 읽어주던 애거서 크리스티 작품으로 미스터리 소설을 처음 접했다. 그 후 중학교 때 소설을 쓰기 시작했고, 대학 졸업 후 일을 하는 틈

틈이 미스터리 소설을 써서 신인상에 응모했다. 꾸준히 응모하는 사이에 차츰 1차, 2차 선발에 통과하게 되었고, 결국엔 2016년 하야카와쇼보에서 주최하는 제6회 '애거서 크리스티상'에 응모하여 최종 후보에까지 올랐다. 자신이 처음 만났던 미스터리 작가의 이름이 붙은 상에 최종 후보까지 올라간 것이 계속 도전할 큰 힘이 되어준 것이다.

이 소설이 비록 데뷔작이기는 하지만 기도 소타는 이미 여든 개가 넘는 작품을 써왔다. 처음에는 응모할 수준이 아니라고 생각했지만, 스무 작품이 넘어서면서부터 신인상에 응모를 시작했고 결실을 맺은 것이다. 이제 막 날갯짓을 시작한 기도 소타는 이미 많은 작품을 써온 노련함으로 일본의 대표 작가로 향하는 첫걸음을 내디뎠다. 앞으로도 많은 사람들이 재미있다고 느낄 만한 미스터리 작품을 계속해서 쓰고 싶다는 기도 소타, 그의 다음 작품을 기대해 본다.

2021년 2월
부윤아

그리고, 유리코는 혼자가 되었다

1판 1쇄 발행 2021년 2월 24일

지은이 | 기도 소타
옮긴이 | 부윤아
펴낸이 | 송영석

주간 | 이혜진
기획편집 | 박신애 · 김혜영 · 심슬기
외서기획편집 | 정혜경 · 송하린 · 양한나
디자인 | 박윤정 · 기경란
마케팅 | 이종우 · 김유종 · 한승민
관리 | 송우석 · 황규성 · 전지연 · 채경민

펴낸곳 | (株)해냄출판사
등록번호 | 제10-229호
등록일자 | 1988년 5월 11일(설립일자 | 1983년 6월 24일)

04042 서울시 마포구 잔다리로 30 해냄빌딩 5·6층
대표전화 | 326-1600 **팩스** | 326-1624
홈페이지 | www.hainaim.com

ISBN 978-89-6574-207-4 03830